4.
WISH

Catori

Ce livre est une fiction. Toute référence à des événements historiques, des personnages ou des lieux réels serait utilisée de façon fictive. Les autres noms, personnages, lieux et événements sont issus de l'imagination de l'auteur, et toute ressemblance avec des personnages vivants ou ayant existé serait totalement fortuite.

Collection New Romance® créée par Hugues de Saint Vincent
et dirigée par Arthur de Saint Vincent
Ouvrage dirigé par Bénita Rolland
Traduit par Robyn Stella Bligh
Photo de couverture : © Shutterstock

Pour la présente édition
© 2021, Hugo Roman, département de Hugo Publishing
34-36, rue La Pérouse
75116 - Paris
www.hugoetcie.fr

ISBN : 9782755648430
Dépôt légal : mars 2021
Imprimé en France par Corlet
N° d'impression : 20110570

AUDREY CARLAN

NEW ROMANCE®

4.

WISH

Catori

Traduit de l'américain par Robyn Stella Bligh

Hugo Roman

À toutes les mères, les sœurs et les filles...
Vivez votre vie comme vous la rêvez.

NOTE AUX LECTRICES

Chères nouvelles amies,

Je crois que ce livre requiert une mise en garde. Cette histoire est de loin la plus difficile que j'aie eu à raconter, car Catori n'est comme aucune autre héroïne. Elle est une vraie femme, avec ses espoirs, ses rêves et ses vœux, et elle est déterminée à les voir se réaliser, même lorsqu'elle est confrontée à de nombreux obstacles.

Lorsque j'ai commencé à écrire la série *Wish*, je me suis concentrée sur Suda Kaye et Evie, et plus tard sur Isabeau. Vous pouvez lire leurs histoires complexes dans les trois premiers tomes de la série. Je n'avais pas prévu d'écrire le voyage de Catori, mais cette dernière a insisté, harcelant ma muse jusqu'à ce que je m'asseye enfin à mon bureau et pose mes doigts sur mon clavier. C'est ainsi que ce roman a vu le jour.

Cette histoire n'a pas la fin heureuse que l'on retrouve dans la plupart des romances ni même dans les fictions féminines. Elle est confuse, compliquée, et le moins que l'on puisse dire est qu'elle est inhabituelle. Beaucoup d'entre vous ne l'aimerez peut-être pas. Je parie que certaines lectrices auront envie de laisser tomber ce livre à cause de certains des choix de Catori. Mais j'espère sincèrement que vous insisterez et que vous trouverez la force d'aller jusqu'au bout.

Un verset de la Bible me revient lorsque je pense à Catori et me semble parfait pour accompagner son expérience.

« *Que celui de vous qui est sans péché jette le premier la pierre contre elle.* » Jean 8:7

Honnêtement, cette phrase dit tout.

Catori est humaine. Elle est aussi égoïste qu'altruiste. Je vous encourage vivement à lire son histoire jusqu'à la fin avant de la juger. Il y a toujours de nombreuses raisons derrière un acte, certaines restent incomprises, d'autres le sont, mais resteront cachées comme des désirs sombres et secrets. Catori profite de chaque instant. Elle prend ses décisions dans l'instant et accepte avec dignité les répercussions et les sacrifices qui accompagnent chacun de ses choix.

Cette histoire est conçue pour reproduire la vie réelle d'une personne. Vous y trouverez joie, rires, tristesse, deuil, haine, amour, respect, espoir et sacrifice. Le temps passe vite et saute parfois plusieurs étapes, mais je vous promets que vous ne raterez rien d'important.

Si vous lisez ce livre jusqu'à la fin, je pense que vous découvrirez un sentiment de paix, comme c'est le cas pour Catori. Sachez que vous vous apprêtez à lire une expérience et une aventure intenses. Je souris, rien que d'y penser.

Avec tout mon amour, jusqu'à la lune, les étoiles et au-delà.

Audrey

PROLOGUE

Lorsque j'étais petite, tout ce qui m'entourait me paraissait immensément vaste, infini et imposant. J'ai grandi sur une réserve amérindienne à trois heures au sud de Pueblo, dans le Colorado. J'ai été élevée par un ancien de la tribu comanche. Nos ancêtres ont trouvé cette terre, se sont battus pour elle, ont versé leur sang pour elle et sont morts pour la conserver. Cela fait dix-huit ans que j'admire sa splendeur et que je profite de tout ce qu'elle offre, que je découvre ses secrets. Je danse avec les esprits de notre peuple à la pleine lune et j'ai conscience de tout ce qu'ils ont sacrifié pour nous. Toutefois, je ne parviens pas à ignorer l'appel du vaste monde dans lequel je vis.

Contrairement à ma mère Topsannah, qui est mi-comanche et mi-navajo, j'ai désespérément envie de quitter la réserve ; de m'aventurer dans l'inconnu et de découvrir tout ce qui nous est offert... avant qu'il ne soit trop tard.

À dix-huit ans, j'ai enfin cette chance, et je compte la saisir sans hésiter. Savoir que mon séjour sur terre sera court ne fait rien pour atténuer mon désir d'aventure. Au contraire, cela me pousse plutôt à vouloir vivre toutes les expériences possibles et imaginables.

J'observe ma mère, les bras chargés de vêtements, qui marche lentement depuis la commode jusqu'à l'énorme valise que mes parents m'ont offerte quand j'ai terminé le lycée. Elle est assez grande pour contenir tout ce qui m'est cher, en dehors de mes parents.

Lorsque je leur ai dit que je voulais parcourir le monde, mon père m'a répondu : « Ton voyage n'est pas le nôtre. Ce n'est pas à nous de décider de ton avenir. Si tu désires découvrir le monde, alors parcours-le. »

J'ai beau savoir que j'ai leur soutien, je m'inquiète néanmoins de la santé de ma mère. Son cancer la ronge, mais cela ne l'empêche pas de vivre comme elle le souhaite. Or, ma mère ne souhaite rien de plus que d'être sur la réserve, communier avec son peuple et élever sa fille. Elle consacre ses journées à la cuisine, à ses hobbies et à mon père, et elle est profondément heureuse. Je comprends parfaitement qu'elle veuille passer du temps avec mon père, Tahsuda. Comment ne pas l'adorer, alors que son unique objectif dans la vie est de s'assurer que la nôtre est belle ? Il est immensément respecté et honoré par notre peuple, et il le lui rend bien. Mon père est le phare de notre petite famille. Notre maison est avec lui, où qu'il soit.

– Tu as assez d'argent ? demande ma mère d'un ton inquiet.

– Oui. Tu sais bien que oui, je réponds en souriant.

Je m'assois à côté de ma valise, qu'elle remplit de vêtements soigneusement pliés. Je tends la main et elle la prend dans les siennes.

– Tu es mon seul enfant, dit-elle d'une voix tremblante.

Elle n'a pas besoin de me le rappeler. Ma mère aurait voulu beaucoup d'enfants ; hélas, la vie en a décidé autrement. Une complication liée à ma naissance l'a obligée à subir une hystérectomie. Elle n'avait que vingt ans.

– Tout ira bien, *pia*, je déclare, employant le comanche pour « maman ». Je serai avec la troupe de danseuses ; je ne serai pas seule.

Elle ferme ses beaux yeux noirs et je lui laisse le temps de se ressaisir. Ma mère est vraiment une femme superbe. Elle a de hautes pommettes rondes, une peau bronzée sans la moindre marque ou cicatrice, de jolies lèvres roses et des yeux presque noirs qui semblent capables de lire jusqu'au plus profond de mon âme. Ses cheveux sont noirs et si longs qu'ils lui arrivent sous la poitrine, tressés de chaque côté de sa tête. C'est pour lui ressembler que j'ai toujours laissé pousser mes cheveux ; car ils sont comme de longs draps de soie noire, surtout lorsqu'elle les lâche. Or, si elle ne le fait pas souvent, moi si. Je sais que mes cheveux sont superbes, car on me complimente partout où je vais. Et puis, ils sont un don de ma mère, de mon père et du Créateur. Ils sont la preuve de l'héritage amérindien dont je suis fière. Avec mes cheveux, mes pommettes, mes yeux noirs et les courbes de ma mère, je suis la copie conforme de mes parents. J'ai tiré le gros lot en matière de gènes.

– Et si tu attrapes froid ?

Je ferme la bouche pour me retenir d'éclater de rire.

– Je trouverai un médecin et me procurerai des médicaments, je réponds en serrant ses mains. *Pia*, fais-moi confiance ; je sais prendre soin de moi-même. C'est mon chemin. Il est temps pour moi de découvrir le monde. Toi et *ahpʉ* m'avez préparée pour ça toute ma vie.

Elle souffle et plonge son regard dans le mien.

– Quand tu commenceras à sentir la maladie en toi, *peta*, répond-elle, employant le terme comanche pour « fille », tu devras rentrer à la maison. Laisser *ahpʉ* et notre peuple s'occuper de toi.

Je ferme les yeux et prends une profonde inspiration, essayant de ne pas laisser la colère prendre le dessus. Cela fait des années que je m'entraîne à combattre ce mélange de tristesse et de rage. J'ai toujours su, dès le plus jeune âge, que mes jours étaient comptés. Ma mère l'a lu dans les étoiles à ma naissance, tout comme sa propre mère l'avait fait pour elle. Comme ma grand-mère, ma mère a le pouvoir de voir des fragments du futur dans le ciel, et la médecine moderne a confirmé que nous avons le même gène qui provoque des cancers. Certains membres de la tribu ne croient pas à son pouvoir.

Mais moi, si.

Mon père y croit aussi.

Et cela me suffit.

Savoir que je vais tomber malade ne me fait pas craindre l'inconnu ni même l'idée de mourir. Pour moi, c'est tout l'inverse. Je suis encore plus déterminée à voyager et à profiter de la vie, et c'est ce que je compte faire.

C'est justement pour ça que j'ai accepté de suivre la troupe de danseuses du ventre avec qui je me suis entraînée tout l'été. Je sais que le temps est venu pour moi de m'envoler.

Je vais profiter de chaque nouvelle journée et vivre ma vie comme je le veux.

– *Pia*, je te promets que je rentrerai vous voir régulièrement. Je t'appellerai toutes les semaines.

– Tous les jours ? demande-t-elle, pleine d'espoir.

– Deux fois par semaine, je réponds en ricanant. Je suis adulte, maintenant. Les adultes n'appellent pas leurs parents tous les jours. Mais je t'aime et j'aime entendre ta voix, donc je t'appellerai au moins deux fois par semaine.

C'est un mensonge, en fait. Je compte appeler ma mère autant que possible. Elle est ma meilleure amie et ma confidente. Elle donne toujours les meilleurs conseils, même si elle sait que cela ne va pas me plaire.

Ma mère sourit jusqu'aux oreilles et ma poitrine se resserre. J'ai beau savoir qu'elle est en train de mourir, je pars quand même pour vivre mes rêves. Je me sens égoïste. Toutefois, mes parents m'ont répété cent fois que je ne dois pas gâcher un seul instant de ma vie.

– Tu sais que je t'aime plus que la lune et les étoiles dans le ciel... je déclare d'une voix tremblante.

Ma mère s'assoit à côté de moi. Elle tend le bras sur mes épaules et je m'appuie contre elle.

– La vie est faite de choix. Certains sont faciles, d'autres sont durs. Le Créateur ne nous imposerait pas ces hauts et ces bas s'ils n'étaient pas censés nous apprendre quelque chose. Tu me manqueras chaque minute de chaque journée. Parfois, tu me manques alors que tu es dans la pièce à côté. C'est ça, l'amour, ma fille. Tes choix t'obligeront parfois à quitter ceux que tu aimes. Or, ces moments sont beaux, car ils sont remplis d'émotions et de belles intentions. Savoir qu'il existe un sentiment aussi fort est rassurant, tu ne penses pas ?

– C'est difficile de vous laisser, toi et *ahpu,* je dis, employant le terme comanche pour « papa ». Je sais qu'il faut que je le fasse, mais j'ai peur de passer à côté de quelque chose en partant.

Elle caresse mon bras de bas en haut.

– Tu ne le sauras jamais, répond-elle. Et tu n'es pas censée le savoir. Accroche-toi aux instants que tu vis pendant que tu les vis. Ce sont ces moments qui te feront tenir et avancer. Comme maintenant. Crois-tu à l'amour que j'ai pour toi ?

Ma lèvre se met à trembler et je lève la tête vers ma mère, vers ce regard pensif qui me remplit d'amour et de tendresse.

– Toute ma vie, tu ne m'as jamais montré que de l'amour.

– Et tu l'emporteras partout avec toi. De la même façon que je vais m'accrocher à l'amour que tu as pour moi.

Elle tend la main et lève la paume vers le plafond.

– L'amour n'est pas quelque chose que l'on voit, dit-elle avant d'appuyer sa main sur son cœur. C'est quelque chose que l'on ressent. Au plus profond de soi. Et il t'accompagne partout. Quand je serai partie, mon amour sera toujours là. Tout autour de toi.

Je passe mes bras dans son dos et la tiens fort contre moi, essayant de m'imprégner de l'essence de ma mère pour ne pas me perdre durant le voyage qui m'attend.

– Je t'aime, *pia.*

– Je t'aime aussi, Catori. Ma fille courageuse et téméraire. J'ai lu dans les étoiles que tu changeras de nombreuses vies. Tu laisseras un grand héritage sur cette terre. Il est temps que tu commences ton voyage.

Elle pose une main sur ma joue et je m'appuie contre elle.

– Je suis fière de qui tu es et de celle que tu vas devenir, déclare-t-elle avant de se lever et de fermer ma valise. Ton destin t'attend.

♦

Mon père conduit notre vieux pick-up jusqu'à la gare, où m'attend la troupe de danseuses. Le silence est si pesant que mon cœur est lourd et que mes paumes sont moites.

Tahsuda parle seulement lorsqu'il a quelque chose à dire. Il n'est pas du genre à combler le silence en parlant de la pluie et du beau temps. Lorsqu'il parle, les gens l'écoutent. Point à la ligne.

Je mâchouille ma lèvre et agite mon pied en triturant mes doigts.

Il finit néanmoins par tourner la tête vers moi. Sa peau est plus foncée que celle de ma mère et la mienne. La sienne a la couleur du désert au coucher du soleil. Ses yeux sont noirs, et ses longues journées passées au soleil ont commencé à tracer des lignes sur sa peau alors qu'il entame sa quatrième décennie sur terre. Son torse est large et puissant, tout comme ses bras, ses jambes, musclés par le travail physique qu'il accomplit sur la réserve. Pour moi, c'est un super-héros – il ne peut faire aucun mal et ne blesser aucun être vivant. Il est comme un dieu amérindien, même s'il ne serait pas d'accord avec moi, car pour lui, rien n'est au-dessus de notre Créateur. Dans notre tribu, les lois spirituelles et notre lien avec le Créateur priment sur tout.

– Tu vas faire et voir de nombreuses choses, *nʉpihi*.

Cela veut dire « mon cœur » en comanche, et pour autant que je me souvienne, il m'a toujours appelée ainsi.

Je hoche la tête mais ne réponds rien, consciente qu'il n'a pas fini de délivrer ses paroles de sagesse.

– Tu es ma fille de sang. Le sang de ta mère. Tu es comanche. Tu es aimée. Tu n'es jamais seule. Souviens-toi de qui tu es et d'où tu viens, et sache que tu as toujours une maison. Que cela te réconforte lorsque tu en as besoin.

– Promis, *ahpʉ*. Je n'oublierai jamais d'où je viens ni où est ma maison.

Bien sûr, il n'a pas précisé que j'avais un quart de sang navajo, car il est persuadé que seul son héritage comanche compte.

Sa bouche tressaute et il hausse le menton d'un air fier.

Je ne peux m'empêcher de sourire. L'angoisse que je ressentais à l'idée de laisser cet homme derrière moi commence à se dissiper.

– Je vais te rendre fier, *ahpʉ*.

– Tu le fais chaque jour. Je suis fier de toi à chaque minute que tu respires. Je suis fier que le Créateur t'ait offerte à nous. Ma Catori. Notre esprit libre. Tu es destinée à ne faire qu'un avec le vent. Ta chance est venue.

Il gare son pick-up cabossé sur la place de parking. Mes amies se tiennent en cercle devant la gare, je les salue de la main. Je suis sûre que certaines pensaient que je ne viendrais pas. Tout le monde sait que mon peuple a tendance à rester dans l'entre-soi pour protéger sa culture.

Toutefois, rester au même endroit n'est pas pour moi.

Nous descendons tous les deux de la voiture et mon père saisit mon énorme valise pour la poser à mes pieds.

Nous restons face à face durant une longue minute, les yeux dans les yeux, sans dire un mot.

– Aujourd'hui, tu fais de tes rêves une réalité, déclare-t-il en me souriant tendrement.

Mon sang s'embrase et une nuée de papillons s'envole dans mon ventre tandis que ma peau se couvre de chair de poule.

Mon père ouvre grand les bras et je me jette contre sa poitrine, essayant de m'imprégner de lui. Mais ce n'est pas nécessaire, car son essence et celle de ma mère coulent déjà dans mes veines et sous ma peau, tout comme leur amour.

Mon père me serre contre ce torse que j'aime tant, me remplissant d'amour, d'enthousiasme et de réconfort. Je sais que, où que j'aille, même à l'autre bout du monde, son amour restera avec moi. Je sais aussi que lorsque mes pieds seront usés et mes ailes fatiguées, il m'attendra chez nous, les bras ouverts, m'offrant un havre de paix où me reposer.

– Il est temps, chuchote-t-il. Mon amour est à toi. Toujours, déclare-t-il en prenant mon visage dans ses mains avant de m'embrasser sur le front.

– Je t'aime, *ahpʉ*. Plus que la lune et toutes les étoiles du ciel.

Il croise les bras sur son poncho et je saisis ma valise pour la tirer vers mes amies, qui se mettent aussitôt à crier de joie.

– C'est parti, Mesdemoiselles, dit la meneuse de la troupe.

Je prends ma valise et me tourne vers mon père. Nos regards se croisent et j'agite la main pour lui dire au revoir. Il m'offre alors un de ses rares et immenses sourires.

Mon cœur est comblé.

Il est temps pour moi de vivre.

CHAPITRE 1

Deux ans plus tard...

La musique frémit dans mes veines comme un courant électrique. Je tourne sur moi-même, les bras en l'air, faisant tinter mes petites cymbales en rythme avec la mélodie. Le public pousse des « oooh » et des « aaah » émerveillés tandis que nous approchons du final, balançant nos hanches de droite à gauche avant de tourner si vite sur nous-mêmes que la foule ne voit plus que des tourbillons de tissus multicolores et scintillants sous les rayons du soleil.

Mon soutien-gorge est de couleur orange sanguine, incrusté de perles et de sequins dorés et argentés. La jupe est un mélange de soie et de tulle assorti au haut, fendue sur le côté pour permettre de grands mouvements et garantir un sex-appeal.

Vêtue ainsi, je me sens exotique et mystérieuse. Mes cheveux sont attachés en demi-queue-de-cheval de sorte que mon visage est dégagé mais que les mèches chatouillent la peau de mon dos et de ma taille.

Je viens de me placer au coin de la scène lorsque mon regard s'arrête sur une paire d'yeux aussi bleus que le ciel ensoleillé d'Atlantic City. Je suis immédiatement hypnotisée. Ma peau se couvre de chair de poule et une excitation crépite dans mes veines et dans mon ventre.

Ces yeux sont comme des fenêtres sur l'autre moitié de mon âme.

Je poursuis mes mouvements sans quitter des yeux ce grand blond musclé, vêtu d'un short beige et d'un tee-shirt blanc tendu sur son torse massif. Sa mâchoire carrée est couverte d'une barbe de trois jours. Je n'ai jamais vu d'yeux aussi bleus, et ceux-ci ne quittent pas mon corps tandis que j'enchaîne des mouvements plus sensuels les uns que les autres. Au contraire, son regard devient plus intense, plus brûlant. En vingt ans, je n'ai jamais vu ça.

Je ferme les yeux pour éviter de me perdre et je suis la troupe dans le dernier enchaînement, qui se termine alors que nos mains sont paume contre paume au-dessus de nos têtes et que nous ondulons si vite que la foule se met à siffler et applaudir.

Lorsque la musique s'arrête, j'ouvre les yeux et découvre que l'homme a disparu. Mon estomac se tord, comme si j'avais raté quelque chose, une occasion. Un appel, quelque chose qui aurait changé ma vie pour toujours. Je m'oblige néanmoins à ignorer ma déception et je prends ma place dans la file pour sortir de scène.

Comme après chaque représentation, je prends mes partenaires dans les bras et nous nous félicitons pour ce spectacle réussi. Aujourd'hui, les félicitations sont accompagnées de promesses d'amour, d'amitié et de solidarité féminine, car c'était la dernière représentation de la saison. Notre troupe se sépare pendant quatre mois, pour l'hiver. Nous nous retrouverons au printemps, dans le Colorado, pour répéter avant de repartir en tournée, commençant dans l'Ouest avant de traverser le pays jusqu'à la côte Est. Je ne sais pas encore si je vais rentrer à la réserve ou accompagner une de mes partenaires en voyage. Parfois, nous retournons dans les villes par lesquelles nous sommes passées en tournée afin de mieux les découvrir.

J'ai adoré Las Vegas, par exemple, mais je n'y ai pas passé assez de temps. J'aimerais aussi remonter la côte californienne en partant de San Diego. L'hiver en Californie sera plus doux que dans le Midwest, et j'aime sentir la terre sous mes pieds. J'aime encore plus sentir le sable d'un désert ou d'une plage entre mes orteils. Je ne suis pas fan de la neige. Si je pouvais être pieds nus toute l'année, je serais la plus heureuse des femmes.

– Eh, Tori ! dit Stephanie, une de mes amies les plus proches.

J'attrape mon sac à dos et marche vers elle.

Elle me prend dans ses bras et rapproche son visage du mien.

– On est plusieurs à sortir ce soir pour fêter la fin de la saison. Picoler jusqu'à s'effondrer. Tu es partante ?

Ses boucles auburn rebondissent lorsqu'elle parle. De petites taches de rousseur sont parsemées sur son nez et ses joues, ce que les mecs trouvent adorable.

Je suis sur le point de répondre lorsque ma nuque prend feu et que mes poils se dressent sur mes bras. Je regarde derrière moi, le beau gosse aux yeux bleus est là, à me dévisager, adossé au mur qui longe l'océan. Il me sourit et hoche la tête, comme s'il m'invitait à le rejoindre.

Mon cœur bat la chamade et ma peau s'embrase. Je me mords la lèvre, et il penche la tête sur le côté en me reluquant des pieds à la tête, d'un air sérieux, comme un étudiant qui prend des notes. Toutefois, il semble trop âgé pour être à la fac. Je dirais qu'il doit avoir entre vingt-cinq et trente ans.

– Euh, allô ? Tori, tu es toujours parmi nous ? demande Stephanie en riant.

Je tourne de nouveau la tête vers elle, alors que je rêve de continuer à mater le beau blond avant qu'il ne disparaisse de nouveau.

– Désolée, Steph, je... Tu vois le mec derrière moi ? je chuchote pour qu'elle soit seule à entendre.

Je suis de nature très indépendante, et je n'aime pas parler de ma vie amoureuse. Je préfère segmenter les différents aspects de ma vie : mes amis, ma famille, mon boulot de danseuse, mes passe-temps. Comme ça, je suis sûre que ma vie intime reste privée et que mes relations restent sans attaches. En dehors de ma famille, je prends soin de ne pas forger de relations sérieuses et durables, car je n'ai ni l'intention ni l'envie de rester longtemps au même endroit.

Jamais.

Mon but est, et sera toujours, de vivre toutes les expériences que ma courte vie peut m'offrir et de ne pas gâcher un seul instant, comme me l'ont appris mes parents.

– Tu parles de l'Action Man derrière toi ? demande-t-elle en souriant.

Je fronce les sourcils et le regarde de nouveau, remarquant cette fois les médaillons militaires qui pendent à son cou. Ses cheveux sont coupés très court sur le côté et laissés un peu plus longs sur le dessus, ce qui lui donne un air nonchalant. Il croise les bras et il est soudain si beau que j'en ai l'eau à la bouche. J'ai toujours aimé les mecs aux yeux clairs, tout l'inverse de moi et de mon peuple. Cet Action Man est tout à fait mon genre.

Je souris et il me répond par un clin d'œil qui me fait frissonner des pieds à la tête.

– Mon Dieu ! Il vient de te faire un clin d'œil ! Il est canon, Tori. Tu devrais aller lui parler, dit-elle, tout excitée.

– Je ne sais pas... Il a l'air plus vieux. Et puis, à quoi ça sert ? Ce n'est pas comme si j'allais rester ici très longtemps.

– Et alors ? Vis un peu, meuf ! Les mecs se jettent à tes pieds dans chaque ville où on s'arrête et tu ne mords jamais à l'hameçon. Tu kiffes les femmes ? Ça m'est égal, si c'est le cas.

Je glousse en secouant la tête.

– Non, c'est juste qu'avoir des relations me semble risqué. On bouge tellement, on reste rarement plus de deux ou trois jours dans la même ville. Je ne veux pas commencer une histoire alors que je sais que je vais partir.

– Tu sais, tu peux t'amuser avec un mec, passer un court moment avec lui et en rester là, répond Stephanie en grimaçant. La plupart du temps, c'est tout ce qu'ils veulent, de toute façon. S'il te plaît et que tu lui plais, profites-en ! La seule personne qui peut juger ta décision, c'est toi. N'oublie pas, c'est toi qui es maître de ton destin.

Mon destin.

C'est la raison pour laquelle j'ai commencé ce voyage. Pour réaliser mes rêves. Pour profiter de la vie. Pour comprendre ce que désire vraiment mon cœur. Après tout, pourquoi je ne pourrais pas profiter de toutes les rencontres que je fais ? Si je suis honnête avec un mec sur le temps limité que j'ai à lui offrir, ça devrait aller, non ?

– Tu sais quoi ? Tu as raison. Je crois qu'il faut que je profite un peu de la vie. Que je déplie mes ailes et que je m'envole.

Stephanie hoche vigoureusement la tête.

– Carrément, frangine. Et tu devrais commencer par sortir avec ce beau gosse ce soir !

Je souris et j'éclate de rire avant de me rappeler qu'elle m'a proposé d'aller boire un verre.

– Mais tu ne voulais pas que je sorte avec vous ce soir ?

Elle hausse les épaules et agite la main, comme si ça lui était égal.

– La plupart d'entre nous allons passer la semaine à Atlantic City avant de rentrer. On peut se voir demain. Ne laisse pas ce beau gosse s'échapper sans lui avoir parlé. Si ça ne colle pas entre vous, tu peux toujours nous rejoindre, tu as mon numéro, dit Steph avant de saluer le mec derrière moi. Youhou ! Laisse-moi une minute et je t'envoie ma copine ! crie-t-elle.

Je soupire et vois le mec baisser la tête pour rire. Je me surprends à regretter de ne pas entendre son rire. Je parie qu'il est grave, rauque et ultra-sexy. En fait, tout est sexy chez lui, de ses jambes musclées à sa taille fine, ses larges épaules et son visage de mannequin. Ce type est vraiment superbe.

Je saisis mon amie par les bras et la tourne vers moi.

– Ok, je vais lui parler. Vas-y, retrouve la bande et amusez-vous bien. On se voit demain.

Elle sourit et me prend dans ses bras.

– Ok. Fais tout ce que je ferais si c'était moi que ce superbe Action Man dévorait du regard.

Je lève les yeux au ciel. Stephanie connaît bien la gent masculine, car elle couche avec un mec dans chaque ville où on s'arrête. J'admire la facilité avec laquelle elle vit sa vie, sans peur. Elle profite vraiment de chaque instant, c'est clairement une croqueuse d'hommes.

De mon côté, je n'ai couché qu'avec un seul mec, qui n'était même pas mon petit ami. C'était un garçon qui habitait dans la ville la plus proche de la réserve. Je l'ai rencontré lors d'une sortie au cinéma entre amis. C'était le cousin d'une amie, il venait souvent sur la réserve. On n'était pas amoureux et on ne prétendait pas l'être, mais j'étais curieuse à propos des garçons et du sexe. Il avait deux ans de plus que moi et il était mignon. La première fois, c'est moi qui l'ai séduit. J'ai su plus tard que c'était notre première fois à tous les deux. Pendant les deux années suivantes, on se voyait chaque fois qu'il rendait visite à sa famille, ce qui impliquait surtout qu'on batifolait dans tous les endroits secrets qu'on avait trouvés sur la réserve. Les hormones, quoi.

Je respire un bon coup et me tourne vers le grand blond avant de marcher vers lui en essayant de paraître mature, sexy et nonchalante. Il étudie chacun de mes mouvements, comme si j'étais sa proie. Je déglutis et me mords la lèvre avant de saisir mon courage à deux mains pour parler.

– Salut, je dis d'une voix timide que je déteste aussitôt.

– Salut, répond-il en souriant.

Je ferme la bouche et regarde l'océan, derrière lui, cherchant quelque chose à dire.

– L'océan est sublime, sous ce soleil.

– Il ne l'est pas autant que toi, dit-il d'une voix rauque qui me fait frémir d'excitation.

– Merci, je réponds en me sentant rougir. Je m'appelle Catori.

– Catori, répète-t-il. C'est un prénom unique.

– Ça veut dire « esprit libre », je réponds.

– Ah. Et tu l'es ? demande-t-il en haussant ce sourcil blond que je rêve de caresser.

– Comment ça ? je réponds en penchant la tête et en esquissant un sourire ultra-sexy.

– Est-ce que tu es un esprit libre ?

Je hausse les épaules et ne réponds rien, ne sachant quoi dire.

– Je m'appelle Adam Ross, dit-il en me tendant la main.

Nos paumes se sont à peine touchées que mon sang s'embrase, comme si nos énergies respectives se mettaient à danser et à tourbillonner ensemble.

– Eh bien, euh, je suis ravie de t'avoir rencontré, je dis bêtement en essayant de retirer ma main, mais il m'en empêche.

– J'aimerais t'inviter à dîner ce soir.

Je glousse et regarde nos mains jointes.

– Pourquoi ? Tu ne me connais même pas.

– J'aimerais y remédier, justement. J'aimerais beaucoup, en fait, insiste-t-il, et ses yeux bleus scintillent.

Il finit par lâcher ma main, sa chaleur me manque aussitôt.

Sois maligne. Protège-toi.

La voix de ma mère chante dans ma tête, me rappelant une des nombreuses mises en garde qu'elle me répète chaque fois que je l'appelle.

– Pourquoi ?

– Parce que je n'ai jamais vu de femme aussi belle que toi. Parce que tu danses comme si la musique te donnait la vie. Parce que quand je regarde dans tes yeux, j'y vois mon avenir.

La beauté de sa réponse remplit aussitôt ce vide qui m'a toujours accompagnée.

– Je veux bien dîner avec toi.

CHAPITRE 2

Les portes de l'hôtel s'ouvrent sur Adam et j'observe d'un œil émerveillé sa démarche pleine de force et d'assurance. Il porte un pantalon noir et une chemise bleu clair déboutonnée au col et dont les manches, retroussées jusqu'au coude, lui donnent un air à la fois sophistiqué et détendu.

Je caresse ma robe noire aux motifs cachemire colorés. J'ai lâché mes cheveux et j'ai surtout maquillé mes yeux avec un effet smoky que je trouve séduisant. J'ai mis les sandales à talons compensés noirs que j'ai empruntés à Stephanie. J'aime que toutes mes affaires rentrent dans ma grosse valise et dans mon sac à dos afin de pouvoir partir dès que l'envie me prend. Je n'ai comme bijou que le bracelet en argent que ma meilleure amie Lina a fabriqué pour moi. Il est simple, avec une turquoise en son centre, et de chaque côté de la pierre sont gravés les mots « esprit » et « libre ». C'est ce que je possède de plus beau, il me rappelle ma réserve natale.

Adam vient vers moi de sa démarche assurée et il pose sa main sur ma taille avant de se baisser pour m'embrasser sur la joue. Je ferme les yeux et respire son parfum, qui ne ressemble à aucun de ceux des hommes de chez moi. Son odeur me laisse imaginer qu'il passe beaucoup de temps à la plage, c'est un mélange d'embrun et d'eau de Cologne que j'aimerais avoir le temps de déchiffrer.

– Tu es superbe. On y va ? demande-t-il en souriant avant de m'offrir son bras, comme le font les hommes dans les films.

Je n'ai jamais vu d'homme aussi galant.

Je prends son bras et le laisse m'escorter dans la rue. Toutefois, au lieu de monter dans une voiture, il me guide vers la promenade en bois qui longe la plage. Il sort des lunettes de soleil aviateur de sa poche et les pose sur son nez.

– J'ai pensé que tu serais plus à l'aise en ne t'éloignant pas trop de l'hôtel. Les restaurants ne manquent pas, mais j'ai réservé chez *Carmine's*. Je me suis dit qu'on pouvait d'abord boire un verre sur une des terrasses qui donnent sur l'océan.

Je sens aussitôt mes joues rougir.

– Euh, d'accord, mais je n'ai que vingt ans, j'admets, gênée, même si je sais que c'est idiot.

Il s'arrête brusquement.

– Ah bon ? Tu as l'air plus mature.

– Est-ce que c'est un moyen poli de me dire que j'ai l'air vieille pour mon âge ? je demande en souriant.

Il secoue la tête, la bouche légèrement ouverte.

– Non, répond-il en riant. Pardon, ce sont tes yeux. Ta façon de regarder les choses, comme si tu voyais plus loin que ce qui est sous ton nez.

– Peut-être suis-je un esprit ancien ?

Il lâche mon bras pour prendre ma main et des étincelles remontent aussitôt le long de mon bras pour se loger dans mon plexus solaire.

– Peut-être, en effet. Est-ce que tu veux aller tout de suite au restaurant ou bien marcher un peu ?

– En fait, je n'ai quasiment rien vu de la ville. On est arrivées hier, on s'est couchées et on est allées directement au spectacle. J'aimerais bien me promener un peu, si ça ne te dérange pas.

– Avec plaisir. Ce n'est que ma deuxième journée ici, moi aussi. On peut découvrir la ville ensemble.

Je souris jusqu'aux oreilles et lève la tête vers lui. Il est beaucoup plus grand que moi. Il doit faire au moins un mètre quatre-vingts, quinze centimètres de plus que moi. Il serre ma main dans la sienne et prend une profonde inspiration.

– Marchons un peu avant que je ne fasse quelque chose d'audacieux.

– Comment ça ? je demande en balançant nos mains d'avant en arrière tandis que nous passons devant le *Caesar's Casino*.

– Quelque chose pour laquelle tu n'es clairement pas prête...

Sa bouche se pince, comme s'il se retenait d'en dire davantage.

– Comment tu peux savoir que je ne suis pas prête si tu ne m'as pas posé la question ? je demande en riant.

Il ricane et me regarde du coin de l'œil sans tourner la tête vers moi.

– Je suis à peu près certain que tu n'es pas prête à ce que je t'embrasse, et quand tu me regardes avec tes grands yeux noirs pensifs, je m'y perds.

Une nuée de papillons chatouille mon ventre.

– Je vois. Excellent argument, dans ce cas.

– En béton, murmure-t-il. Du moins, pour l'instant, ajoute-t-il en souriant jusqu'aux oreilles, comme s'il me mettait en garde.

Son sourire me va droit au cœur et me réchauffe des pieds à la tête.

Nous passons l'heure suivante à nous balader et à nous arrêter dans différentes boutiques ou à faire du lèche-vitrines, même si nous n'avons pas l'intention d'acheter quoi que ce soit. Nous marchons jusqu'à l'hôtel *Tropicana*, réputé pour sa vie nocturne.

– Waouh, les lumières sont incroyables, je m'exclame en posant ma main sur ma poitrine.

Adam lâche ma main et m'attire contre lui, posant son bras sur mes épaules.

– Elles sont impressionnantes, c'est vrai.

– Je n'ai jamais joué dans un casino, je murmure en observant l'immense hôtel.

– Dans ce cas, allons-y !

Il prend de nouveau ma main et m'emmène à l'intérieur. J'ai déjà vu des machines à sous et des parties de cartes, puisque mon peuple détient des casinos près de la réserve, mais je n'ai jamais vu quelque chose d'aussi grandiose. Tout est lumineux et coloré, comme si les machines elles-mêmes étaient vivantes. Je suis aussitôt happée par l'excitation scintillante des tintements et des cloches, des cris de joie et des applaudissements qui retentissent aux quatre coins de la vaste salle.

Adam m'emmène vers les machines à sous.

– Comme tu n'as pas vingt et un ans, c'est moi qui dois jouer. Mais choisis la machine que tu veux, et on tentera notre chance.

Je frappe des mains et sautille sur place, tout excitée. Je me dirige vers une machine avec un grand levier et trois rouleaux qui tournent sur eux-mêmes. Ça me semble assez simple.

– Celle-ci ? demande Adam en se plaçant devant.

Je hoche la tête, et il sort son portefeuille de sa poche avant de s'asseoir sur le tabouret. Soudain, il saisit ma main et m'attire devant lui, passant son bras sur mon ventre pour nicher mes fesses entre ses cuisses. Je déglutis et fais mine de ne pas être affectée par son geste alors qu'il sort quatre billets de un dollar de son portefeuille.

– Je te confie les billets et mon portefeuille, dit-il en gardant un des billets.

Je les prends et mets mes mains entre mes seins, attendant qu'il commence.

– Donc d'abord, tu mets l'argent ici, explique-t-il alors que la machine avale son billet.

Il passe son bras libre autour de ma taille et me plaque contre lui. Je suis surprise de me sentir autant en sécurité avec lui, et je recule davantage.

– Eh, doucement, chuchote-t-il en me serrant plus fort. Si tu continues à gigoter comme ça, ma main ne sera pas la seule chose à te toucher.

Son souffle chaud chatouille ma peau et mon sang s'embrase aussitôt. Je ne pensais pas être aussi excitée lors d'un premier rencard.

– Pardon, je réponds en gloussant comme une adolescente.

– Ne t'excuse pas, j'aime te sentir contre moi, répond-il en refermant sa main sur ma hanche. Donc, on a mis l'argent. Tu vois les trois rouleaux ?

Je fais oui de la tête. Le premier est sur le sept, l'autre sur une étoile, le dernier est arrêté sur un rectangle noir où est inscrit le mot BAR.

– Donc, il faut tirer sur le levier et espérer que les rouleaux s'arrêtent sur des images identiques.

– Attends, on ne peut pas les faire tourner un par un pour qu'ils s'alignent ? Ils tournent tous en même temps ?

– Exactement.

– Une victoire me semble peu probable, alors.

– C'est ça. Les machines à sous sont surtout censées être amusantes. Elles sont là pour que les casinos ne fassent pas faillite.

– Mais ça arrive, de gagner ? je demande en me sentant coupable de lui avoir fait perdre son argent alors qu'il n'a presque aucune chance de le récupérer.

– Oui, mais c'est une question de chance. Est-ce que tu te sens chanceuse ?

Je secoue la tête.

– Je ne crois pas à la chance. La vie est une question de choix, d'efforts et de sacrifices. Les meilleures récompenses sont le résultat d'un travail sérieux et de décisions réfléchies.

Il caresse ma joue du bout du nez.

– Tu es pleine de surprises.

– Peut-être que tu devrais récupérer ton argent, je propose.

– Ah non, répond-il en riant. J'ai envie de jouer. Attendons de voir ce qui se passe.

– C'est ton argent, après tout. C'est toi qui vas perdre, je dis en haussant les épaules.

– C'est marrant, chuchote-t-il dans mon oreille avant d'abaisser le levier, parce que j'ai déjà l'impression d'avoir gagné.

Je regarde les chiffres et les symboles tourner et s'arrêter sur trois images différentes.

– Nul, je râle.

Adam ricane et frotte son pouce et son index, m'indiquant qu'il veut un autre billet.

– Je ne suis pas sûre que tu devrais gaspiller ton argent, je déclare, consciente que c'est toujours le casino qui gagne.

– Est-ce que tu t'amuses ?

Je regarde autour de moi, notant les lumières colorées, les rires des gens, puis je me concentre sur ce que je ressens, sur le plaisir que je prends à être dans les bras d'Adam.

– Oui.

– Tant mieux, répond-il en mettant un second billet dans la machine.

Les rouleaux tournent de nouveau et, cette fois, ils s'arrêtent sur deux cerises et un BAR. Mes épaules s'affaissent, mais mon cœur bat un peu plus vite.

– Tu en as deux identiques.

– On essaie une troisième fois ? demande-t-il d'un ton moqueur, essayant de m'appâter alors qu'une victoire est forcément improbable.

Cependant, je me laisse prendre au jeu, emballée par son excitation et la mienne. Il glisse un autre billet dans la machine, baisse le levier, et nous regardons les rouleaux tourner.

Le premier affiche un sept, le second une paire de cerises, et le troisième un sept.

– C'est nul ! je répète en posant une main sur ma hanche alors que je tiens son portefeuille et le dernier dollar dans mon autre main.

Je me tourne vers lui en boudant.

– On arrête de gaspiller ton argent maintenant.

Il pose ses mains sur mes hanches et éclate de rire, les yeux pétillant de malice.

– Mais, chérie, on a gagné !

Je fronce les sourcils et regarde par-dessus mon épaule, remarquant que le gyrophare du dessus s'est allumé.

– Mais pourquoi ? On n'a que deux symboles identiques.

Il me fait faire demi-tour et désigne le côté de la machine, où il est expliqué que notre combinaison équivaut à un gain de deux cent cinquante dollars.

– Tu as gagné deux cent cinquante dollars ? je m'écrie en me tournant vers lui pour passer mes mains dans sa nuque.

– Oui, on a gagné !

Je saisis son visage de façon maladroite puisque je tiens toujours son portefeuille, et je l'embrasse fermement sur la bouche. Il répond à mon baiser, mais ni lui ni moi n'ouvrons la bouche pour aller plus loin. C'est un baiser de joie et d'excitation partagées. Lorsque je recule, il pose une main sur ma joue.

– Si tu réagis comme ça, je pense qu'on devrait continuer à jouer, dit-il en riant.

– C'est hors de question, je réponds en secouant la tête. Ça paiera notre repas !

– Je comptais t'offrir le dîner, ma belle.

– Peu importe, je réponds en souriant. Mieux vaut ne pas tenter le diable.

Il penche la tête sur le côté et prend mon visage dans ses mains.

– Je ne sais pas, la chance a plutôt été de mon côté aujourd'hui. J'ai une femme sublime dans mes bras, je passe une super-soirée et je suis sur le point de dîner avec toi.

– Je passe une bonne soirée, moi aussi.

– Prête pour le dîner ?

Je me mords la lèvre en pensant que c'est lui que j'aimerais manger. Cela fait deux ans que je n'ai pas eu de relation avec un homme, et ça ne m'a pas dérangée jusqu'à maintenant. D'ailleurs, je ne peux pas dire que Will était un homme, quand on était ensemble. On était juste deux ados qui découvrions le sexe de façon maladroite.

Or, Adam Ross est un homme, un vrai. Et il me regarde comme un homme regarde une belle femme.

– Je suis prête pour à peu près tout, je réponds d'un ton faussement pudique et lourd de sous-entendus.

Adam se lèche les lèvres et je regarde ses narines se dilater.

– Tu sens divinement bon, Catori, déclare-t-il en fermant les yeux et en prenant une profonde inspiration.

– C'est moi qui l'ai fait.

– Ton parfum ?

– Oui. Du patchouli, de la bergamote et un mélange d'agrumes. Dans mon peuple, on aime fabriquer nos propres parfums, nos savons et beaucoup d'autres choses.

– Ton peuple ?

– Je suis amérindienne. Je suis surtout comanche, mais j'ai un peu de sang navajo. J'ai passé toute ma vie sur une réserve.

– C'est fascinant. Récupérons nos gains et allons dîner. J'ai envie d'en savoir plus sur ton enfance.

– Le restaurant est loin ? je demande en lui tendant son portefeuille.

Il appuie sur des boutons et la machine lui donne une carte.

– Eh, mais il est où, ton argent ?

Il me montre la carte en plastique rouge.

– Il faut donner ça à la caissière là-bas, explique-t-il en désignant le panneau doré, de l'autre côté de la salle, sur lequel est écrit CASHIER.

– Ah, d'accord, je réponds avant de lui emboîter le pas tout en regardant autour de moi.

– Tu veux que j'essaie autre chose ? Un jeu de cartes ? me demande-t-il.

Et dépenser encore plus d'argent alors qu'il risque de le perdre ? C'est mort. Je fais non de la tête et reste silencieuse.

Adam récupère son gain et me prend la main pour m'escorter au restaurant en bas de la rue. La carte indique qu'ils servent des plats italiens, mon estomac gargouille bruyamment.

– La prochaine fois, on mangera avant de jouer, dit Adam en riant.

Je souris, en remarquant les mots qu'il a choisis.

La prochaine fois.

Je lui plais suffisamment pour qu'il ait envie de me revoir.

Je ne peux pas m'empêcher de sourire jusqu'aux oreilles.

Il pose sa main sur ma joue et baisse les yeux sur moi.

– Bon sang, ce sourire pourrait mettre fin à toutes les guerres du monde. Tu es vraiment sublime.

Je ne pensais pas cela possible, mais je souris de plus belle.

Il se baisse encore et s'empare délicatement de ma bouche. Sa langue titille mes lèvres et j'ouvre légèrement la bouche pour lui répondre.

Cela pourrait aller plus loin mais, encore une fois, Adam recule.

Je boude un peu, car j'aurais aimé goûter un peu plus à cet homme qui remplit de bonheur mon cœur et ma tête.

– Plus tard, déclare-t-il d'un ton qui ressemble à une promesse.

Or, je crois à sa promesse et j'ai hâte de lui faire tenir parole.

CHAPITRE 3

Le dîner se déroule dans une belle atmosphère, avec des plats délicieux et une conversation géniale. J'apprends qu'Adam est militaire et qu'il est en permission pour les deux prochains mois. Nous parlons surtout de nos voyages de façon légère et détendue. Je lui parle des deux années que j'ai passées à sillonner le pays avec ma troupe de danseuses, et il me décrit les différents endroits où il a vécu durant ses dix années de service.

Adam me tient la main en me raccompagnant à l'hôtel.

– Est-ce que tu comptes renouveler ton contrat avec l'armée ?

Il acquiesce.

– Il me reste encore deux ans sur ce contrat, mais oui. C'est mon métier. C'est pour ça que je suis doué, pour mener les gens, pour décider des stratégies et établir les prochaines missions.

– Tu es militaire de carrière, alors.

– Ouais, dit-il. C'est ce que j'ai toujours voulu faire.

– C'est admirable.

– Et toi ?

Il porte ma main à sa bouche et l'embrasse. C'est un geste affectueux et intime. Cela en dit long sur le lien qui se tisse rapidement entre nous. Je n'en reviens pas de me sentir aussi à l'aise et en sécurité avec lui. C'est comme si cela faisait des années que nous sommes ensemble, et non quelques heures.

Je hausse une épaule.

– Je ne sais pas. Je vais continuer à danser avec la troupe, mais on est en pause pour quelques mois. Peut-être que je vais rentrer chez moi ou peut-être que je vais fermer les yeux et pointer le doigt au hasard sur une carte pour décider où je vais. Je n'ai encore rien décidé.

– Alors, tu es libre pour les deux prochains mois ?

Il lâche ma main et passe son bras dans mon dos pour me ramener contre lui.

– Techniquement, je fais ce que je veux, oui.

– Personne ne t'attend chez toi ? Il n'y a pas un homme qui attend de te faire sienne ? demande-t-il d'un ton un peu inquiet, qui me plaît énormément.

– Seulement mes parents, je réponds en riant.

– Tahsuda et Topsannah.

– C'est ça, bonne mémoire !

– J'ai une très bonne mémoire, oui ; surtout quand j'essaie de séduire une belle femme.

Il m'attire plus fort contre lui et je passe mon bras dans son dos, refermant ma main sur sa taille fine et ferme. La position est parfaitement naturelle, comme si j'étais faite pour être contre lui.

– Et toi, tes parents ? Tu n'en as pas parlé pendant le repas. D'ailleurs, il me semble que tu as changé de sujet.

– Ils sont décédés juste après que j'ai commencé l'armée. Dans un accident de voiture.

Je pose ma main sur son torse et m'arrête devant la porte de l'hôtel.

– Mon Dieu, tu les as perdus tous les deux ? Je suis désolée, Adam. Ça doit être très dur. Tu as des frères et sœurs ?

– Non, je suis fils unique. Je n'ai aucune famille en dehors de mes frères d'armes. L'armée m'a aidé à combler ce vide, ces dernières années.

– Je suis fille unique, moi aussi, je réponds, ne sachant quoi dire. Et ma mère est très malade. Elle a un cancer incurable.

– Chérie, dit-il d'une voix rauque en prenant mon visage dans ses mains.

Et encore, il n'en sait pas la moitié.

Nous restons plusieurs minutes ainsi, les yeux dans les yeux, alors qu'un tas d'émotions tourbillonnent autour de nous. Quelque chose d'impalpable et d'indicible crépite entre nous, une énergie cosmique, nos phéromones, la magie, je ne sais quoi. C'est comme si nos âmes fusionnaient et l'instant est si puissant que mes yeux se remplissent de larmes. Adam en essuie une avec son pouce, puis il plaque son doigt contre ses lèvres, comme pour l'avaler.

Je ferme les yeux et inspire alors que quelque chose change entre nous, une connexion profonde et puissante qui fait de nous une entité nouvelle et unique.

– Tu me raccompagnes à ma chambre ? je demande d'une voix tremblante, j'ai désespérément envie d'être contre lui.

Il me sourit tendrement et déglutit.

– Je te suis, répond-il en tendant galamment le bras, m'invitant à le précéder.

Nous traversons le hall de l'hôtel côte à côte et prenons l'ascenseur jusqu'à mon étage, sans un mot, puis nous longeons le couloir et entrons dans ma chambre.

La porte s'est à peine refermée que je me retourne brusquement et plaque ma bouche contre la sienne. Je me jette contre lui et il fait un pas en arrière pour ne pas perdre l'équilibre. Il m'entoure de ses bras et empoigne ma fesse tandis que son autre main saisit mon épaule. Il ouvre la bouche et j'y plonge ma langue, goûtant enfin sans retenue cet homme qui a captivé mon attention dès le premier regard. Cet homme pour lequel mon corps frémit d'un désir si intense que je pourrais me briser en deux.

Adam a un goût de cannelle et du café qu'il a bu avec le dessert que nous avons partagé.

Je fredonne et titille sa langue avec la mienne, lui arrachant un grognement, il resserre alors son étreinte. J'ai l'impression de ne pas en avoir assez. Je tourne la tête d'un côté puis de l'autre, explorant chaque millimètre de sa bouche, et Adam donne autant qu'il reçoit. Plus encore, en fait. Son baiser est puissant et effronté. Il ne me taquine pas ; il me dévore, mordillant et léchant ma bouche avec une ferveur sans équivalent. Personne ne pourra jamais rivaliser avec lui.

Il me tient plus fort en nous déplaçant dans la chambre, mais je n'y prête pas attention car je suis occupée à plonger mes mains dans ses cheveux dorés, laissant ses mèches soyeuses glisser entre mes doigts comme de l'eau. Il empoigne soudain ma nuque et je me sens tomber en arrière, me retrouvant sur un nuage moelleux alors qu'Adam s'allonge sur moi.

Il recule brusquement la tête et nous nous regardons en pantelant, respirant le souffle de l'autre. Son corps vibre contre le mien, les muscles de ses avant-bras sont bandés, sa mâchoire contractée. Son torse se soulève à chaque respiration, il me fait penser à un taureau sur le point de charger. Je me sens sauvage et changée. Je n'ai jamais réagi à un homme de cette façon. Or, tout ce que je sais, c'est que je veux plus. Tellement plus.

– S'il te plaît, je chuchote en me cambrant contre lui pour que nos corps se touchent.

Il ferme les yeux quelques secondes.

– Catori, on vient de se rencontrer...

Je souris et entoure sa taille avec mes jambes et son dos avec mes bras, l'attirant à moi jusqu'à ce qu'il s'allonge.

– M'en fiche.

Je lève la tête et m'empare de sa bouche, caressant son dos du bout des doigts, savourant chaque creux et chaque bosse que dessinent ses muscles. Ce type est incroyablement bien bâti et je désespère de sentir sa peau contre la mienne. Je tire sur sa chemise et la remonte jusqu'à sentir sa peau brûlante. Il pousse un grognement dans ma bouche et sa main remonte le long de ma cuisse, sous ma jupe, jusqu'à trouver mes fesses.

– Putain, Catori... siffle-t-il en palpant ma fesse, que mon string ne fait rien pour cacher.

Je promène ma langue sur son cou, savourant son goût viril et salé. Il en fait de même, embrassant et mordillant ma gorge, déclenchant une vague d'excitation brûlante qui se précipite entre mes cuisses, au point que je soulève mon bassin pour frotter mon sexe à son érection. Il s'empare à nouveau de ma bouche dans un baiser ardent qui dure longtemps. Je me laisse envoûter et ne reviens sur terre que lorsque je sens ses doigts tirer sur la dentelle de mon string, le baissant jusqu'à ce qu'il puisse plaquer sa main sur mon sexe.

Il plonge un doigt entre mes lèvres et je pousse un cri en me cambrant.

Sa bouche caresse ma mâchoire, puis il la mordille alors qu'il ajoute un deuxième doigt.

Comblée.

Je me sens entièrement et merveilleusement comblée.

J'ouvre les yeux et découvre son regard rivé sur le mien.

– Ah, la voilà... garde les yeux ouverts, bébé. Je vais te donner tellement de plaisir...

Je retiens mon souffle lorsque ses doigts font un mouvement de ciseau, étirant mon sexe jusqu'à ce qu'il ait suffisamment de place pour commencer ses allers-retours. Ses yeux bleu clair s'assombrissent soudain, comme si le soleil se couchait et que la nuit tombait. J'étudie son visage, ses narines dilatées, sa bouche entrouverte et détendue, sa lèvre luisante après notre baiser langoureux.

Son pouce trace un cercle sur mon clitoris et je me soulève pour qu'il s'enfonce davantage. Je penche la tête en arrière et je dessine des cercles avec mon bassin.. Adam est un maître. À côté de ça, mes premières expériences n'étaient rien.

Mon sang s'embrase de plus belle et je sens mon corps se couvrir de sueur. Je ferme les yeux et me concentre sur les pulsations délicieuses de mon sexe, sur les soubresauts d'extase qui se propagent dans mes veines.

– Mon Dieu, Adam ! je crie en plantant mes ongles dans sa peau.

– Ouvre les yeux, bébé. Regarde-moi, dit-il sans desserrer la mâchoire.

Je lui obéis et me concentre autant que possible sur lui alors qu'il plonge un troisième doigt en moi.

Le mélange de plaisir et de douleur déclenche aussitôt mon orgasme.

– Tes yeux ! gronde-t-il alors que je convulse contre lui.

J'ouvre les paupières et ne vois plus que lui.

Nous.

Mon avenir.

– Des fenêtres sur l'âme, murmure-t-il en souriant avant de s'emparer de ma bouche.

Mon orgasme ne s'arrête pas. Il semble infini, et je ne suis bientôt plus qu'une masse frémissante de nerfs à vif. Un second orgasme suit le premier sans que celui-ci n'ait pris fin et, tandis que je reviens à moi, il dépose une série de baisers le long de ma gorge, embrassant mes tétons avant de les mordre si fort que je le sens à travers ma robe et mon soutien-gorge. Son autre main se charge de baisser mon string sur mes jambes, et je l'aide en le dégageant, l'envoyant au pied du lit. Lorsque la bouche d'Adam atteint sa destination, il retire ses doigts, écarte mes cuisses et suce mon clitoris. Il plonge sa langue dans ma fente, et j'en ai le souffle coupé.

Je suis coincée dans un merveilleux nirvana où mes sens sont sursollicités.

Mon corps tressaille, mais il saisit mes hanches et m'empêche de bouger tandis qu'il m'explore. Les cuisses ouvertes, anéantie par deux énormes orgasmes, je n'ai jamais été aussi vulnérable. Mon cœur bat si fort qu'il pourrait s'arrêter à tout moment. Mais je ne lui demanderais jamais d'arrêter. C'est simplement trop bon.

Mes yeux se remplissent de larmes alors qu'un mélange de passion, de besoin désespéré et de désir brûlant fait rage dans mes veines.

– Tes yeux, bébé.

Je parviens à les ouvrir malgré le brouillard qui enveloppe mon cerveau, et je me redresse sur les coudes pour admirer ses larges épaules. En cet instant précis, tout ce qu'est Adam Ross est à moi.

Et je suis à lui.

– Tu as un goût divin et tu ressembles à un ange, dit-il.

Je le regarde alors baisser la tête sans me quitter des yeux pendant qu'il caresse mes cuisses du bout de la langue. Instinctivement, j'essaie de les refermer.

– Qu'est-ce que tu veux ? demande-t-il d'un ton aguicheur en haussant un sourcil.

Je déglutis, dégaine la séductrice en moi et soulève mon bassin pour le rapprocher de son visage.

– Je veux me sentir bien.

– Et je veux être l'homme qui te donne tout ce que tu veux, répond-il.

Il plaque sa bouche sur mon clitoris et se met à le sucer.

Je pousse un cri et plonge mes mains dans ses cheveux, les tirant à la racine. Il gémit et me prend plus fort, ajoutant ses doigts aux gestes experts de sa bouche. Plus je me montre éhontée, plus il cherche à m'exciter, et je plaque bientôt son visage contre mon sexe alors qu'il frotte le sien au matelas. Nous nous perdons tous les deux dans l'instant et le sexe est presque secondaire au lien qui se tisse entre nous.

Il tourne ses doigts dans mon sexe et suce mon clitoris si fort que je m'envole de nouveau en criant son nom, tandis qu'un voile noir descend sur mes yeux.

Je reviens à moi quelques minutes plus tard, blottie contre son torse chaud. Il me tient dans ses bras. Une de ses mains caresse mes cheveux tandis que l'autre est posée sur ma hanche. À l'évidence, je me suis mise à l'aise, car ma cuisse est remontée sur son ventre. Je lève la tête et regarde ses beaux yeux bleus, puis je niche mon nez dans le creux de son cou et respire ce parfum viril et océanique, me demandant quelle est la part de naturel dans son odeur. Quoi qu'il en soit, je rêve de m'endormir en la respirant.

– Salut, toi, dit-il en gloussant. Ravi de te revoir.

– Je me suis évanouie ? je demande en levant la tête.

– Non, mais tu t'es assoupie quelques minutes.

– Ouais, c'est ce qui arrive après trois orgasmes plus intenses les uns que les autres, je réponds en rougissant.

Il fredonne, et j'aime sentir sa voix vibrer contre mon torse.

– J'aimerais t'emmener quelque part, demain.

– Demain ? je répète en fronçant les sourcils et en m'appuyant sur un coude pour le regarder dans les yeux.

– Ouais. Tu as prévu quelque chose ? se moque-t-il.

– Ben, euh non. Pas vraiment. Mais je pensais que...

Je promène ma main sur son torse jusqu'à sa braguette, sentant son érection sous son pantalon, mais il saisit ma main avant que je ne puisse aller plus loin.

– Ce soir, c'était pour toi.

– Et toi ? Je n'aime pas être la seule à avoir pris mon pied après le meilleur rencard de ma vie, je déclare.

En réalité, c'est le seul rencard de ma vie, mais Adam n'a pas besoin de le savoir.

– Catori, tu me plais beaucoup. Je ne veux pas gâcher ça en allant trop vite.

J'éclate soudain de rire, si fort que j'appuie mon front contre son torse. Il pose une main sur ma nuque et attend que je me calme.

– Il y a cinq minutes, tu avais ta bouche et ta main entre mes jambes. Et c'est moi qui t'ai invité à monter et qui t'ai sauté dessus. Je me fiche que ça aille vite.

Il soupire et caresse mon dos de haut en bas.

– Justement. C'est pour ça que j'aimerais ralentir. Juste un peu.

– Demain ? je demande en souriant.

Je suis convaincue qu'il est impossible qu'on prenne les choses lentement. Après ce que je viens de vivre, j'ai hâte d'aller plus loin.

– Peut-être, dit-il en riant avant de me soulever pour m'embrasser.

Il se relève lentement et m'emmène avec lui jusqu'à ce qu'on soit assis sur le lit, puis il nous met debout et nous guide vers la porte, sans jamais rompre le baiser. Lorsqu'il recule, je me sens anéantie, comme si je n'étais plus entière sans lui.

– Tu pourrais passer la nuit ici, tu sais. On peut simplement dormir.

Il pose une main sur ma joue et me sourit tendrement.

– Je ne crois pas avoir suffisamment de retenue pour ça.

– Qu'est-il advenu des arguments en béton ? je demande d'un ton moqueur.

– Pas après avoir goûté à un ange, non. J'ai des limites, tu sais.

Je passe ses mains dans son cou et me colle à lui.

– Quelle heure, demain ?

– Aussi tôt que possible. Tu te lèves vers quelle heure, en général ? J'ai une idée de ce qu'on pourrait faire, mais c'est très tôt le matin. Genre, sept heures. Donc, il faudrait que je passe te prendre à six heures et quart.

– Je t'attends dans le hall à six heures et quart, alors.

– Super, répond-il en souriant. On se voit demain matin. Mets une veste et un pantalon.

– Oui chef, j'acquiesce en lui faisant un salut militaire.

Il prend une dernière fois mon visage dans ses mains et je lève la tête vers lui. Il m'embrasse lentement et tendrement dans un baiser plein de promesses.

– Languis-toi de moi !

Sa façon de le dire me frappe en plein cœur. Car ce n'est ni une question ni un ordre, mais plutôt un espoir. Je ne peux imaginer ce qu'il doit ressentir en n'ayant personne à qui manquer durant ses voyages et ses missions. Adam n'a pas de famille. Ses amis sont techniquement ses collègues et ses subalternes, pas des gens qui l'aiment et tiennent à lui pour l'homme qu'il est. Je prends soudain conscience de l'importance de ce genre de relations. Quelle que soit la durée de mon histoire avec lui, je serai honorée d'être la personne à qui il manque.

– Jusqu'à demain, je promets.

Son visage s'illumine et ma poitrine se resserre.

– Ça a été une des plus belles journées de ma vie, dit-il en m'embrassant brièvement.

– Alors essayons de faire mieux demain, je dis en souriant, déjà consciente que je ferai tout pour vivre autant de choses que possible avec cet homme.

Son corps, son essence, son âme, même, m'appellent d'une façon que je ne saurais expliquer et que je ne veux pas chercher à comprendre. Adam fait partie de mon aventure. Il fait partie de ce que je suis censée vivre dans le temps qui m'est imparti.

– Carrément. Je te vois demain matin, répond-il en me faisant un clin d'œil avant de refermer la porte sur lui.

Je me tourne et m'appuie contre le bois en soupirant.

– Aujourd'hui, un nouveau chapitre de ma vie a commencé. J'ai hâte de découvrir où va me mener cette histoire.

Je sautille sur place, puis je cours vers mon lit et me laisse tomber dessus, gigotant dans les draps jusqu'à trouver un coin de l'oreiller qui a gardé le parfum d'Adam. Je tire la couette sur moi, et je ferme les yeux.

CHAPITRE 4

Le soleil pénètre par les portes vitrées de l'hôtel quand Adam entre dans le hall. Il porte un blouson aviateur en cuir noir usé, un pantalon cargo kaki, des Rangers noires et une écharpe crème sur un tee-shirt blanc. Il enlève ses lunettes de soleil et les glisse dans son col en me souriant. Il a l'air tout droit descendu d'un hélicoptère de l'armée. Je souris et frémis quand il approche.

Je lui tends l'un des cafés que j'ai achetés au bar de l'hôtel. Maintenant que je suis face à l'homme qui occupe mes pensées depuis que j'ai ouvert les yeux ce matin, je ne trouve pas mes mots. Adam est si beau que j'en perds la parole.

Il sourit de plus belle et baisse la tête en posant sa main sur ma joue. Ses lèvres froides s'emparent alors des miennes et je ferme les yeux en sentant son souffle chaud sur ma bouche. Il recule et je grave ce souvenir dans ma mémoire alors qu'il caresse ma joue avec son pouce.

– C'est pour moi ? glousse-t-il.

J'ouvre les yeux, déboussolée, et lui donne son café.

– Oui, j'ai pensé que tu n'avais peut-être pas eu le temps d'en prendre un, vu qu'il est très tôt.

– J'ai l'habitude de me lever à l'aube, mais j'avais hâte de venir te chercher. Le taxi nous attend dehors. Tu es prête ?

Je hoche la tête, tout excitée.

Il boit une gorgée et fredonne d'un air satisfait.

– Pile comme je l'aime. Comment tu as su ?

– Tu as commandé un café au lait, hier soir, mais tu ne l'as pas sucré. J'aime prêter attention aux petites choses qui font plaisir aux gens.

Il passe son bras dans mon dos et m'embrasse sur la tempe.

– Merci. C'est mignon.

Je rougis.

– Ce n'est rien !

– Ce n'est pas rien pour moi. Je suis touché que tu t'en sois souvenue, dit-il d'une voix grave qui déclenche une nuée de papillons dans mon ventre.

Je souris et me sens rougir de plus belle.

– Il n'y a pas de quoi.

Adam m'ouvre la porte du taxi et la referme une fois que je suis bien installée, puis il fait le tour du véhicule et s'y installe à son tour.

– Attache-toi, dit-il en désignant la ceinture.

N'ayant pas oublié comment ses parents sont décédés, je ne perds pas de temps et lui obéis.

– 800 North New Hampshire Avenue, dit-il ensuite au chauffeur.

– On va où ?

– Est-ce que tu aimes les dauphins ? demande-t-il en se tournant vers moi.

– Il y a des gens qui n'aiment pas ?

Son regard pétille de joie et mon cœur bat plus fort.

– Et les bateaux ? Tu as le mal de mer ?

– Je ne sais pas, en fait. Je n'ai jamais été sur un bateau.

– Vraiment ? s'étonne-t-il.

– Il n'y a pas beaucoup d'endroits où faire du bateau sur une réserve amérindienne entourée de désert et de roches rouges.

Son sourire est resplendissant, comme un enfant le matin de Noël. Il prend ma main dans la sienne et la pose sur sa cuisse.

– Je suis ravi que tu vives une autre première fois avec moi, dans ce cas. J'ai aimé te faire découvrir les jeux d'argent hier. Maintenant, attendons de voir si tu as le pied marin.

– Le pied marin ?

– Oui, c'est la capacité d'une personne à rester en équilibre et à s'ajuster aux mouvements du bateau sans avoir le mal de mer.

– J'espère ne pas vomir. Mais j'ai super-envie de voir des dauphins et de faire du bateau, donc je vais essayer. Et puis, il faut avoir un bon sens de l'équilibre pour danser, non ?

– C'est vrai.

Il porte ma main à sa bouche et l'embrasse tendrement, comme il l'a fait hier soir. Je découvre peu à peu que, si Adam Ross est attentionné, il aime recevoir de l'affection en retour.

Nous roulons en silence pendant plusieurs minutes, regardant l'océan par la fenêtre. C'est magnifique. Ayant grandi dans un désert, je me sens privilégiée de voir, de sentir et de pouvoir toucher l'océan. Je compte en profiter autant que possible.

Peut-être qu'après avoir vu les dauphins, nous pourrions nous promener sur la plage.

Lorsque nous arrivons, Adam paie le taxi et m'emmène acheter nos billets. Nous ne sommes pas seuls ; il y a d'autres couples qui discutent tranquillement en buvant leur café, mais aussi des parents qui escortent leurs enfants à peine réveillés.

Adam m'accompagne sur le bateau et, face à l'océan, il me coince entre lui et la rambarde, mon dos contre son torse, comme lorsque nous jouions à la machine à sous. Je me blottis contre lui, plus à l'aise maintenant que nous avons partagé plus d'intimité. Il appuie son menton sur mon épaule alors que le moteur du bateau vrombit et que nous partons vers le large, où quelques petits bateaux sont parsemés à l'horizon.

Lorsque le vent agite mes cheveux, je les saisis et les attache en chignon sur ma nuque.

– Tu as assez chaud, bébé ? On peut aller à l'intérieur si tu veux, dit-il en passant sa main sur mon ventre pour me ramener contre lui.

Je couvre son bras avec les miens et m'appuie contre son torse.

– Je préfère rester ici, dans tes bras.

Il fredonne, l'air satisfait, et je sens les vibrations de sa voix dans mon dos. Il plaque sa bouche chaude sur mon cou et je soupire lorsqu'il m'y embrasse et que mon corps se réchauffe.

Le vent devient plus fort et plus froid tandis que nous glissons sur les vagues, mais je n'ai pas peur. Je suis dans les bras d'Adam. Adam Ross : fort, tendre, galant et beau. Que demander de plus ?

Apparemment, Adam n'est pas du même avis car, soudain, il enroule son écharpe sur mon cou.

– Là, tu devrais avoir moins froid.

Je me tourne dans ses bras et lève la tête en souriant jusqu'aux oreilles lorsque je vois ses cheveux dorés agités par le vent, ses yeux azur, sa barbe naissante et le sourire sur ses lèvres charnues. Entourés par l'océan, bercés par le son des vagues, je l'embrasse dans la chaleur du soleil levant.

Il approfondit le baiser, titillant ma langue avec la sienne comme s'il voulait que l'on fusionne. Je me mets sur la pointe des pieds et penche la tête sur le côté, suçant sa lèvre supérieure alors qu'il mordille ma lèvre inférieure, puis nous inversons les rôles sans y penser.

Cette fois, c'est moi qui recule légèrement, car je veux le regarder dans les yeux en lui faisant part de ce que je ressens. Je caresse sa tempe puis sa joue, savourant la sensation de sa barbe naissante sous mes doigts.

– Pourquoi j'ai l'impression que c'est le début de quelque chose qui va bouleverser ma vie ?

– Ma vie tout entière a changé quand j'ai croisé ton regard, admet-il d'une voix rauque et sincère.

Je déglutis, nerveuse, mais je décide de ne pas me décourager, voulant comprendre les émotions qui font rage dans mon cœur et dans ma tête.

– Le coup de foudre ? je chuchote.

– Pour moi, ouais. Je n'ai jamais ressenti ça pour une femme.

– On se connaît à peine...

J'essaie d'être la voix de la raison, ce qui est parfaitement inhabituel pour moi. C'est toujours mon père qui a tenu ce rôle.

– Alors, pourquoi j'ai l'impression qu'on se connaît depuis toujours ? répond-il d'un ton inquiet.

– Des âmes sœurs ?

L'expression prend aussitôt une ampleur et une importance que je n'aurais pas imaginées possibles. Il sourit jusqu'aux oreilles et prend mon visage dans ses mains.

– Je serais l'homme le plus chanceux de la terre si l'univers t'avait choisie pour moi.

Alors, sans plus un mot, nous scellons l'instant par un baiser.

Un baiser d'espoir.

Un baiser plein de promesses.

Un baiser pour notre avenir.

♦

Les dauphins s'agitent dans l'eau comme s'ils étaient en représentation devant un public. Cela dit, c'est un peu le cas, puisque les guides donnent à chaque groupe de spectateurs un seau contenant de petits poissons afin qu'on les jette dans l'eau. J'éclate de rire chaque fois qu'un dauphin émet un petit cliquetis ou un sifflement. Je refuse de prendre les poissons morts dans les mains, ça me dégoûte, mais Adam est ravi de nourrir les cétacés que je lui désigne.

Lorsque le tour en bateau est fini, nous descendons de l'embarcadère et je rejoins la promenade en sautant de joie.

– C'était génial ! je m'écrie.

Adam se laisse emporter par mon enthousiasme et me soulève pour nous faire tournoyer avant de m'embrasser fougueusement.

– Je suis mort de faim, dit-il. Pas toi ?

– Carrément ! On va où ?

– Je mangerais n'importe quoi. Peu importe, répond-il alors que son estomac gargouille bruyamment, me faisant rire de nouveau.

Je regarde autour de nous. Il est dix heures et demie du matin, mais un restaurant jouant de la musique mexicaine semble ouvert, des tables sont libres à l'extérieur. Je pointe du doigt ses couleurs vives et ses serveurs souriants.

– *Tacos & Tequila* ? Pour le petit déj ? demande Adam.

– Pourquoi pas ?

Il passe son bras dans mon dos et m'y emmène.

– Avec toi à mes côtés, je suis prêt pour n'importe quoi. Allez viens, chérie. Allons manger des tacos et boire de la tequila.

Et c'est ce que nous faisons.

Nous sommes à peine installés qu'Adam commande quatre shots de Patron Silver avec des oranges, ainsi qu'un assortiment de tacos au bœuf, au porc et au poulet. J'ai déjà bu de la tequila, mais c'était de l'alcool de supermarché qui avait un goût horrible. J'espère qu'un homme de vingt-huit ans sait comment choisir une bonne tequila. Cela dit, je la boirai, quoi qu'il en soit. Il y a peu de choses que je refuse d'essayer dans la vie. On ne peut jamais savoir ce que l'on va aimer si on ne goûte à rien. Heureusement, le serveur ne me demande pas ma pièce d'identité.

Le soleil commence à nous réchauffer et j'enlève mon blouson. Je garde toutefois l'écharpe d'Adam, car elle sent son parfum et elle est agréable. Il enlève également sa veste, et je me lèche les lèvres en voyant ses biceps se gonfler lorsqu'il la pose sur le dossier de sa chaise.

Le serveur revient avec nos shots et l'assiette de quartiers d'orange.

– Ok, alors, comment on s'y prend ? je demande en prenant le petit verre pour sentir la tequila.

Celle que j'ai bue par le passé était ambrée, alors que celle-ci est claire comme de l'eau ou de la vodka.

Le regard d'Adam pétille et m'attire dans un monde où nous sommes seuls à exister.

– Donne-moi ta main.

Je la lui tends et il la porte à sa bouche pour lécher la base de mon pouce. Je retiens mon souffle et il esquisse un sourire avant de saisir la salière pour en verser sur ma peau humide. Je le regarde en plissant les yeux, fascinée.

Il me tend alors sa main.

– Maintenant, lèche-moi, ordonne-t-il en souriant.

Je plonge mon regard dans le sien et me mords la lèvre inférieure.

– Je préfère lécher autre chose, si tu me laisses choisir.

Ses narines se dilatent et son regard s'embrase.

– Je vois que tu as un côté coquin, mêlé à toute cette douceur. Il faudra l'explorer plus tard.

– C'est toujours « plus tard » avec toi, je réponds d'un ton moqueur, certaine qu'il doit être à l'étroit dans son pantalon.

– Putain... Allez, lèche-moi.

– Quand tu veux, je rétorque d'un ton lourd de sous-entendus.

Je baisse néanmoins la tête et lèche sa main au même endroit qu'il a léché la mienne.

– Tu vas me le payer, dit-il en frissonnant.

– Ah ? Plus tard, je suppose ?

Adam ricane en secouant la tête, tout en versant du sel sur sa main.

– Bon. Donc d'abord, tu lèches le sel, puis tu bois le shot cul sec avant de mordre dans le quartier d'orange. En général, les gens utilisent des citrons, mais je préfère le sucré de l'orange. Tu es prête ?

Je gigote sur ma chaise, la meuf cool et séductrice que j'étais il y a quelques instants cède la place à cette fille qui est prête à tout essayer avec cet homme qui n'a d'yeux que pour elle. Je suis ses gestes et lève mon shot ainsi que le quartier d'orange.

– À notre avenir, dit-il en approchant son verre du mien.

– À notre avenir, je répète en trinquant avec lui.

On lèche alors le sel avant de vider nos shots et de mordre dans les oranges. Le tout se mélange dans un superbe tourbillon de saveurs qui enflamme mes papilles.

– Maintenant, on s'embrasse, déclare Adam.

Il se lève et se penche sur la table, je l'imite en gloussant, pressant mes lèvres contre les siennes. On s'embrasse ouvertement, en léchant nos langues et en suçant nos lèvres, comme pour happer les saveurs dans la bouche de l'autre. Je finis par éclater de rire en me rasseyant, me sentant comme une adolescente surexcitée sur le point de tomber amoureuse.

– Un autre ? propose Adam.

– Carrément !

Nous répétons le processus, sans oublier de nous embrasser et d'éclater de rire. Le serveur nous apporte alors les tacos et nous mangeons jusqu'à avoir le ventre rempli, puis nous enchaînons les shots de tequila et les baisers de plus en plus fougueux.

Lorsque nous partons enfin de *Tacos & Tequila,* nous sommes enivrés l'un de l'autre et par la vie elle-même.

Nous marchons main dans la main sur la promenade en bois lorsque je repère une petite ruelle tranquille qui part sur le côté.

– Par ici ! je m'exclame en tirant Adam par le bras. Je veux voir quelque chose !

Adam me suit en pressant le pas. Nous passons devant plusieurs portes masquées par des box en bois. C'est exactement ce que je cherchais. Ce sont les issues de secours des boutiques, j'étudie les pancartes qui les surplombent et affichent leurs horaires d'ouverture. Toutes indiquent qu'elles sont ouvertes du lundi au vendredi. Or, nous sommes samedi.

– Tu m'emmènes où, ma belle ? On est seuls ici, dit Adam en bafouillant légèrement.

– C'est justement ce que je veux.

Je tire maladroitement sur son bras pour l'emmener derrière une séparation en bois qui nous cache du reste de la rue. Je le pousse contre les planches et m'empare de sa bouche, me frayant aussitôt un passage entre ses lèvres jusqu'à ce qu'il les écarte en poussant un grognement et en empoignant ma nuque. Nous nous caressons bientôt partout en nous embrassant fougueusement. Il palpe mes seins, baisse la tête et suce ma peau là où elle dépasse du col en V de mon tee-shirt.

– Putain, tu es parfaite, grogne-t-il avant de me mordre assez fort pour me laisser une marque.

– Oh, Adam, tu n'as pas idée, je réponds en ouvrant sa braguette.

– Qu'est-ce que tu fais ? grommelle-t-il lorsque je baisse son pantalon et son boxer sur ses cuisses, juste assez pour accéder à l'objet de mes désirs.

Son érection est longue et si épaisse que je gémis lorsque je la prends dans ma petite main.

Je l'embrasse brièvement avant de me mettre à genoux.

– « Plus tard », c'est maintenant.

Je ne lui laisse pas le temps de protester, je le prends dans ma bouche et l'aspire jusqu'à sentir son gland dans ma gorge.

– Putain ! s'écrie-t-il en s'appuyant au box en bois.

Je promène ma langue le long de sa verge dure, puis la prends dans ma bouche, aussi profondément que possible. Je fredonne de plaisir en le lapant, savourant ses soupirs, ses grognements et les bruits sauvages qui lui échappent. Mes pensées sont brouillonnes et pleines d'un désir puissant que je ne peux plus ignorer.

– Putain bébé, oui, siffle-t-il, se prenant enfin au jeu.

Il avance le bassin et plonge une main dans mes cheveux pour les tirer à la racine. Des picotements douloureux se propagent partout dans mon corps et j'accélère mes mouvements, déterminée à lui offrir la meilleure fellation de sa vie.

Je passe plusieurs minutes à le sucer et le branler, puis je soupèse ses testicules pour m'assurer de ne rien oublier.

– Catori, chérie, je vais craquer, grogne-t-il.

Je retire son sexe de ma bouche en le suçant aussi fort que possible et en léchant les contours de son gland.

– Alors, prends ce que tu veux. Comme tu le veux. Je suis prête, je ricane avant d'embrasser le sommet de son sexe.

Il regarde autour de nous. Notre cachette nous protège des passants, mais nous sommes néanmoins en public.

Adam se lèche les lèvres, prend ma tête dans ses mains et place son gland à la commissure de mes lèvres.

– Prends-moi profondément, ordonne-t-il d'un ton autoritaire qui fait mouiller mon sexe et pulser mon clitoris.

Je lui obéis et le prends aussi loin que possible dans ma gorge. J'essaie d'ignorer mon haut-le-cœur, mais il le sent et recule légèrement les hanches. Toutefois, ça ne l'empêche pas de me tenir fermement en place pour baiser ma bouche, rapidement, déterminé à atteindre l'orgasme.

Dire que je suis excitée ne suffit pas à exprimer ce que je ressens, ce besoin irrépressible de lui procurer autant de plaisir que possible. Je palpe ses testicules et les fais rouler dans une main tandis que j'empoigne sa fesse avec l'autre. J'y plante mes ongles, déterminée à lui faire perdre la tête.

– Je vais jouir, bébé. D'une seconde à l'autre. Tu devrais te retirer si tu ne me veux pas dans ta bouche.

Je lève les yeux vers lui et vois l'extase dans son regard, puis je lui fais un clin d'œil et le suce plus fort.

Il fait trois derniers allers-retours avant de s'immobiliser, prenant tendrement ma joue dans sa main tandis que l'autre tire si fort sur mes cheveux que je vois des étoiles. Il se déverse alors en moi et je l'avale, le suçant doucement jusqu'à ce qu'il ait fini.

Son corps se détend contre la palissade et j'embrasse la pointe de son sexe, voulant qu'il se sente aussi chouchouté que je l'ai été hier soir et aujourd'hui. Je me lève et remonte son pantalon et son boxer, lui laissant le soin de se reboutonner.

Je prends alors le temps de regarder ses traits sereins et émerveillés.

– Une nouvelle première fois ? je demande d'un ton plein d'espoir, comblée de bonheur.

– Le plus beau jour de ma vie, chérie, répond-il en hochant la tête.

Je souris avant de l'embrasser sur la bouche.

– Essayons de faire mieux, alors, je déclare.

Il glousse et m'embrasse longuement en pétrissant mes fesses.

– On retourne dans une de nos chambres ? je demande.

Hélas, il secoue la tête, et je fais la moue.

– Peut-être plus tard.

– Bon sang... je grommelle en souriant.

Il finit de se rhabiller, puis il me prend par la taille et nous remontons la ruelle.

– Tu es déjà allée dans une arcade ? demande-t-il.

Je hoche la tête et il réfléchit quelques secondes.

– Un parc d'attractions ?

Je fais non de la tête.

– Tu as déjà mangé de la barbe à papa ? poursuit-il, et je fais non. Alors continuons les premières fois, déclare-t-il en nous guidant vers la fête foraine.

– Et plus tard... ? j'insiste, déterminée à ce que cet homme me fasse voir des étoiles comme il l'a fait hier soir.

– On verra.

CHAPITRE 5

Ce soir-là, Adam ne me raccompagne pas jusqu'à ma chambre, mais il m'embrasse langoureusement dans le hall de l'hôtel avant de me laisser entre les mains de Stephanie. On veille jusque tard dans la nuit, je la mets au courant de tout ce qui s'est passé avec Adam jusqu'à maintenant, puis on s'endort après s'être gavées des bonbons qu'on a achetés à la supérette, à côté de l'hôtel.

Le lendemain matin, je fais le tour de ma chambre en dansant, préparant du café tout en rangeant mes vêtements. Adam m'a promis de m'appeler en fin de matinée, m'expliquant qu'il avait des choses à faire avant.

Stephanie pousse un horrible grognement en plaquant sa main sur son front.

– C'est déjà le matin ?

Je saisis une tasse de café et la lui apporte, de l'autre côté de mon lit king size où nous avons passé la nuit.

– Ouais. Comment tu te sens ? Je crois que tu avais plus d'alcool que de sang dans les veines, hier soir.

Elle grimace et me tire la langue.

– Pourquoi tu es aussi guillerette, toi ? me demande-t-elle.

J'éclate de rire.

– Steph, je n'ai pas picolé avec toi. Je ne voulais pas mélanger la tequila que j'ai bue avec Adam et la vinasse que tu as achetée pour te saouler. Tu as réussi, d'ailleurs. Bravo !

Stephanie s'assoit contre les coussins, adossée à la tête de lit.

– Il fallait que je profite de mes derniers moments de liberté, dit-elle. Ma mère m'a appelée, elle veut que je rentre plus tôt pour l'aider. Mon père s'est cassé la jambe en tombant d'une échelle, quand il élaguait les arbres du jardin. Maman ne peut pas s'occuper de lui et travailler en même temps, explique Stephanie en soupirant longuement. Tu vas me manquer, Tori. Et ça va me manquer d'être moi-même, de pouvoir croquer la vie à pleines dents.

Je comprends parfaitement ce qu'elle ressent. Ma propre mère est à la maison, malade, alors que je fais le tour du pays avec ma troupe de danse. Cela dit, je le fais, car c'est justement elle qui m'a dit de profiter autant que possible de la vie.

– Tu vas me manquer aussi, mais on se revoit dans quelques mois dans le Colorado, je lui rappelle.

– C'est vrai, dit-elle en souriant. Je prends l'avion ce soir. Il faut que je prépare mes affaires et que je dise au revoir au reste de la bande. À quelle heure Adam vient te chercher ?

– Il devrait m'appeler d'une minute à l'autre, je réponds au moment où le téléphone de l'hôtel sonne sur le bureau.

J'y vais en courant et réponds d'une voix excitée.

– Allô ?

– Contente que je t'appelle ? demande Adam en riant.

– Oui, j'admets en rougissant.

– Tant mieux. Tu es prête ?

– Carrément !

– J'arrive dans quinze minutes. Je pars de l'hôtel. Et... Catori ?

– Oui ?

– Je veux que tu fasses tes bagages et que tu viennes à mon hôtel. C'est idiot de payer chacun une chambre alors que je n'ai pas l'intention de dormir seul à partir de ce soir.

Mon cœur se met à battre la chamade et des papillons s'envolent dans mon ventre.

– Tu veux dire qu'on est enfin « plus tard » ?

– Oui, chérie. C'est précisément ce que je veux dire. Je ne veux plus être sans toi. Le lien qui nous unit ne fait que se renforcer. Tu le sens, toi aussi ? demande-t-il d'un ton un peu inquiet.

Il n'a aucune raison de s'inquiéter. Je suis complètement gaga d'Adam Ross.

– Oui, je le sens aussi. Je suis dans la chambre 414, au cas où tu l'aurais oublié. Il va me falloir plus de quinze minutes pour faire mes valises.

– Ça marche. J'arrive pour t'aider.

– Ok.

– Languis-toi de moi !

– Bien sûr.

– À tout de suite, chérie, répond-il en riant.

Je repose le combiné et fais une pirouette. Stephanie s'est attaché les cheveux. Étant donné qu'elle s'est endormie tout habillée, elle n'a pas besoin de se changer.

– Je suis contente pour toi, Tori. Tu mérites un mec bien. Et tu t'en es trouvé un qui est méga-canon, en plus. Espérons que ce qui se passera à Atlantic City ne restera pas à Atlantic City, hein ?

– Ça devrait aller. C'est clairement beaucoup plus que ce à quoi je m'attendais.

Stephanie finit son café et pose la tasse sur la table de chevet avant de me prendre dans ses bras. Je la serre fort et essaie de m'imprégner de tout ce qu'elle est.

– Écoute mes conseils, ma belle. Vis pour aujourd'hui. Tu ne sais pas ce que te réserve l'avenir. Si tu es heureuse avec Adam, profites-en. Profite de chaque instant.

Vis pour aujourd'hui.

Profite de chaque instant.

– Tu sais quoi, Steph, c'est ce que je vais faire. Et merci. D'être mon amie. D'avoir passé les deux dernières années avec moi.

Elle sourit jusqu'aux oreilles et me prend à nouveau dans ses bras.

– On se voit dans quelques mois ?

– Ça roule.

Je la raccompagne à la porte de ma chambre et la salue quand elle entre dans l'ascenseur, puis je me dépêche de faire ma valise.

« Plus tard » est enfin arrivé, et j'ai hâte !

♦

La balle rose fuchsia passe à côté du trou et atterrit dans le petit fossé du minigolf. Je soupire.

– Je croyais qu'on allait à ton hôtel, pas qu'on laissait mes affaires au concierge pour un autre rencard.

Adam ricane et vient derrière moi, il pose ses mains sur les miennes, sur le club de golf, avant de me guider vers le trou dans lequel est coincée ma balle. Il est grand, fort et chaud, et je veux mieux le connaître. De préférence dans le lit moelleux de sa chambre d'hôtel, pas debout, habillé et entouré de dizaines de familles sur le parcours du minigolf.

Il me fait tourner un peu de côté pour me placer devant la balle.

– Concentre-toi sur le trou, pas sur la balle. Une fois que tu t'es alignée, tu dois suivre ton instinct.

Ensemble, nous reculons le club, lentement, pour frapper la balle. Elle fait un bond hors du fossé et file droit dans le trou.

– Bien joué ! dit-il. À moi, maintenant, dit-il en me lâchant.

– Je ne comprends pas. Tu me demandes de partager ta chambre d'hôtel avec toi, et on se retrouve ici. Pourquoi ?

Adam hausse un sourcil blond et rive ses yeux bleus sur moi.

– Je veux te connaître autant sur un plan personnel que dans les aspects plus intimes. Nos relations physiques ont déjà été spectaculaires, mais ce n'est rien à côté de ce que je ressens quand je suis avec toi, comme maintenant. Je veux davantage des deux. C'est si mal que ça ?

Je secoue la tête en soupirant, essayant de réprimer ma libido.

– Tu as raison, j'admets en souriant, alors qu'il réussit d'un coup le parcours que j'ai fait en quatre fois avec son aide. Montre-moi comment tu fais pour que je te mette une raclée.

Il me prend par les épaules et nous avançons ensemble vers le trou suivant.

– Ça marche.

Nous passons les deux heures suivantes à jouer les dix-huit trous du parcours et, si je m'améliore, je suis loin de rivaliser avec lui.

Main dans la main, il m'escorte hors du parc en direction de la promenade en bois. On achète des hot dogs à un vendeur ambulant et on s'assoit sur un banc pour regarder les gens passer.

– C'est quoi ta couleur préférée ? demande-t-il.

– Le rouge. Et toi ? je réponds en buvant une gorgée du Coca qu'on partage.

– Le rouge, admet-il en souriant.

– T'as toujours voulu être dans l'armée ?

– Oui, pour autant que je me souvienne. Mon père s'est battu dans l'armée, mon grand-père et mon arrière-grand-père aussi. La devise de mon père était « Dieu, famille et patriotisme ». Je n'ai jamais été aussi fier que le jour où j'ai dit à mon père que j'avais rejoint l'armée. Il a eu les larmes aux yeux et il m'a mis une tape dans le dos en me disant que si c'était l'armée qui avait fait de lui l'homme qu'il voulait être, c'était moi qui faisais de lui le père qu'il était fier d'être. Un jour, j'espère que mes enfants sauront que je me suis battu pour qu'ils soient en sécurité. Pour qu'ils puissent choisir la vie qu'ils veulent. Pour que les États-Unis continuent d'être libres.

Je déglutis difficilement, essayant de réprimer les émotions qui s'emparent de moi en l'écoutant.

– Mon père est un ancien de la tribu et de notre réserve. Les autres membres s'inspirent de lui et de ma mère pour vivre, mener et travailler au service de notre peuple. Ce qui compte pour nous, c'est la communauté, l'amour et le devoir. Mon père incarne tout ça, et il est grandement respecté pour ça.

Adam prend ma main et entrelace nos doigts.

– C'est incroyable. J'aimerais le rencontrer un jour.

– Ça me plairait aussi.

– Alors, la danse ? À l'évidence, c'est ta passion, et tu es super-douée pour ça. C'est quoi, la suite de ton programme ?

– Voyager, je réponds en haussant les épaules. C'est tout ce que j'ai toujours voulu. La troupe est super-fun, et ça me permet de gagner de l'argent tout en découvrant de nouveaux endroits et en rencontrant de nouvelles personnes.

– Tu veux dire que tu es moins dévouée à ta troupe qu'à ton objectif de voir le monde ?

– Exactement.

– Tu as le *Wanderlust*[1], alors ? C'est dur pour un homme de rivaliser avec ça, murmure-t-il.

Il porte nos mains à sa bouche et embrasse la mienne, un geste qui m'obsède désormais.

– Et l'idée de t'installer quelque part, d'avoir une maison à toi ?

– Ça ne fait pas partie de mon projet. D'ailleurs, c'est tout l'inverse de ce que je veux faire. Tu es la première personne que je rencontre avec qui j'ai envie de passer du temps. L'idée de te quitter, d'être sans toi, me fait physiquement mal. Néanmoins, savoir que tu vas faire ce que tu aimes m'apporte un sentiment de paix immense.

1. Obsession pour le voyage, besoin de découvrir de nouveaux lieux et de nouvelles cultures. (Ndt, ainsi que pour les notes suivantes)

Adam se tourne vers moi et je l'imite, et nous oublions nos hot dogs sur le banc. Nous sommes dans notre propre petit univers, blottis l'un contre l'autre, nous confiant nos vérités. Je n'ai jamais connu ça.

– Je veux l'éternité avec toi, Catori.

Je serre ses mains plus fort et secoue la tête.

– Tu ne peux pas me donner l'éternité.

– Mon travail... est dangereux. Il n'est même pas question de bouger d'une caserne à une autre en emmenant ma famille avec moi. Non seulement ce que je fais est confidentiel mais c'est un engagement à vie.

– Et tu ne devrais changer ça pour personne.

– Catori, je t'aime. Je t'ai dans la peau, jusque dans la moelle de mes os. C'est comme si tu faisais déjà partie de mon cœur.

– Je t'aime aussi et je ressens la même chose. Ça n'implique pas qu'on doive s'engager davantage que s'aimer et passer du temps ensemble quand on le peut.

– Qu'est-ce que tu veux dire ? demande-t-il en caressant le dessus de ma main avec son pouce.

J'ai l'impression qu'il caresse mon âme.

– L'amour est ce qu'on décide qu'il est. Il n'y a pas de règles. C'est à nous de décider à quoi ressemble notre amour. À quoi ressemble notre engagement.

– Chérie, je veux t'épouser. Je veux que tu sois la personne auprès de qui je reviens. L'unique personne dans ce monde à qui je manque quand je suis parti. Mais je ne sais pas comment faire ça tout en t'offrant ce dont tu as besoin : la vie, l'amour, les expériences. Tout ce que tu mérites.

Il veut m'épouser.

M'épouser.

Mes yeux se remplissent de larmes qui coulent rapidement sur mes joues.

– En cet instant, il n'y a rien que je désire plus que t'épouser. Que de savoir qu'il y a un homme dans ce monde qui m'aimera toujours, telle que je suis.

– Alors, faisons-le. Marions-nous. Aujourd'hui.

Je réprime un sanglot et appuie mon front contre le sien.

– Il y a tant de choses que tu ne sais pas de moi. Si tu pars en mission pendant des mois, parfois des années, je ne te demanderai pas d'être fidèle. Pas dans ce sens. Et je ne te le promettrai pas non plus. J'ai besoin d'être libre de vivre ce que je suis censée vivre dans le temps qui m'est imparti.

– Le temps qui t'est imparti ? De quoi tu parles ?

Je ferme les yeux et redouble de larmes. Il prend mon visage dans ses mains et lève ma tête vers lui, vers ses yeux bleus illuminés par le soleil.

– Je suis malade, Adam. J'ai une anomalie génétique cérébrale qui a provoqué une tumeur cancéreuse. Une tumeur inopérable, que même la médecine moderne ne peut guérir. C'est incurable. Ma mère a la même chose. Sa mère l'avait aussi, et j'en ai hérité. Ma grand-mère est décédée à quarante-deux ans. Ma mère est très malade et elle n'a que quarante ans. C'est pour ça que je profite de la vie comme si chaque jour était mon dernier.

– Mais il doit y avoir quelque chose à faire. La science change tous les jours... chuchote-t-il d'une voix tremblante.

Il peine à respirer, ravagé par l'émotion.

– J'ai accepté mon sort. Je sais depuis que je suis toute petite que mes jours sont comptés. Mes parents m'ont donné toutes leurs économies pour que je puisse vivre comme je le souhaite durant les vingt prochaines années. Et quand mon temps sera venu, quand je sentirai la maladie me ronger, mon père et ma tribu prendront soin de moi.

– Bon sang, je prendrai soin de toi, moi aussi ! rugit-il si fort que des passants s'arrêtent pour nous dévisager.

Je leur souris timidement et attends qu'ils reprennent leur chemin.

– Adam, c'est adorable et louable, mais ce n'est pas nécessaire. Tu dois l'accepter, comme je l'ai fait ; tout comme mon père et mon grand-père l'ont accepté avant toi. Tout comme je dois accepter que tu as dévoué ta vie au service de ton pays. Si on doit compter l'un pour l'autre, la clé est de s'accepter tels que l'on est.

Adam ferme les yeux et prend plusieurs longues inspirations. Il finit par se détendre, puis je le vois déglutir et hocher la tête.

– C'est dingue. Je n'en reviens pas d'avoir trouvé la seule femme sur terre qui m'accepte et approuve mon métier sans hésitation, qui est prête à être tout pour moi du moment que je l'accepte telle qu'elle est et dont je comprends qu'elle ne sera mienne que peu de temps.

– Si je suis à toi, on doit s'autoriser certaines libertés. Pour vivre, pour aimer, pour s'offrir à d'autres quand on n'est pas ensemble.

– Tu veux dire qu'on serait un couple libre ?

Je hoche la tête, la gorge nouée. Si Adam pouvait démissionner et parcourir le monde avec moi afin qu'on s'aime et qu'on croque la vie à pleines dents ensemble, je saisirais l'occasion sans hésiter. Toutefois, il n'en est pas ainsi. Ce n'est pas notre destin.

– Tu as tes propres rêves et tes désirs à assouvir. Et moi, j'ai les miens.

Néanmoins, je suis sûre qu'il y a un moyen de préserver notre lien sans imposer de restriction au bonheur de l'autre.

– Je veux que tu sois à moi. Que tu n'aimes que moi, dit-il.

Mon Dieu, cet homme ne cesse de me chambouler.

– Il y a différents types d'amour, Adam.

– Alors, ça ne te blesserait pas si je partais pendant quelques mois, que je rencontrais une femme en Allemagne et que je couchais avec elle pour assouvir un besoin primaire ? Si je passais un ou deux mois à lui rendre visite et que je te retrouvais quand je suis en permission ?

– Pas si ton âme et ton cœur m'appartiennent. Je n'ai pas besoin que ton corps soit à moi. Pour moi, ça, c'est de l'alchimie. Tu connaîtras la même chose avec d'autres. Les humains ont besoin de contact physique, et je ne suis pas une exception. On ne peut pas répondre aux besoins de l'autre si on n'est pas sur le même continent. C'est impossible. Ce que je te propose, c'est de t'offrir mon cœur et mon âme et qu'ils n'appartiennent qu'à toi. Je ne tomberai pas amoureuse d'un autre homme, car mon cœur est déjà à toi. Je ne sais ni comment ni pourquoi je suis tombée amoureuse de toi en si peu de temps. Peut-être que c'est le souhait de celui qui nous a créés.

– Chérie… chuchote-t-il en m'embrassant tendrement.

– Je ne révélerai mes secrets et mes vérités à personne d'autre que toi. Toutefois, je vivrai ma vie à fond, sans retenue, et je souhaite que tu en fasses de même. Et quand on sera ensemble, il n'y aura que toi et moi, même si on n'a que très peu de temps ensemble. C'est tout ce que je peux te proposer.

– J'accepte, dit-il avec un mélange de résignation et d'espoir.

Mon cœur bat la chamade et je suis folle de joie. Cet homme ne ressemble à aucun autre. Ses mots me persuadent que ma vie est sur le point de changer pour toujours… et pour le mieux. Je ne serai plus jamais seule avec mes pensées, avec mes peurs, avec ma maladie.

– À une condition…

Il descend du banc pour poser un genou à terre et prendre mes mains dans les siennes.

– Épouse-moi. Prends mon nom. Sois à moi. Quoi qu'il arrive, où qu'on aille, lorsque nos chemins se croiseront, sois à moi. Je veux savoir que tu es la seule personne sur terre qui est faite pour moi.

Adam me propose d'être à moi. D'être l'homme de ma vie. À moi, et à moi seule.

– Je veux bien t'épouser.

CHAPITRE 6

Adam est superbe dans son uniforme de l'armée. Il est grand et se tient bien droit, les pieds légèrement écartés, les mains jointes dans le dos dans une posture puissante et stoïque, prêt pour la prochaine étape de sa vie. Le soleil fait scintiller ses médaillons et illumine les décorations colorées sur son torse. Derrière lui, l'océan bleu et calme.

J'ai mis ma plus belle robe, qui n'est ni blanche ni traditionnelle. Elle est rose pâle, avec une encolure en cœur et des manches bouffantes. Elle est moulante jusqu'aux hanches, puis s'évase comme une jupe de patineuse. Je tiens un bouquet de fleurs mélangées que nous avons acheté chez le fleuriste en venant à la chapelle, dans la limousine qu'Adam a louée, une autre première fois pour moi.

Un air de violon joue sur le balcon où nous avons choisi de nous marier, il n'y a que nous et l'océan. Nous n'avons besoin de rien de plus. Je marche lentement sur le tapis couvert de pétales et regarde du coin de l'œil la femme du propriétaire qui nous sert de témoin tandis que son mari officie.

Ils pensent sans doute qu'on est fous, jeunes et amoureux. Et ils ont raison. Ni Adam ni moi n'avons la moindre idée de comment faire pour que notre mariage fonctionne, mais cela ne nous fait absolument pas peur.

Lorsque j'arrive sur le balcon, Adam prend ma main et entrelace nos doigts. Je le regarde dans les yeux, ses yeux pleins de lumière, d'amour et d'une once de vulnérabilité. Je serre fort sa main pour lui offrir mon soutien et lui faire part de mon amour et de mes propres peurs. Toutefois, il suffit qu'il me sourie pour que tous mes doutes disparaissent et qu'il ne reste plus que notre amour.

Deux vies. Un seul amour.

Ensemble, nous nous tournons vers l'homme qui va nous marier et nous offrir notre avenir, quel qu'il puisse être.

Alors, tandis que le soleil se couche sur l'océan, bercée par la mélodie des vagues, j'épouse le seul homme que j'aimerai toute ma vie, consciente que c'est son amour qui me portera jusqu'à mon dernier souffle.

♦

Le retour en limousine est une véritable épreuve de patience. Toutefois, dès que nous sommes cachés à l'arrière et que le moteur vrombit, je m'installe à cheval sur les cuisses de mon mari et l'embrasse fougueusement, faisant de nous un mélange de lèvres, de langues et de mains avides. Adam nous a transférés dans la suite nuptiale et nos bagages y ont été déposés durant la cérémonie.

Lorsqu'on arrive à l'hôtel, il saisit ma main pour traverser le hall, prendre l'ascenseur jusqu'au dernier étage et me tirer jusqu'à notre porte. Il sort la clé de sa poche et déverrouille la porte, il me surprend en me soulevant pour passer le seuil.

J'éclate de rire et passe mon bras dans son dos, notant le champagne, les fraises couvertes de chocolat et les roses rouges sur le chariot. Adam ne les voit même pas, car ses yeux sont rivés sur sa destination.

La chambre.

Il ne me repose qu'arrivés au pied du lit et je joins mes mains sur sa nuque.

– Bonjour, mon époux, je chuchote d'une voix enjouée.

– Bonjour, mon épouse, grogne-t-il en prenant mon visage dans ses mains pour m'offrir un baiser fougueux.

Le baiser me semble durer une éternité, tout en étant trop rapide.

– Tu as faim ? demande-t-il en reculant.

– Pas de nourriture, non, je réponds en secouant la tête.

– Moi non plus. Peut-être qu'on devrait trinquer au bonheur marital ? propose-t-il en souriant.

Je ricane.

– Peut-être plus tard ?

Son regard s'enflamme et embrase mon sang.

– Plus tard, acquiesce-t-il d'une voix si basse et rauque qu'elle vibre dans ma poitrine et jusqu'entre mes jambes.

Adam fait alors deux pas en arrière, mettant un peu de distance entre nous.

– Aussi belle que soit ta robe, j'aimerais que tu l'enlèves, dit-il en défaisant les boutons de sa veste.

Ma bouche devient sèche lorsqu'il l'ôte, ainsi que la chemise en dessous, et qu'il les pose sur la chaise. C'est la première fois que je vois le superbe torse d'Adam.

– Tu es magnifique, je chuchote en effleurant le bas de ma jupe.

Il sourit et défait les boutons de son pantalon.

– C'est moi qui dis ça, normalement, femme. Maintenant, s'il te plaît, enlève cette robe pour que je me régale de la vue de ma femme.

En plus d'avoir mis ma plus jolie robe, j'ai aussi mes sous-vêtements les plus beaux, en dentelle rose et blanche. Je n'ai rien de plus féminin et élégant. J'obéis à Adam et saisis le bas de ma robe pour la passer par-dessus ma tête et la jeter par terre.

Adam s'immobilise et, comme les fois précédentes, ses yeux deviennent sombres comme la nuit. Ses narines se dilatent et sa mâchoire se contracte au point que je vois un muscle pulser sur sa joue. J'ai l'impression qu'il se force à calmer la bête qui rugit en lui avant de passer à l'attaque. Honnêtement, j'accueillerais la bête à bras ouverts, mais Adam n'est pas ainsi. Il est avant tout un gentleman. Je sais qu'il tient à ce que notre première fois nous laisse un souvenir aussi tendre que puissant. Il ne veut pas que ce soit une nuit de débauche. Je sais déjà que ce sera une nuit de plaisir, mais j'aime savoir qu'il tient à m'offrir un souvenir spécial.

Je retiens mon souffle en le regardant enlever ses chaussures, ses chaussettes, et baisser son pantalon en même temps que son boxer. Il fait un pas de côté pour se débarrasser du tout, puis il se tient devant moi, complètement nu et dur comme fer.

En plus d'être musclé, son corps est bronzé et sa peau semble douce comme de la soie. Quelques poils sont parsemés sur ses pectoraux, et je rêve de les caresser. J'aime encore plus la ligne de poils blonds et bouclés qui commence sous ses abdos et continue jusqu'à la base de son sexe. Son sexe long, épais et prêt à l'action. Le sexe de mon mari est le genre que décrivent les romans d'amour. Il est parfait.

Je passe une main dans mon dos pour dégrafer mon soutien-gorge, qui rejoint ma robe à mes pieds. Adam émet un sifflement, mais il ne bouge pas d'un iota, continuant à me regarder, laissant la tension croître entre nous jusqu'à ce qu'elle crépite dans toute la chambre.

Je suis son exemple et glisse mes pouces sous la dentelle de ma culotte pour la baisser sur mes cuisses et m'en débarrasser. Je hausse un sourcil, lève la main et lui fais signe de venir à moi.

Adam gonfle ses poumons et marche vers moi d'un pas déterminé, comme le soldat conquérant qu'il est. Lorsqu'il n'est plus qu'à un pas, il saisit mes bras et me plaque contre lui, poitrine contre poitrine, cuisses contre cuisses, puis il niche sa tête dans le creux de mon épaule. J'appuie mon visage contre sa peau chaude et, dans les bras l'un de l'autre, on se contente de respirer quelques secondes. Il tremble contre moi, et je lui fais part de la force de mes sentiments en frissonnant contre lui.

On lève la tête en même temps.

Cœur à cœur.

Âme contre âme.

Mari et femme.

Nous nous embrassons ainsi pendant longtemps. Aucun de nous n'est pressé, comme si nous avions tous deux un besoin de connexion viscéral qui surpasse les besoins du corps et de l'esprit.

En cet instant, c'est le destin qui nous guide.

Et je suis convaincue, au plus profond de mon être, que je suis à ma place. Peu importe le temps que cela durera. Je me souviendrai de ce moment jusqu'à la fin de mes jours.

Le baiser devient de plus en plus fougueux et Adam m'emmène sur le lit. Il s'allonge sur moi et, naturellement, j'écarte les cuisses. Sa verge se niche à l'entrée de ma fente et je soupire de bonheur. Sa bouche descend sur ma gorge et longe ma clavicule jusqu'à mon sein. Il embrasse d'abord tout le globe avant de titiller mon téton, me faisant gémir et me cambrer contre lui. Il prend le téton dans sa bouche et le suce jusqu'à ce que mes jambes s'agitent, impatientes.

– Chéri... je susurre quand il passe à l'autre sein.

– Sens-moi, dit-il en répétant les mêmes gestes qu'avec le premier sein.

– J'ai besoin de te sentir davantage, je dis en pliant les jambes pour frotter mon sexe au sien.

– Alors concentre-toi, fredonne-t-il avant de mordiller mon téton jusqu'à ce que mon clitoris se mette à pulser si fort que je sais que cela suffirait à me faire jouir.

Ses instincts sont impeccables, car je suis sur le point de jouir lorsqu'il lâche mon téton, descendant le long de mes côtes en les léchant, me faisant frissonner dans l'air frais de la chambre. Lorsqu'il arrive sur mon ventre, il dépose une série de baisers autour de mon nombril, puis il poursuit sa descente.

– Chéri... je miaule. Je veux te sentir tout entier.

Il rit et s'installe entre mes cuisses.

– Bientôt. Mais pour l'instant, tu n'auras que ma langue, dit-il en léchant ma fente. Et mes doigts, ajoute-t-il en les plongeant entre mes lèvres trempées.

Je crie et recule les fesses dans le matelas, essayant de prendre ses doigts aussi loin que possible.

– Et mon pouce, déclare-t-il tandis que ce dernier fait dessiner des cercles à mon clitoris et que ses autres doigts forment un crochet en moi.

– Adam ! je m'écrie alors que des étoiles scintillent devant mes yeux.

Il passe alors aux choses sérieuses, couvrant mon bouton de chair avec sa bouche pour le sucer tout en me doigtant, cajolant mon point G jusqu'à faire de moi une boule d'énergie crépitante et prête à exploser. Mon corps est électrifié et tendu comme un élastique prêt à craquer, et c'est là qu'il se met à utiliser ses dents, me mordillant avec juste assez de force pour me pousser dans le précipice.

Une vague de plaisir inouï parcourt mes veines et, quand je suis au sommet de l'orgasme le plus intense de ma vie, Adam retire ses doigts, écarte mes cuisses et enfouit sa verge en moi.

Il ne prend même pas le temps d'apprécier cette connexion nouvelle, car il n'en a pas besoin. Nous sommes tous les deux ailleurs, submergés de plaisir, envoûtés l'un par l'autre.

Son sexe est énorme et me remplit par des va-et-vient sauvages et incontrôlés. C'est tout ce que je désire depuis la toute première nuit.

Mon mari me chevauche jusqu'à ce que je jouisse.

Il me chevauche jusqu'à ce qu'il jouisse à son tour.

Puis il nous fait rouler pour que je sois sur lui et c'est à mon tour de le chevaucher jusqu'à ce qu'un nouvel orgasme me percute pour ne plus s'arrêter, sa main sur ma hanche et l'autre sur ma nuque tandis que je rebondis sur lui, perdue dans un plaisir sans fin.

Je ne sais ni comment ni pourquoi, mais Adam continue de bander. Son corps puissant est couvert de sueur et ses abdos sont contractés, alors il soulève son bassin quand je m'assois sur lui.

Une fois.

Deux fois.

La troisième fois qu'il me martèle ainsi, il pousse un grognement féroce et se relève pour s'emparer de ma bouche et y plonger sa langue. Nos membres entremêlés, nos bouches et nos corps fusionnés, nous perdons la notion du temps.

Nous flottons longtemps sur un merveilleux nuage où nous sommes seuls à exister.

Lui, moi et notre amour.

L'amour de toute une vie, scellé dans un acte unique que nous n'oublierons jamais.

♦

Adam me fait croquer une fraise avant de me tendre ma coupe de champagne. J'en bois une gorgée et savoure le délicieux mélange de saveurs.

Il termine la fraise et boit à son tour une gorgée.

Je me blottis sur ses cuisses et tourne sa tête vers moi pour l'embrasser, goûtant cette fois au parfum de fraise, de champagne et d'Adam.

C'est encore meilleur.

– Comment tu vas ? demande-t-il en m'embrassant dans le cou.

– Très bien, pourquoi ?

Il promène sa bouche sur ma mâchoire et la mordille tendrement.

– Je t'ai prise un peu fort. Je me suis laissé emporter. J'aurais dû faire plus attention.

J'éclate de rire.

– C'était absolument parfait. Et puis, ce n'est pas comme si c'était ma première fois.

Il fronce les sourcils.

– Ne sois pas triste. Il n'y a eu qu'un seul homme avant toi. Ou plutôt, un garçon. Mon premier. Je suis sûre qu'à ton âge avancé, tu as eu beaucoup plus d'expériences, je réponds d'un ton moqueur.

– Plus de partenaires, oui, répond-il. Mais ça n'a rien à voir avec ce qu'on vient de vivre. Je n'ai jamais rien connu de tel.

Je souris jusqu'aux oreilles et prends son visage dans mes mains pour l'embrasser.

– Et rien ne pourra jamais rivaliser avec ça. C'est le grand amour, donc ce sera toujours spécial. Unique. Quelque chose que nous sommes seuls à vivre.

– Ça me plaît, chérie, dit-il en souriant jusqu'aux oreilles. Ça me plaît énormément.

J'enroule une mèche dorée sur mon index.

– Alors, c'est quoi la suite ? On doit caser une année de mariage en un peu moins de deux mois, avant que tu retournes au travail.

– Tu es déjà allée aux Keys, en Floride ? Il y fait chaud à cette époque de l'année. Je ne dirais pas non à ce que ma femme passe ses journées en bikini et en robe courte. Bien évidemment, les vêtements sont optionnels, déclare-t-il avant d'ouvrir mon peignoir pour palper mon sein et faire durcir mon téton avec son pouce.

– Je suis partante pour n'importe quoi, mon cher époux.

Je glisse ma main sur son torse nu et il me fait tourner sur lui pour que je le chevauche avant de tirer sur mon peignoir de sorte qu'il pende sur mes coudes et mes hanches. Il baisse la tête et prend mon téton dans sa bouche tandis que sa main cajole l'autre sein. Je soupire et me penche en arrière pour m'allonger à moitié sur la table.

Adam défait le nœud de mon peignoir pour l'ouvrir entièrement, puis il me fait reculer sur la table tandis qu'il se lève et ouvre à son tour son peignoir, m'offrant une vue sublime sur sa verge dure et son corps musclé.

Il écarte mes cuisses, aligne nos sexes et se glisse en moi en laissant tomber sa tête en arrière. Lorsqu'il est profondément enfoui, il commence de lents allers-retours.

– Je n'en aurai jamais assez de toi, Catori, dit-il en me gratifiant d'un regard de braise. Je ne serai jamais rassasié.

– Tant mieux, parce que tu n'as jamais à l'être, je réponds en souriant. Maintenant, baise ta femme.

Son regard s'assombrit soudain, et il fait ce que je lui ai demandé.

Plusieurs fois, d'ailleurs.

♦

Le bourdonnement de l'aiguille s'amplifie lorsqu'elle se met à gratter ma chair et je pousse un petit cri. Adam me serre contre lui alors que le tatoueur tient ma paume gauche vers le plafond pour maintenir mes mains à plat.

– Ça ne fait pas mal longtemps, promet Adam. Le mien a été rapide, non ?

Je hoche la tête et regarde le tatoueur graver ma peau sensible à la base de mon annulaire.

Adam et moi avons décidé de ne pas porter nos alliances tout le temps, car ce ne sera pas pratique pour lui. En plus, je sais qu'il aime l'idée qu'elles soient tatouées sur nos corps, car elles seront avec nous pour toujours. Peu importe où nos vies nous mèneront, même séparément, nous aurons toujours une part de l'autre gravée sur notre peau.

Secrètement, j'adore l'idée, moi aussi. Peut-être un peu plus que lui, d'ailleurs, car lorsque je serai partie et qu'il sera en mission, il aura toujours une part de moi avec lui. Il a placé nos alliances sur une chaîne en or qu'il m'a mise autour du cou pour que je les protège. De cette façon, nous pourrons mettre les bagues quand nous en aurons envie, mais les tatouages sont permanents et immuables.

Au bout de dix minutes, le tatoueur essuie mon doigt et le couvre de vaseline.

– Jetez-y un œil avant que je le recouvre.

Je lève la main et étudie la petite étoile que nous avons choisie pour symboliser notre amour et notre union.

– Peu importe où nous serons, il nous suffira de lever la tête vers les étoiles pour nous sentir proches l'un de l'autre, je chuchote à mon mari.

Il appuie son menton sur mon épaule et approche son annulaire du mien.

– Si les étoiles étaient des vœux, c'est toi que je souhaiterais à chaque fois. Je t'aime Catori. Pour toujours.

– Je t'aime aussi, Adam. On va être très heureux ensemble.

– Bien sûr. Maintenant, laisse le monsieur emballer ton doigt. Je veux emmener ma femme aux Keys pour notre lune de miel !

CHAPITRE 7

Six semaines plus tard

Je me prélasse au soleil dans mon bikini blanc à pois jaunes, un énorme chapeau de paille sur la tête, une limonade au citron vert à la main. Je n'aurais pas pu rêver mieux que les Keys pour notre lune de miel. Nous avons pris notre temps pour y arriver, passant d'abord par New York pour visiter la ville, une première fois magique pour tous les deux, car Adam n'y était jamais allé non plus puisqu'il avait rejoint l'armée dès la fin du lycée. Aller au mémorial de la chanson *Strawberry Fields* des Beatles était un de ses rêves, et j'ai été ravie de partager cette expérience avec lui. Bien sûr, nous avons vu la statue de la Liberté, visité le musée d'art moderne et nous avons assisté à un spectacle à Broadway, mais c'est Central Park que nous avons le plus aimé.

Après New York, nous avons traversé le Delaware, le Maryland, le New Jersey, et nous avons passé un peu de temps en Virginie. Nous avons campé pendant une semaine en Caroline du Nord et randonné le long de la Blue Ridge

Parkway. Faire l'amour sous une cascade restera à jamais un de mes plus beaux souvenirs. J'ai découvert à cette occasion que mon mari est un survivaliste passionné et accompli, il m'a expliqué que durant son entraînement militaire, il avait été largué au milieu d'une forêt avec les fringues qu'il portait, quelques outils dans la poche et une radio. Apparemment, s'il avait appelé à l'aide et n'était pas parvenu à survivre pendant quinze jours, il n'aurait pas pu postuler à certains postes. Il n'est pas entré dans le détail concernant le poste en question ni les récompenses qu'il a obtenues, et je n'ai pas insisté. S'il souhaite en parler un jour, il le fera. La semaine a été superbe et j'ai adoré vivre dans la nature. Nous avons découvert que nous aimions tous les deux camper, pêcher, cuisiner sur un feu de camp et nous blottir l'un contre l'autre dans un unique sac de couchage.

Après la Caroline du Nord, nous avons traversé la Caroline du Sud jusqu'en Floride, où mon mari m'a emmenée à Disney World.

En tant qu'Indienne d'Amérique qui a grandi sur une réserve, je ne pensais pas aimer Disney World, car je n'ai pas grandi avec les mêmes rêves que les autres enfants. Or, j'avais tort. Je me suis rarement autant amusée de ma vie. Les couleurs y sont éclatantes et les gens heureux ; partout où l'on regarde, on ne voit que des enfants bondir de joie et des parents sourire jusqu'aux oreilles. Les feux d'artifice y étaient spectaculaires. Tout le monde dit que c'est l'endroit le plus joyeux sur terre, et je crois que c'est vrai. Adam m'a appris ce qu'il savait des personnages de Disney, et nous avons enchaîné les attractions jusqu'à en être malade. C'est la deuxième fois de ma vie que j'ai mangé de la barbe à papa, bleue cette fois, mais qui a exactement le même goût que l'autre.

Ensuite, nous avons rejoint les Keys, où mon mari nous avait réservé une chambre sur la plage pour un mois entier. Ce serait le paradis, si ça ne faisait pas sept jours que mon estomac est capricieux.

Je regarde Adam sortir de l'eau, vêtu de son short de bain vert. Sa peau est dorée, mais il est loin d'être aussi bronzé que moi. Des gouttes d'eau ruissellent sur son torse musclé et je soupire en l'admirant. Je me sens chanceuse.

Il sourit en venant vers moi et ses yeux bleus me reluquent des pieds à la tête, s'arrêtant sur mon verre.

– Ton ventre est toujours patraque ? demande-t-il d'un ton inquiet.

J'acquiesce. J'aimerais dire que ce n'est rien, mais je dois admettre que je commence à m'inquiéter, moi aussi.

– Chérie, ça fait une semaine, maintenant. Et ne crois pas que je ne t'ai pas entendue vomir dans la salle de bains. Je m'inquiète. J'aimerais appeler un médecin pour qu'il vienne t'ausculter.

– Je suis sûre que ça va passer, je réponds en fronçant les sourcils. C'est sans doute juste un virus.

– Un virus qui va et vient à toute heure de la journée et de la nuit, mais qui ne te donne pas de fièvre ? Un virus qui n'a pas d'autre symptôme que des nausées et des vomissements ?

Il n'a pas tort.

– Ce n'est pas mon cancer, je déclare, histoire de dire tout haut ce qu'on pense tout bas.

Adam ferme la bouche et soupire.

– Je serai rassuré quand tu auras vu un médecin.

Je ferme les yeux alors que ma bouche se remplit d'une salive amère, je bois une gorgée de limonade qui semble apaiser mes nausées.

Adam s'assoit sur le transat à côté du mien.

– Quand on est partis d'Atlantic City, je t'ai inscrite sur ma mutuelle et sur tous mes comptes. Si tu as peur de ce que ça va coûter, c'est inutile. Tu n'auras jamais à t'inquiéter pour ça. J'ai plein d'argent. Mes parents m'ont laissé un héritage important, et je n'ai rien dépensé depuis que j'ai intégré l'armée il y a dix ans. J'ai payé cash pour notre SUV, chérie. Et il est à ton nom aussi, tu te souviens ? Quand je serai parti, tu pourras t'en servir et accéder à mes comptes pour t'installer où tu veux et faire ce que tu veux. Laisse-moi prendre soin de toi tant que je le peux, ok ? dit-il en prenant ma main. Fais plaisir à ton vieux, tu veux ?

Je souris jusqu'aux oreilles.

– Mon vieux ? Est-ce que je dois commencer à t'appeler comme ça ?

– Pas si tu veux continuer à jouir tous les jours, répond-il en riant.

J'éclate de rire avant de soupirer.

– Ok, si ça peut te rassurer, appelle le médecin.

Il porte ma main à sa bouche pour l'embrasser et des gouttes d'eau tombent de ses cheveux sur mes doigts.

– Je t'aime, Adam Ross.

– Je t'aime, Catori Ross.

Je me tourne face à lui et lui offre un baiser au citron et au sel de mer.

♦

– C'est impossible ! je dis, les larmes aux yeux tandis que le médecin écrit quelque chose sur son ordonnancier.

Adam fait les cent pas dans la pièce alors que le docteur vient de nous faire part de son diagnostic.

– Je suis navré si ce n'était pas prévu, Madame Ross, mais vous êtes bien enceinte. Le test le confirme. C'était une chance que j'en aie eu un dans ma sacoche, dit-il en arrachant l'ordonnance du bloc pour me la tendre. Voici une ordonnance pour des médicaments anti-vomitifs que vous pouvez prendre en étant enceinte. Il va aussi vous falloir des vitamines prénatales et vous devrez voir un obstétricien rapidement. Félicitations, déclare-t-il en souriant. Je vous laisse.

Adam raccompagne le médecin jusqu'à la porte et je reste plantée au milieu de la chambre, pieds nus, vêtue de ma robe légère qui volette dans la brise marine. Ma gorge est nouée et mon cœur bat la chamade.

Je regarde Adam d'un œil attentif, il traverse le salon et entre dans la chambre. Que va-t-il penser ? Que je l'avais prévu ? Je ne ferais jamais ça.

Je croise les bras sur ma poitrine. J'avais bien remarqué que mes seins étaient sensibles, mais je pensais que c'était parce qu'Adam et moi baisions comme des lapins, comme des jeunes mariés normaux.

Mon Dieu. Que vont penser mes parents ? Je ne leur ai même pas dit que j'étais mariée !

– Chérie, dit Adam alors que son dos se voûte et qu'il me regarde dans les yeux.

Les larmes coulent sur mes joues et je me précipite dans ses bras.

– Je ne l'avais pas prévu, je te le promets ! Je ne comprends pas comment c'est arrivé ! On a mis des préservatifs à chaque fois. Et aucun n'a cassé, si ? Tu me l'aurais dit si ça avait été le cas.

Adam caresse mon dos et je tremble contre lui, mes larmes trempent son tee-shirt.

– Catori, détends-toi. Tout va bien. Ça va aller.

Soudain, je fonds en sanglots.

– Je n'ai jamais voulu d'enfants. Ils pourraient avoir la même anomalie génétique que moi et mourir jeunes. Ce n'est pas juste ! je m'écrie en pleurant.

– Ça n'arrivera pas à notre bébé, déclare-t-il d'un ton plein de conviction.

Il ne comprend pas. Ce n'est pas une question de volonté.

– Tu n'en sais rien, je grommelle en reculant pour le regarder dans les yeux.

Son regard déborde de joie, pas de peur. J'ouvre la bouche et la referme plusieurs fois avant de m'éloigner de cet homme que j'aime plus que tout, plus que moi-même.

– Tu... T'es... T'es heureux ? je demande, incrédule.

Il me sourit tendrement et joint les mains devant lui, en signe de prière, avant d'appuyer son menton sur la pointe de ses doigts. Adam a l'habitude de réfléchir à ce qu'il va dire et de choisir précautionneusement ses mots plutôt que de dire la première chose qui lui passe par la tête.

– Je ne suis pas déçu. Je suis surpris, dit-il calmement.

– Mais on a pourtant fait tout ce qu'il fallait !

Mon cœur bat si vite que je peine à respirer, encore sous le choc.

Il ferme la bouche et secoue la tête.

– La lune de miel, dit-il, comme si cela expliquait tout.

– Quoi, la lune de miel ? je demande en fronçant les sourcils.

– On ne s'est pas protégés. Ça ne m'a pas traversé l'esprit, et toi non plus d'ailleurs. Et chérie, on a beaucoup fait l'amour durant ces deux jours. Le lit, la table, la douche, le sol, le canapé, le...

– C'est bon, j'ai compris ! Mon Dieu ! Qu'est-ce qu'on va faire ?

Adam hausse soudain les sourcils et penche la tête sur le côté comme pour m'étudier.

– Qu'est-ce qui te fait peur, exactement ?

– Notre bébé pourrait être malade ! je hurle. On doit rentrer à la maison.

– Attends une seconde, ma belle, dit-il en levant les mains, ses paumes vers moi pour m'arrêter. La maison ? demande-t-il.

– Ma maison. Ma mère. Mon père. Ils doivent prier, faire prier les anciens et impliquer les autres tribus. Et quand le bébé sera né, ils devront lire son destin dans les étoiles ! Je n'en reviens pas que ça nous arrive ! On n'était pas censés avoir d'enfant, je gronde en marchant d'un pas rapide vers la commode.

J'ouvre le tiroir et prends les vêtements dans mes bras pour les jeter sur le lit.

Adam me saisit par le bras avant que je puisse ouvrir le second tiroir.

– Catori, respire. Prends une minute pour respirer.

– Je ne pourrai pas respirer tant que je ne saurai pas si j'ai condamné notre enfant à une courte vie, je réponds d'une voix tremblante.

Soudain, toute ma force disparaît et je m'effondre contre mon mari en sanglotant, ravagée par la peur et la culpabilité.

Il me soulève et marche vers le fauteuil dans le coin de la pièce, où il s'assoit et me laisse pleurer contre lui. Je sanglote pendant si longtemps que je finis par glisser dans un état méditatif, où je prie le Créateur d'épargner notre enfant. Je ferais n'importe quoi pour qu'il protège notre bébé de la malédiction génétique qui accable ma famille.

– Chérie, il faut que tu manges quelque chose. Et je dois aller à la pharmacie pour prendre tes médicaments et tes vitamines, dit Adam, pénétrant ma bulle pour me ramener à la réalité.

Je hoche la tête contre lui, mais ne bouge pas.

– Est-ce que tu vas me détester si le bébé est maudit ? je finis par demander en levant la tête.

Il pose sa main sur ma joue et essuie mes larmes.

– Catori, notre bébé n'est pas maudit. Il est le fruit de notre amour, d'un amour pur. Un amour comme le nôtre ne laisse aucune place à la malédiction. Et je crois, ou plutôt je sais, que Dieu comprend tout ce qu'on a déjà traversé, entre la mort de mes parents et l'anomalie génétique de ta famille. Je suis prêt à parier que Dieu va se montrer clément et voir ce bébé comme le cadeau qu'il est.

Je prends une profonde inspiration et m'efforce de ne pas craquer de nouveau.

– Comment peux-tu être aussi positif ?

– Chérie, j'ai vingt-huit ans, je suis militaire de carrière et j'ai rencontré une femme sublime que j'aime et qui m'aime en retour. Maintenant, ma famille s'agrandit. Toi et ce bébé êtes ma seule famille, dit-il en posant sa main sur mon ventre. Ce bébé est un cadeau. Je t'interdis de sombrer dans des pensées négatives tant qu'on ne saura pas la vérité.

– Il faut qu'on aille à la réserve. Je dois voir ma mère et mon père. Ce bébé doit naître avec le soutien de mon peuple.

– Je te ramène chez toi, dit-il en hochant la tête. Je ferai tout ce que je peux pour que tu te sentes en sécurité. On part demain, d'accord ? Cette soirée est pour nous et notre bébé. Toi et moi et notre petit rayon de soleil.

Mon cœur se brise alors qu'un mot envahit mes pensées.

– *Taabe,* je chuchote.

– *Taabe* ?

– Ça veut dire « soleil » en comanche. C'est un surnom affectueux.

– Ce sera parfait pour notre enfant, parce que j'ai l'impression d'être éclairé en permanence par un rayon de soleil depuis que je t'ai rencontrée.

Je ferme les yeux et me blottis contre lui.

– Redis-moi que tout ira bien, je demande en m'agrippant à son tee-shirt et en plaquant ma joue contre son pouls, sur sa gorge.

– Tu as ma parole d'honneur, Catori. Tout ira bien.

CHAPITRE 8

Nous arrivons à la réserve au moment où le soleil disparaît derrière les montagnes et les falaises que j'aime tant. Adam gare notre SUV devant le perron de la maison où j'ai grandi, où mes parents, les deux personnes qui me connaissent le mieux et m'aiment le plus au monde, m'attendent alors que je ne leur ai pas dit que je rentrais.

Je déglutis et prends la main d'Adam.

– Laisse-moi parler la première ; je vais te présenter. Quand tu salues mon père, incline la tête. Ne prends sa main que s'il te l'offre. C'est un sage de la tribu comanche, et on voue un grand respect à la place qu'il tient sur la réserve.

Adam hoche la tête, les yeux rivés sur mes parents.

– Est-ce que je devrais m'inquiéter qu'ils ne m'acceptent pas ?

Je soupire et étudie à mon tour mes parents. Mon père est stoïque, comme toujours, ses longs cheveux noirs flottent dans la brise. Ceux de ma mère sont coiffés en tresses de chaque côté de la tête, comme elle aime. Leurs visages révèlent leur différence : celui de ma mère est doux et serein, alors que mon père est impassible. Comme toujours.

– Il l'acceptera comme un fait. En revanche, tu devras travailler pour mériter son estime.

– Et comment je fais ça ? demande Adam en serrant ma main.

– Sois honnête. Écoute plus que tu ne parles. Et ne dis que ce que tu penses. Mon père peut sembler froid, mais il ne l'est pas et il ne juge pas les gens au premier abord. Cependant, tu n'es ni comanche ni amérindien ; or, ce sont deux choses primordiales pour mon père.

Adam fronce les sourcils et regarde de nouveau mes parents.

– Ils n'ont pas bougé.

– Il y a différentes façons d'intimider quelqu'un, je réponds en souriant. Allez, viens.

J'ouvre la portière et j'attends qu'Adam fasse le tour de la voiture pour reprendre sa main.

– *Ahpu, pia,* je dis à mes parents.

Le regard sombre de mon père passe de moi à l'homme à mes côtés.

– Bienvenue chez toi, fille, dit-il en comanche.

Les yeux de ma mère se remplissent de larmes, mais elle hausse le menton et ferme la bouche, comme s'il lui fallait du temps pour accepter que je sois là, devant elle.

– Je suis contente que tu sois rentrée, fille, dit-elle en anglais.

Le regard de mon père s'étrécit en notant le rameau d'olivier que nous tend ma mère. C'est à lui de décider s'il va parler anglais ou comanche en présence d'Adam. Il parle couramment le comanche, le navajo, l'espagnol et l'anglais, mais il préfère toujours parler comanche.

Sa mâchoire se contracte.

– Viens à moi, Nʉpihi.

Dès que mon père m'appelle « Mon cœur », je lâche la main de mon mari et cours dans ses bras. Il me serre contre lui et je fonds en larmes, appuyant mon visage contre son torse massif. Il empoigne ma nuque, me tient encore plus fort, puis il baisse le menton pour chuchoter en comanche.

– Tu es en sécurité. Quoi qui te fasse souffrir, tu seras guérie par moi, ta *pia* et ton peuple.

Je hoche la tête et continue de pleurer, accablée par ma peur de donner naissance à un enfant malade. Je reste ainsi quelques minutes, laissant l'amour et la force rassurante de mon père m'imprégner, puis je renifle et recule pour regarder par-dessus mon épaule. Adam se tient bien droit, fort, les pieds légèrement écartés, les mains jointes devant lui, la tête suffisamment baissée pour être respectueux.

Je me dépêche de rejoindre les bras plus fins de ma mère. Elle me tient contre elle et chuchote des mots apaisants, des mots d'amour, et sa joie de me voir à la maison. Elle a perdu du poids, mais pas au point que ce soit inquiétant, même si je sais que le cancer doit lui couper l'appétit. Ma mère est une des meilleures cuisinières de la communauté et, auparavant, ses courbes le prouvaient. Elle les a perdues à présent, mais sa peau est lumineuse et son sourire me remplit de joie. J'ai pris la bonne décision en rentrant à la maison.

– Nous avons beaucoup à discuter, *pia, ahpʉ*, je dis en reculant pour rejoindre mon mari. J'aimerais que vous rencontriez mon mari, Adam Ross, j'ajoute avec autant de force et de conviction que je le peux.

Mon père hausse les sourcils et ma mère retient un petit cri en se couvrant la bouche.

Je guide alors Adam jusqu'à mon père.

– Tahsuda Tahsuda le sage, je suis ravie de te présenter Adam Ross, mon mari.

Adam baisse légèrement la tête. Il est sur le point de la lever lorsque je lui serre la main, espérant qu'il comprendra qu'il doit tenir la position. J'incline également la tête en signe de respect. Quand mon père sera prêt à parler à l'homme que je lui amène, il le fera. C'est à lui de décider du moment, car c'est lui le plus ancien.

Mon père tend alors la main et la pose sur l'épaule de mon mari.

– Tu as pris ma fille comme épouse ? demande-t-il en anglais.

– Oui, elle m'a fait ce grand honneur, Monsieur, répond Adam alors que nous relevons tous deux la tête.

– Est-ce que tu l'aimes ? demande froidement mon père, n'indiquant rien de ce qu'il pense.

Je tremble à côté de mon mari, mais je sais que je ne dois pas intervenir. C'est un moment entre un homme et son gendre. Entre deux hommes. Entre un ancien et un étranger.

– Plus que ma vie, Monsieur, répond Adam d'un ton confiant et déterminé, comme s'il s'adressait à un supérieur de l'armée.

Je suis on ne peut plus fière de lui.

Mon père penche la tête sur le côté, comme s'il scrutait le moindre rictus sur le visage d'Adam, la moindre trace de mensonge. Or, je sais sans le moindre doute qu'Adam m'aime plus que tout. De la même façon que je l'aime et que j'aime notre bébé.

– Je vois. Topsannah ? dit-il à ma mère sans retirer sa main de l'épaule d'Adam. Tu le sens ?

Les larmes dévalent les joues de ma mère comme des diamants bruts.

– Elle porte un enfant en elle, dit-elle en souriant tendrement à travers ses larmes.

Ce sourire me va droit au cœur et réchauffe mon sang. Mes yeux se remplissent à nouveau de larmes. J'aurais dû savoir qu'ils sentiraient le bébé.

– Es-tu prêt à aimer et à soutenir ma fille et mon petit-enfant ?

– Oui, Monsieur. Avec tout mon être et tout ce que je possède. À présent, je vis et travaille pour eux. Ils sont ma seule famille, répond Adam d'un ton clair et concis.

– Tu es orphelin ? demande mon père en plissant les yeux.

– Ses parents sont décédés il y a quelques années, je réponds en posant ma main sur mon ventre. Il n'a que nous. Et maintenant vous, et notre peuple.

Mon père me regarde, puis Adam, puis moi de nouveau. Il tend la main et Adam la lui serre chaleureusement.

– Je promets d'aimer et de chérir votre fille jusqu'à mon dernier souffle.

– Le destin a parlé. Vous formez un beau couple, répond mon père avant de lui lâcher la main.

Adam passe son bras sur mes épaules et m'attire contre lui.

– Je suis parfaitement d'accord, déclare-t-il d'un ton confiant.

Je souris jusqu'aux oreilles et sautille sur place. Une joie soudaine me saisit et je me surprends à espérer.

– Le bébé ? je demande.

Ma mère fait un pas en avant et pose sa main sur mon ventre.

– En bonne santé. Le fruit de votre amour.

Je déglutis.

– Et la… la malédiction ?

Elle secoue la tête.

– Il est trop tôt, ma fille. Nous devons prier.

– C'est pour ça qu'on est ici.

– Entrez, je vais vous servir à boire, propose ma mère.

Je commence à marcher vers la porte lorsque ma mère prend brièvement Adam dans ses bras.

– Merci d'avoir ramené ma fille à la maison.

– C'est un plaisir, répond-il.

– Entre, *tua*.

– Tua ? Je m'appelle Adam, corrige-t-il.

Ma mère glousse et mon père esquisse un petit sourire tandis qu'il nous ouvre la porte.

– Chéri, *tua* signifie « fils » en comanche, j'explique en caressant son bras. En t'appelant ainsi, ma mère te fait savoir qu'elle t'accepte dans la famille.

– Fils, répète Adam en gonflant le torse et en se tenant plus droit.

– Bienvenue à la maison, déclare mon père en le frappant dans le dos.

Soudain, en cet instant, je sais que quoi que nous devions affronter concernant notre bébé et la mission de mon mari, nous ne serons pas seuls. Nous pouvons compter l'un sur l'autre, et sur ma famille.

♦

Ce soir-là, ma mère prépare tous mes plats préférés. Une soupe à la citrouille, du maïs frit, des pommes de terre sauvages, des haricots, et le légendaire *fry bread*[2] de mon père.

Adam plonge un morceau de pain dans sa soupe et avale une énorme bouchée sous le regard ravi de ma mère. Mon père est aussi fier qu'elle de voir mon mari apprécier nos plats traditionnels.

– C'est le meilleur repas de ma vie, Madame Tahsuda, et je ne dis pas ça par politesse. Je n'ai jamais goûté un tel mélange de saveurs. Vous avez beaucoup de talent.

Ma mère rougit, mais elle se lève sans un mot et ajoute une louchée de soupe dans son bol. Mon père tend le plat de *fry bread*, et Adam en prend non pas un mais deux morceaux.

– Merci, Monsieur. Comment ça s'appelle ? demande-t-il en levant la galette épaisse pour l'étudier.

– Du *fry bread*. Ma fille n'a pas cuisiné pour toi ?

Ah ! L'interrogatoire arrive enfin. Je l'attends depuis que nous nous sommes assis à table.

– On a beaucoup voyagé, répond Adam en secouant la tête. Cela dit, Catori est douée pour cuisiner sur un feu de camp.

– On a campé pendant une semaine dans les montagnes Blue Ridge, en Caroline du Nord. Adam a pêché et a vidé les poissons, et moi je les ai cuisinés.

– J'ai été très impressionné. Votre fille est pleine de ressources et elle n'a pas été dégoûtée de me voir vider un poisson ou d'avoir à ramasser du bois pour le feu.

– Pourquoi le serait-elle ? Le Créateur a mis ces ressources sur terre afin de nous nourrir, répond simplement mon père.

---

2. Galette de pain frit, moelleuse à l'intérieur et dorée sur le dessus.

Adam trempe le pain dans sa soupe et hausse les épaules, détendu.

– Je n'ai jamais rencontré de femme aussi bien dans sa peau. En fait, ce soir est la première fois que je la vois nerveuse.

Mon père fronce les sourcils.

– Tu ne te sens pas bien, ici, Catori ?

– Je suis surtout nerveuse pour le bébé. Et j'avais peur de vous présenter Adam. Je sais que ça a été rapide et que j'aurais dû vous le présenter avant de l'épouser, mais on est tombés amoureux très vite, et je ne pouvais pas attendre, je réponds en me mordant la joue.

– Et puis, je pars dans quelques jours, ajoute Adam. Ma mission va durer six ou sept mois.

– Tu vas être déployé ? demande mon père.

Adam s'essuie la bouche et pose sa serviette à côté de son bol vide, puis il recule sur sa chaise et tend le bras sur le dossier de la mienne.

– Je suis militaire de carrière. J'ai récemment renouvelé mon contrat pour quatre années.

– Et tu comptes emmener ma fille avec toi, partout où tu vas ? demande mon père.

Il croise les bras, recule sur sa chaise et pose un regard noir sur Adam.

– Non, c'est tout l'inverse, en fait, explique Adam. Mon métier est trop dangereux pour que ma femme et mon enfant me suivent, et je me déplace trop pour que ce soit pratique. Parfois, je ne reste sur une base que quinze jours ; et parfois, ce n'est que quarante-huit heures.

– Et que fais-tu pour l'armée, au juste ? demande mon père d'un ton accusateur.

– *Ahpu*..., je gronde.

– Ne t'en fais pas, chérie, ce n'est rien, dit Adam en posant sa main sur mon épaule. Ton père mérite une réponse. Hélas, Monsieur, je ne peux pas vous donner les réponses que vous cherchez.

– Explique-toi, gronde mon père.

Je me redresse et mon cœur bat la chamade alors que la situation semble prendre une mauvaise tournure.

– Mon poste, les personnes que je dirige et les endroits où je vais sont strictement confidentiels. Ce que je peux vous promettre, c'est que votre fille le savait avant de m'épouser. Elle comprend la nature de mon métier. De la même façon que je comprends son besoin de voir le monde et de vivre tout ce qu'elle peut.

– Je vois. Et l'enfant ?

Bien sûr, mon père va droit au but. Je n'en attendais pas moins.

– Je vais prendre soin de l'enfant pendant qu'Adam est en mission. On n'a pas encore toutes les réponses car on ne l'a appris qu'il y a deux jours. Mais pour commencer, je vais trouver une maison en dehors de la réserve pour moi et...

– Tahsuda ! s'exclame ma mère d'un ton inquiet, sa main sur le cœur.

– Tu ne vivras pas en dehors de la réserve, seule et enceinte, déclare mon père.

– Monsieur, une des raisons de notre venue est que Catori voulait être près de sa famille et de son peuple. Je le comprends et j'accepte son désir d'élever notre enfant entourée par sa communauté. Nous lui trouverons un lieu sûr et paisible, près de sa famille, où elle pourra...

– Stop, gronde mon père en levant la main.

– *Ahpu*, écoute-nous, s'il te plaît...

Il secoue la tête.

– Tu vivras ici. Tu élèveras le bébé sous mon toit.

Adam secoue la tête.

– Je ne peux pas vous demander ça, Monsieur. Je serai beaucoup absent, et quand je rentrerai, nous aurons besoin d'intimité en tant que famille.

– Je comprends. Quand tu seras là, tu feras ce que tu veux avec ta femme et ton enfant. En dehors de ça, ma fille restera ici, en sécurité avec son peuple.

– *Ahpu*, non, je ne...

Je secoue la tête, mais je ne trouve pas les mots pour m'exprimer. Je suis une femme. Une adulte. Une épouse. Bientôt, je serai mère. Je ne peux pas me réinstaller chez mes parents et être leur fardeau.

Adam se tourne sur sa chaise et prend mes mains en me regardant dans les yeux.

– Je sais qu'on a parlé de trouver une maison près de ta famille, mais je pars dans quelques jours. Tu es enceinte et tu as besoin de temps pour réfléchir à la façon dont cette nouvelle, tout comme notre mariage, a changé tes projets.

– Tu as dit que je pourrais aller où je veux et faire ce que je veux, je réponds en serrant ses mains.

Je suis soudain morte de peur à l'idée d'être coincée dans le rôle de femme et de mère, condamnée à vivre le restant de mes jours sur la réserve.

– Je peux prendre soin de moi-même et de ce bébé.

– Je le sais. Mais pour le moment, ce que dit ton père est logique. Tu as peur pour la santé du bébé. En étant ici avec tes parents, tu auras le temps de te faire à l'idée d'être une épouse et une mère. Ça te laissera le loisir de décider de ce que tu peux et veux faire. On doit aussi prévoir tes rendez-vous médicaux.

– Et j'irai avec elle quand tu ne pourras pas être là, dit ma mère.

– Merci, Topsannah. J'apprécie. Chérie, je veux faire ce qu'il y a de mieux pour toi. Quoi que ça implique. Toutefois, en cet instant, ce que proposent tes parents me semble une bonne idée. Au moins jusqu'à ce que je rentre et jusqu'à la naissance du bébé. On pourra en parler au téléphone et s'écrire. Tu as dit toi-même que tu avais besoin de ramener ce bébé à la maison. Que tu avais besoin de ta communauté et de tes parents pour t'aider, surtout s'il s'avère que notre enfant a la même maladie que ta mère et toi, non ?

Je hoche la tête.

– Bon, très bien. C'est temporaire. Ce n'est pas pour toujours.

– Temporaire, je répète.

Il est vrai que je veux l'aide de mes parents. Ou plutôt, que j'en ai besoin.

– Et tu as accès à mes comptes en banque pour acheter tout ce dont tu as besoin pour toi et le bébé durant mon absence. Je dois avouer que... savoir que tu seras avec tes parents, et pas toute seule... commence Adam en prenant ma main pour la poser sur son cœur, ça me rassure de savoir que ta famille est avec toi et qu'elle pourra t'aider quand je ne pourrai pas être là, admet-il d'une voix rauque et chargée d'émotion. Qu'est-ce que t'en dis ? Est-ce que tu peux vivre avec tes parents, provisoirement ? Jusqu'à ce qu'on trouve une autre solution et que je rentre ?

Je ferme les yeux et pense à tout ce qu'il dit, c'est parfaitement logique. Je serais bête de ne pas profiter de l'aide qu'on me propose, surtout quand mon mari s'apprête à être déployé et que je ne sais absolument rien d'être enceinte ou d'être maman.

– Je ferais n'importe quoi pour toi et ce bébé.

Adam sourit jusqu'aux oreilles et se penche pour m'embrasser sur le front en posant sa main sur mon ventre.

– Tu es chez toi, ma belle. Tu es en sécurité. Notre bébé est à la maison et en sécurité. C'est tout ce qui compte.

– Alors c'est décidé, déclare mon père en se levant. Je vais ouvrir du vin pour fêter cette nouvelle vie. Topsannah ?

Elle se lève et débarrasse nos assiettes.

– Je vais l'aider à servir le vin, murmure-t-elle.

– Est-ce que ça va, chérie ? demande Adam en me regardant d'un air inquiet.

Je lui fais signe que oui et me lève pour m'asseoir sur ses genoux.

– Je vais bien. Notre enfant et moi avons besoin d'être ici, et tu dois partir en mission pour nous protéger. On va se débrouiller.

Il pose sa main sur ma joue et m'embrasse. Il a un goût de citrouille et de quelque chose de viril. Il va vraiment me manquer, quand il sera parti. Au moins, pour l'instant, nous avons un projet.

CHAPITRE 9

La gynécologue enduit mon ventre d'un gel froid et y pose sa sonde reliée à l'ordinateur. Soudain, comme par magie, une ombre circulaire contenant un petit point blanc apparaît à l'écran.

– C'est notre bébé ? je demande, tout émue.

– Oui, répond la gynéco en poursuivant son examen.

Adam serre ma main et se penche pour rapprocher son visage du mien.

– Qu'est-ce que tu vois ? chuchote-t-il.

– Ça, c'est le placenta, répond le médecin en désignant la forme noire et circulaire. Et ce petit haricot est votre bébé. Au vu de ses mensurations, vous êtes enceinte d'environ sept semaines et cinq jours.

Adam éclate de rire.

– Donc, on l'a conçu durant notre nuit de noces, comme on le pensait.

Je souris jusqu'aux oreilles sans quitter le minuscule haricot des yeux.

– Est-ce qu'il est en bonne santé ?

La gynéco hoche la tête.

– Vous voyez cette chose qui clignote ? demande-t-elle en désignant un petit point noir qui pulse à l'écran. C'est le cœur de votre bébé. Dans quelque temps, on pourra l'entendre.

– Vraiment ? je demande, pleine d'espoir.

– Oui. Dans un mois, environ. Et à vingt-deux semaines, vous pourrez connaître le sexe du bébé.

– On préfère attendre, je réponds.

Adam et moi en avons parlé hier soir, et nous sommes d'accord pour attendre sa naissance étant donné que lui ne pourra pas être là lors des rendez-vous. Et je préfère découvrir ce que nous réserve le Créateur dans les délais qu'il choisit, et pas ceux de la science.

– On a également décidé que j'accoucherais à la maison. Ma mère est doula, et nous avons des soigneurs sur la réserve, en cas de besoin.

– Ce n'est pas ce que je recommande, mais c'est votre choix. Néanmoins, j'aimerais vous voir régulièrement pour m'assurer que le bébé et vous êtes en bonne santé. De cette façon, si vous avez besoin d'aller à l'hôpital durant la grossesse ou à l'accouchement, nous aurons votre historique.

– Ça semble raisonnable, n'est-ce pas, chérie ? demande Adam.

Il n'est pas emballé à l'idée que j'accouche à la maison, mais cela fait des siècles que mon peuple le fait. Personnellement, je fais confiance à ma mère pour prendre soin de moi et de mon bébé. Néanmoins, Adam ne demande pas grand-chose et je préfère prendre toutes les précautions nécessaires.

– Oui, on est d'accord.

– Bien. En partant, passez voir la secrétaire pour prévoir tous vos rendez-vous de grossesse.

– Merci, docteur. Et, euh... pour l'autre chose ? L'anomalie génétique ? je demande avant de me mordre la lèvre.

– C'est trop tôt pour le savoir. On doit attendre qu'il soit né pour faire les tests, mais j'ai déjà un très bon neurologue sous la main. Je vous promets que l'on va tout faire pour vous et votre bébé.

Elle enlève ses gants en les retournant, puis elle les jette dans la poubelle près de l'évier et se lève pour se laver les mains.

– Merci d'avoir pris le temps de nous voir aujourd'hui, dit Adam en lui serrant la main.

– Je préférerais que le bébé naisse à l'hôpital, si possible. Je vous encourage à y réfléchir durant la grossesse. La secrétaire vous donnera une brochure à propos des naissances à domicile.

Adam hoche la tête et me regarde, l'air de dire : « Tu vois, même la gynéco veut que le bébé naisse à l'hôpital. »

– Je vous laisse vous rhabiller. Appelez-moi si vous ressentez des douleurs, des crampes ou des saignements. Ces choses peuvent arriver durant le premier trimestre.

– Merci, Docteur, je n'hésiterai pas.

La gynéco sort du bureau et j'enlève la blouse en papier pour me rhabiller.

– Catori, j'aimerais vraiment que tu réfléchisses à accoucher à l'hôpital, dit Adam en se massant la nuque et en faisant les cent pas.

– Tu sais que c'est important pour ma famille et moi de l'avoir à la maison, je soupire.

– Mais ta mère a eu des complications sévères à ta naissance et elle a dû subir une hystérectomie. Peut-être que ça ne serait pas arrivé si elle avait été suivie à l'hôpital.

Il n'a pas tort ; c'est vrai que ma mère a eu de graves complications.

– Je ne suis pas ma mère, je rétorque.

Adam ferme les yeux, son dos se voûte légèrement.

– Je sais, chérie, mais vous avez la même anomalie génétique. Peut-être que les problèmes qu'elle a rencontrés sont génétiques aussi, dit-il d'un ton inquiet. C'est juste que... je serais rassuré de savoir que tu es à l'hôpital, avec des médecins sous la main, plutôt qu'à trente minutes de route. Tout peut arriver pendant le temps qu'il faudra pour t'emmener à l'hôpital.

Je grince des dents, mais me force à prendre sa demande en considération. Après tout, je partage ses peurs. Est-ce qu'un accouchement à la maternité retirerait certaines de ces peurs ? Peut-être.

– Je vais y réfléchir. On a le temps.

Adam sourit jusqu'aux oreilles et ouvre grand les bras au moment où la gynéco frappe à la porte et entre dans le bureau, tenant dans ses mains des photos noir et blanc.

– Voici les clichés de votre échographie.

Je prends les photos et les regarde attentivement en retraçant les contours du petit haricot blanc.

– Notre bébé haricot, dit Adam en me serrant contre lui. J'aimerais prendre une des photos avec moi, demain. Je veux aussi emporter une photo de notre mariage.

Mes yeux se remplissent de larmes et je niche ma joue contre son torse.

– Je veux t'emmener quelque part, sur la réserve. Je veux te montrer quelque chose avant que tu partes.

Il hoche la tête et allonge son bras sur mes épaules.

– Ça me va. Prenons rendez-vous avec la secrétaire, et on rentre à la maison.

La maison.

Est-ce que je m'y sentirai encore chez moi sans Adam ?

♦

Adam me suit le long du sentier, portant notre tente, nos affaires et notre panier de pique-nique. De mon côté, mon sac à dos contient nos duvets, un matelas et deux oreillers. J'ai également pris une petite lanterne.

– Camper dans le désert pour notre dernière nuit est très romantique, Madame Ross, dit-il quand nous parvenons au sommet de la colline.

Le soleil brille encore assez fort pour éclairer l'endroit où je veux planter la tente.

– Merci, Monsieur Ross. Je vous prie de planter la tente là. C'est suffisamment loin de la falaise pour ne pas être balayé par le vent, mais nous pourrons quand même profiter de la vue.

– Ça marche, ma chère épouse.

J'adore qu'il m'appelle ainsi. Je me sens toute joyeuse, à chaque fois.

Pendant qu'Adam plante la tente, j'étends le plaid sur le sol et pose des pierres à chaque coin. J'ouvre ensuite le panier contenant des sandwichs à la dinde et au gruyère dans le pain fait par ma mère, la salade de fruits et les brownies au chocolat que j'ai préparés avant notre rendez-vous à l'hôpital. Mon mari a un faible pour le chocolat, et je veux lui offrir une nuit superbe avant son déploiement, demain soir.

Je sors le tout du panier et lui sers un verre de ce vin rouge amérindien qu'il apprécie presque autant que mon père. Je me sers ensuite un jus de fruit, pas d'alcool durant ma grossesse. Toutefois, je tiens à trinquer avec mon mari pour fêter ce moment merveilleux.

Adam ouvre mon sac à dos et déroule le tapis de sol ainsi que le duvet et les oreillers.

Je m'assois en tailleur sur le plaid et me délecte de la vue du superbe fessier de mon mari dans son jean moulant.

Je fronce les sourcils, consciente que lui dire au revoir va être très difficile.

– Eh, efface-moi cette grimace, femme ! C'est notre dernière soirée à deux, rien ne doit la gâcher, déclare-t-il.

Il frappe dans ses mains avant de les frotter et de s'agenouiller à côté de moi. Il empoigne ma nuque et m'attire vers lui pour m'offrir un baiser frais et mouillé. Il fredonne avant de reculer, et je souris en me léchant les lèvres pour savourer le goût de l'homme que j'aime.

Il enlève ses bottes et les pose au bord du plaid, je lui tends son verre lorsqu'il se rassoit.

– À nous, à notre bébé, à notre mariage et à ton retour sain et sauf dans six mois, je déclare en levant mon verre.

– À nous, acquiesce-t-il en trinquant avec moi.

Il passe son bras dans mon dos et désigne les falaises d'un hochement de tête.

– C'est ce que tu voulais me montrer ?

J'acquiesce et appuie ma tête à son épaule.

– C'est mon endroit préféré sur terre. Je voulais le partager avec le bébé et toi.

– La vue du soleil se couchant sur les falaises et la vallée est la plus belle chose que j'aie jamais vue, après toi, Catori. Merci de m'avoir amené ici, dit-il avant de m'embrasser sur la tempe. C'est ce que je verrai la nuit quand je fermerai les yeux pour m'endormir.

Il saisit mon menton.

– Tu vas me manquer chaque seconde, chaque jour. Je vous aime tellement, toi et ce bébé...

– Je lui parlerai tous les jours de toi, je te le promets.

– Ça me plaît, dit-il en souriant et en posant sa main sur mon ventre. Je suis désolé de devoir partir.

– C'est ton destin. Tu dois le faire. Et moi, je dois être ici, à couver notre enfant. C'est ce que veut le Créateur, sinon ça ne se serait pas produit.

– Oui, on est censés avoir ce bébé, acquiesce-t-il. Et tu étais destinée à être ma femme. Je le sens au plus profond de moi.

Je prends le verre des mains d'Adam et le pose à côté du mien, près du panier. Je soulève ensuite ma longue jupe et m'installe à cheval sur lui pour prendre son visage dans mes mains. Il plonge ses mains dans mes cheveux et tient ma tête.

– Qu'est-ce que tu fais ?

– Je séduis mon mari dans mon endroit préféré. C'est à ça que je veux que tu penses chaque fois que tu fermeras les yeux, je dis avant de l'embrasser.

Le baiser devient rapidement sulfureux et je me lève rapidement pour qu'Adam puisse déboutonner son jean et l'enlever. J'ai choisi ma culotte précisément pour cette occasion, car je n'ai qu'à défaire les nœuds sur les côtés pour l'enlever. Je la jette par-dessus mon épaule avant d'enlever mon tee-shirt à manches longues. Adam enfouit alors sa tête entre mes seins pour les embrasser, les mordiller et les lécher. Il défait d'un claquement de doigts l'agrafe de mon soutien-gorge et prend aussitôt un téton dans sa bouche chaude.

Je pousse un cri et lève la tête vers la nuit tombante tandis que mon mari s'occupe de ma poitrine avec plus de force qu'il ne la fait depuis qu'on sait que je suis enceinte. Je gémis et plonge mes mains dans ses cheveux tout en frottant mon sexe à son érection.

Il lâche mes seins en poussant un grognement et glisse ses mains sous ma jupe. Je me soulève juste assez pour qu'il place son gland entre mes lèvres trempées et je retiens mon souffle tandis qu'il s'enfouit en moi. Il me semble tellement plus épais, dans cette position, j'ai l'impression de le sentir partout.

Je me sens comblée.

Physiquement, émotionnellement et spirituellement.

Il contracte sa mâchoire, et ses veines se gonflent sur ses avant-bras tandis qu'il soulève son bassin et que je m'assois sur lui.

– Adam ! je crie quand il s'enfonce encore plus loin en moi.

Son visage est niché dans le creux de mon cou et il respire fort et vite contre ma peau, une main dans mon dos, l'autre sur ma hanche.

– Bouge, bébé, gronde-t-il en soulevant un peu mes fesses, laissant la gravité faire le reste.

Je m'empale sur sa verge et des étincelles jaillissent devant mes yeux tandis qu'un mélange de douleur et d'extase explose dans mon bas-ventre, remontant dans mon dos et ma poitrine avant de se propager jusqu'à la pointe de mes doigts et de mes orteils. Une poussée d'adrénaline déferle dans mes veines et je me soulève et me rassois, suivant le rythme choisi par mon mari.

– Tes yeux et ta bouche, ordonne-t-il.

Je baisse la tête et ouvre les yeux, découvrant que ses iris bleus reflètent le coucher du soleil derrière moi. Je n'ai jamais rien vu d'aussi beau. Mon cœur bat la chamade et je plaque ma bouche contre la sienne, l'embrassant alors que nous bougeons à l'unisson, d'avant en arrière, de haut en bas, renforçant le lien qui nous unit.

Nous faisons l'amour jusqu'à ce que le plaisir soit insoutenable. Adam pousse un grognement dans ma bouche et accélère ses allers-retours en les amplifiant. Ses ongles se plantent dans la chair de ma hanche et de mon épaule et je prends appui sur ses épaules pour le chevaucher plus vite, toujours plus vite, jusqu'à ce que je ne puisse plus respirer et que le plaisir devienne trop intense.

Adam resserre son étreinte et prend les rênes pour me marteler plus fort. Sa bouche est nichée dans le creux de mon épaule et il m'y mord, fort, suscitant une douleur brûlante qui déclenche un des orgasmes les plus spectaculaires de ma vie.

Mon mari tient mon corps tremblant et jouit à son tour tandis que je l'entoure avec mes bras et mes jambes pour sceller notre union. Je tourne la tête pour l'embrasser dans le cou et le goûter tout en respirant son parfum qui envoûte mes sens. Je n'oublierai jamais cette soirée.

– Putain, Catori, je suis sans cesse chamboulé de te faire l'amour. Je pense toujours qu'on ne peut pas se surpasser, et c'est pourtant ce qu'on fait à chaque fois.

– C'est pareil pour moi, je chuchote en souriant contre sa peau.

Il m'entoure de ses bras et nous restons longtemps ainsi, à nous tenir, la tête tournée vers les falaises et le coucher du soleil. Le ciel prend des tons rose, violet, orange et rouge tandis que le reste du monde se met au repos.

Lorsque le soleil a complètement disparu, nous nous rhabillons et dînons avant de passer la soirée à parler et à rire, éclairés par la petite lanterne, puis nous nous blottissons sous le sac de couchage, dehors, sous le ciel étoilé.

– Est-ce que tu as déjà confié un vœu à une étoile ? je demande.

Il prend ma main et la porte à sa bouche pour embrasser la pointe de mes doigts.

– Non.

– Il y a longtemps, ma mère m'a appris que toutes les étoiles du ciel nous ont été offertes par Première Femme. Elle avait pour mission de couvrir le ciel d'étoiles pour que le peuple du Créateur puisse comprendre ses règles et ses souhaits. Tu vois celles-là ? je demande en désignant la Grande Ourse et la Grande Casserole. Chez nous, on les appelle l'Ourse et l'Homme Pivot. Il incarne le guerrier, le meneur, le père, le chasseur et le protecteur. Il y a longtemps, c'est à lui que mon peuple adressait ses prières avant une chasse, ou ce genre de chose.

– Vraiment ?

– Oui. Et, tu vois celles-là ? je poursuis.

– Les Pléiades ?

J'aurais dû me douter que mon mari s'y connaîtrait en astronomie.

– Oui. Ce regroupement de sept étoiles servait de calendrier à mon peuple. Selon leur emplacement dans le ciel, ils savaient s'il était temps de planter ou de récolter certains légumes.

– C'est intéressant.

– Mon peuple pensait aussi que ces étoiles-là...

– Cassiopée ?

– Oui. Comme tu le sais sans doute, l'histoire de Cassiopée est tourmentée, en particulier dans la mythologie grecque. Pour nous, la constellation s'appelle la Femme Pivot, et elle représente la maternité, la force, la régénération, la paix et la sérénité au sein du foyer.

– J'aime la façon dont ton peuple voit le ciel. Que dit-il du reste des étoiles ?

– Eh bien, il y a de nombreuses légendes au sein des différentes tribus. Moi, j'ai toujours retenu l'histoire de Premier Homme et Première Femme. Première Femme pensait qu'il était important que le peuple connaisse les lois du Créateur pour se guider. Premier Homme était occupé à fabriquer la première case et le premier village. Alors, il a suggéré à Première Femme qu'elle utilise les bijoux qu'elle transportait et qui étaient en fait une couverture pleine d'étoiles. Il lui a dit de les placer dans le ciel pour que tout le monde les voie. Première Femme a trouvé l'idée brillante, donc elle a commencé à les positionner méticuleusement dans le ciel en leur donnant des formes qui seraient faciles à suivre pour le peuple.

Adam me serre plus fort contre lui, de sorte que mon oreille est collée son torse.

– Premier homme avait beaucoup à faire, donc il a laissé Première Femme à sa tâche monumentale. Toutefois, Coyote était caché derrière un arbre. Chez nous, Coyote est un farceur, un loup coquin dont les intentions peuvent être parfois bonnes, parfois mauvaises. Il est allé voir Première Femme et lui a demandé s'il pouvait l'aider. Elle était ravie, car elle savait qu'écrire les lois du Créateur dans le ciel lui prendrait beaucoup de temps, peut-être toute une vie. Elle était soulagée d'avoir l'aide de Coyote.

– Pourquoi j'ai l'impression que ça va mal tourner ? glousse Adam.

– Chut ! J'y viens.

Adam ricane et je souris jusqu'aux oreilles.

– Donc, pendant plusieurs jours, Coyote et Première Femme ont positionné les étoiles dans le ciel afin que tout le monde puisse les lire. Mais quand Coyote s'est lassé de ce travail fastidieux, il a eu une idée. Il a saisi la couverture d'étoiles et l'a secouée, projetant les astres dans le ciel dans des motifs aléatoires.

– Petit sacripant ! grommelle Adam.

– Première Femme était désespérée, parce qu'elle ne pouvait pas les enlever pour recommencer. Coyote l'a laissée en larmes. Première Femme savait qu'à cause du chaos dans le ciel, son peuple serait perdu lorsqu'il chercherait les réponses dans la nuit.

– C'est triste, dit Adam.

– Toutefois, je poursuis en hochant la tête, le travail de Première Femme n'a pas été vain, car notre peuple a appris à lire dans le ciel pour trouver son chemin, chasser, planter et récolter. Ma mère pense que Première Femme leur a transmis, à ma grand-mère et à elle, le don de lire dans les étoiles, de voir à travers la confusion apparente pour trouver le guide laissé par elle avant la farce de Coyote.

– Waouh. C'est incroyable. Je ne peux pas dire que j'y croie, mais je ne dirai jamais que c'est faux, parce que je n'en ai pas la preuve non plus.

Je souris et me redresse pour l'embrasser.

– Je n'ai jamais su lire dans les étoiles, mais ma mère a enseigné son art à mon père. Quand le bébé sera né, elle lira dans le ciel et nous dira quel est le destin de notre bébé.

– Tu y crois de tout ton cœur ? demande-t-il en me caressant le dos.

– Oui. Elle ne s'est jamais trompée.

– Alors, on lui demandera de lire le destin de notre enfant. En attendant, est-ce qu'on peut faire quelque chose ? Tu as parlé de confier un vœu à une étoile. Ça implique quoi, au juste ?

Je souris jusqu'aux oreilles et me blottis contre lui tout en cherchant ma petite étoile dans le ciel, celle à laquelle j'ai confié mon souhait quand j'étais petite.

– Ok. Regarde le ciel et choisis une étoile qui t'appelle. Une seule, j'explique avant de lui laisser quelques secondes. C'est bon ?

– Ouais, j'en ai une qui me plaît.

– Maintenant, répète après moi : Je souhaiterais beaucoup, je désire vraiment, avoir ce vœu, rêvé cette nuit.

– Je souhaiterais beaucoup, je désire vraiment... dit-il en me regardant du coin de l'œil.

– Avoir ce vœu... rêvé cette nuit, je dis avant de le laisser répéter. Maintenant, ferme les yeux et confie ton vœu à l'étoile. Mais ne le dis à personne, sinon il ne se réalisera pas. Et tu n'as droit qu'à un seul souhait, donc ne triche ; le Créateur le saura.

J'observe Adam regarder le ciel quelques secondes avant de fermer les yeux. Je devine qu'il formule son souhait, car ses lèvres bougent légèrement.

– C'est fait. Et maintenant ? demande-t-il.

– Maintenant, on attend que ton souhait se réalise, je réponds en soupirant et en étudiant le ciel étoilé.

– Est-ce que le tien a été exaucé ?

Je plonge dans mes souvenirs, remontant à la nuit où ma mère m'a révélé que ma vie serait courte, ici même, face aux falaises. Elle m'a parlé des étoiles et elle m'a appris à en choisir une pour faire un souhait. Étant petite, mon vœu était plutôt grandiose et je voulais mettre le destin au défi, puisque je venais d'apprendre que je ne vivrais pas longtemps.

J'avais fait le vœu de rencontrer un homme comme mon père, qui n'aimerait que moi et qui me donnerait trois petites filles qui ne seraient pas atteintes par ma maladie. Ainsi, je vivrais à travers elles et les regarderais mener de longues vies heureuses, perchée pour l'éternité sur mon étoile. C'était bête, mais même à vingt ans, j'espère que mon rêve deviendra réalité.

Je glisse ma main dans le duvet et la pose sur mon ventre.

– D'une certaine façon, oui. Il s'est en partie réalisé. Il faudra voir pour le reste. J'y crois.

– Et moi, je crois en toi, répond Adam en me serrant dans ses bras.

CHAPITRE 10

Les deux premières semaines sans Adam sont difficiles. À la fin du mois, je m'accroche au moindre souvenir de nos deux mois ensemble. Il m'appelle une fois par semaine, mais ce n'est pas suffisant. J'ai besoin de plus. Je lui ai parlé de mon manque lors de son dernier appel, et il m'a dit qu'il avait une idée, de lui accorder une semaine. J'attends toujours de savoir quelle est sa grande idée lorsque ma mère entre dans ma chambre d'enfant. Aujourd'hui, j'ai atteint les douze semaines de grossesse et donc, d'après les femmes de la tribu, le bébé est hors de danger.

– *Peta,* dit ma mère.

Je repose la photo de notre mariage, avec l'océan en arrière-plan et nos visages illuminés par le soleil. Nous étions si heureux. Or, je me sens vide à présent. Comme un marin perdu en mer, sans espoir de rejoindre la terre ferme. Je soupire et me tourne vers le visage souriant de ma mère.

– C'est arrivé pour toi, dit-elle en me tendant une enveloppe. Ça vient d'Allemagne.

Je me lève et saisis l'enveloppe, lisant rapidement l'inscription. Elle vient d'Adam. Je la presse contre mon cœur, soudain toute joyeuse.

Il m'a envoyé une lettre.

Mon mari.

Je me précipite vers le lit et me laisse tomber dessus.

– Merci, *pia*. J'aimerais être seule, à présent.

Elle m'offre un sourire entendu et sort de ma chambre, refermant la porte en silence.

Je glisse mon doigt sous le rabat et en sors une lettre manuscrite. Mon Dieu, mon homme est merveilleux. Il me surprend sans cesse.

J'ai à peine ouvert l'enveloppe que son parfum embaume l'air autour de moi, un mélange d'eau de Cologne musquée, d'homme et de brise océanique. Je respire pour m'imprégner autant que possible de son essence sublime.

Lorsque je déplie la lettre, une fleur séchée en tombe. Elle est couleur pervenche, avec des bords verts et duveteux. Elle semble avoir été pressée dans un livre pour la conserver. Je la porte à mon nez et inspire, découvrant un parfum légèrement citronné.

En dehors du bouquet que nous avons acheté avant de nous marier, c'est la première fleur que m'offre mon mari. Et il me l'a envoyée d'Allemagne. Je lis les mots qui l'accompagnent et le vide qui m'emplissait tout à l'heure disparaît.

Ma superbe épouse,

Tout d'abord, tu me manques. Tu manques à chaque cellule de mon corps. Qui aurait cru que je trouverais ma moitié en train de danser sur une scène, à Atlantic City ? Pas moi, c'est certain. Je sais que nous n'avons pas eu beaucoup de temps ensemble et que mes longues absences ne seront pas faciles pour nous. Toutefois, je crois que j'étais destiné à être là, ce jour-là. Pour te rencontrer.

Nous avons encore beaucoup à apprendre l'un de l'autre. J'ai pensé qu'on pourrait combler les trous en s'écrivant. Je sais que c'est dépassé et que cela prend du temps, surtout lorsque les lettres doivent traverser l'Atlantique, mais attendre une lettre qui provient de chez moi, de ma femme, me remplira de joie de semaine en semaine.

Aujourd'hui, je travaille avec une équipe d'hommes époustouflants. De jeunes hommes qui ont travaillé dur et se sont longuement entraînés pour faire partie d'un commando spécial. Je trouve gratifiant de savoir que je participe à leur développement et leur apprends à repérer et évaluer les risques sur le terrain. Je me sens honoré d'aider à les former et à les maintenir en sécurité quand ils poursuivront leur mission. Ma mère m'a toujours dit que je ferais un bon enseignant, un jour. Peut-être que former ces jeunes est mon destin ; une vocation dont ma mère avait conscience alors que je n'étais qu'un enfant. Quoi qu'il en soit, cela me rend heureux.

Et toi, qu'est-ce qui te rend heureuse, ma femme ?

Comment va notre petit haricot ? Fait-il toujours la taille d'un haricot ou est-il plus grand ? Je vais acheter un livre sur le développement du fœtus, comme ça, je saurai ce qui se passe dans le ventre de sa maman, même en étant absent. Mais peut-être que Maman n'est pas le bon terme ? Est-ce qu'il devrait t'appeler Pia ?

Je dois filer. J'ai peu de temps entre deux sessions, mais je voulais t'envoyer quelque chose de spécial. Cette fleur s'appelle

« Love in Mist[3] ». Son nom scientifique est Nigelle de Damas. Elle m'a rappelé la couleur de l'océan quand on s'est mariés.

J'espère que tu apprécieras cette surprise et que tu utiliseras cette adresse pour me répondre. Où que je sois, tu peux m'y contacter et les lettres me seront transférées à mon poste.

Prends soin de toi.

Toi et le bébé êtes aimés plus que je ne peux le dire, et vous me manquez terriblement.

Languis-toi de moi.

Ton époux,

Adam

Je presse la lettre contre ma poitrine et mes yeux se remplissent de larmes. Cette lettre est tout pour moi. Elle concrétise le fait que je lui manque autant qu'il me manque. Quant à la fleur... je l'étudie et respire à nouveau son parfum.

Love in Mist.

C'est parfait, car j'ai l'impression que notre amour traverse le ciel nuageux et nous lie l'un à l'autre malgré la distance.

Je pose mes mains sur mon ventre et y plaque la fleur.

– Eh bien, Taabe, on dirait que ton *ahpʉ* se porte bien en Allemagne. Il nous aime et on lui manque, mais il apprend à de jeunes hommes à être meilleurs afin de les protéger et de mieux servir l'armée. C'est un métier louable. Écrivons-lui une réponse, tu veux ?

Le cœur léger et plein de joie, je pose la fleur sur le rebord de la fenêtre, devant ce bureau où j'ai fait mes devoirs pendant toute mon enfance. J'ouvre le premier tiroir et y trouve

3. Amour dans la brume.

le papier à lettres et les enveloppes roses que ma mère m'avait achetés afin que je puisse écrire à mes parents durant mes voyages. J'aurais dû le faire. Je n'ai même pas emporté le papier avec moi tant j'étais excitée de vivre ma vie selon mes propres termes. À l'avenir, je ne ferai pas la même erreur, pas à présent que je sais la joie que l'on ressent lorsqu'on reçoit la lettre d'un être cher.

Je formule alors une promesse que je me fais à moi-même : à l'avenir, lorsque je serai séparée de ceux que j'aime, je leur écrirai. Je leur ferai part de mes expériences pour qu'ils sachent qu'ils sont toujours avec moi, même si je ne suis pas là. De la même façon qu'Adam est avec moi grâce à sa lettre.

Je pose une feuille de papier rose sur le bureau et me revois avec Adam sur les falaises.

Mon très cher mari,

Ta lettre m'a remplie de joie. Je me sentais déprimée et tu me manquais terriblement. Aujourd'hui marque la douzième semaine de grossesse. Apparemment, c'est un tournant car le risque de perdre le bébé décroît considérablement. Je voulais te dire que nous avons atteint ce cap important, mais j'allais devoir attendre ton appel pour te faire part de la bonne nouvelle. Ta lettre me donne l'occasion de partager ma joie et mon soulagement avec toi.

La fleur est superbe. Je l'ai posée sur le rebord de la fenêtre pour pouvoir la regarder tous les jours en sachant que tu penses à moi autant que je pense à toi.

Notre bébé a beaucoup grandi, en un mois. Nous n'avons plus un haricot, mais un citron vert ! Il ou elle a des bras, des jambes, des doigts et des orteils ! Mon ventre se raffermit, même si la grossesse ne se voit pas encore. J'ai hâte d'avoir le ventre rond et de pouvoir admirer la preuve qu'on a créé une nouvelle vie ensemble.

Maman et papa sont curieux de savoir comment on va l'appeler. Ils aimeraient qu'on envisage des prénoms amérindiens, mais de toi à moi, je veux que notre enfant soit à cent pour cent lui-même. Toutefois, je pense que son prénom devrait avoir une importance pour nous. J'ai regardé la signification de ton prénom, il veut dire Homme de la Terre. Comme tu le sais, Catori signifie Esprit Libre. Quel que soit le prénom que l'on choisira, il devra incarner notre petit rayon de soleil. J'adorerais savoir ce que tu en penses.

Ma mère va bien, malgré la progression de sa maladie. Elle fait davantage de siestes, qui durent plus longtemps. Les soigneurs nous disent que son corps obtient ainsi le repos dont il a besoin pour combattre le cancer. Parfois, j'aimerais qu'elle envisage de suivre un traitement occidental, mais on m'a dit que cela la rendrait très malade et que sa qualité de vie diminuerait. Elle ne vivrait pas beaucoup plus longtemps, par ailleurs. Je suis triste de ne rien pouvoir faire pour l'aider. Cela dit, l'arrivée du bébé lui a donné une énergie nouvelle. Elle fredonne à longueur de journée les berceuses qu'elle me chantait quand j'étais petite, et elle s'est mise à tisser des couvertures à la main. Je crois qu'avoir un petit-enfant à l'horizon est un cadeau merveilleux. Cela nous offrira peut-être davantage de temps avec elle, et je prie pour que ce soit le cas. Surtout pour le bébé. Je veux qu'il connaisse sa kaku *et son* toko. *Sa grand-mère et son grand-père, en comanche. Comment s'appelaient tes parents ? Je réalise seulement maintenant que je ne sais même pas cela, que je ne sais rien de ta famille.*

Tu me manques, Adam. Je ne pensais pas que tu me manquerais autant. Quand j'ai commencé mon voyage il y a presque deux ans, je n'imaginais pas que je trouverais l'amour de ma vie, que je me marierais et que je tomberais enceinte. Il est clair que le Créateur agit de façon mystérieuse. Je le remercierai de nouveau dans mes prières, ce soir. Je le remercierai pour ton amour et lui demanderai de te protéger.

Je joins à cette lettre un peu de la terre où je me tiens en pensant à toi.

Jusqu'à ton prochain appel ou ta prochaine lettre, je t'aime, mon superbe mari.

Ta femme,
Catori

Je m'approche de la commode où je prends mon parfum que je vaporise dans l'air avant d'y agiter ma lettre, en espérant que ses fragances lui parviendront à l'autre bout du monde. Je plie le papier en trois et je sors de la maison. Au bout de dix minutes, je trouve un petit caillou rouge, plat et fin, tout lisse, qui fait la taille d'une pièce. Je le caresse et le porte à ma bouche avant de chuchoter une prière.

S'il te plaît, protège mon mari jusqu'à ce qu'il revienne auprès de moi et de mon bébé.

Je prends la lettre et le caillou et les glisse dans l'enveloppe, que j'adresse à mon mari en Allemagne.

– *Pia !* Je dois aller à la poste pour envoyer une lettre à mon mari. Tu veux venir en ville avec moi ? je demande en tenant la lettre contre mon cœur tout en entrant dans la maison.

Ma mère a toujours envie d'aller en ville, mais elle ne sait pas conduire et n'a aucune envie d'apprendre. Mon père travaille quelque part sur la réserve, ça ne le dérangera pas qu'on prenne son pick-up. Peut-être qu'on pourra s'acheter une glace. Mon ventre gargouille aussitôt et j'éclate de rire en posant ma main dessus.

– Ton *ahpu* va être tellement content de recevoir notre lettre ! je m'exclame alors que ma mère sort de sa chambre, vêtue d'un poncho.

Les franges du vêtement s'agitent quand elle saisit son sac à main, tout excitée.

– Je suis toujours partante pour une balade en ville, *peta*, dit-elle d'un ton joyeux.

Je souris jusqu'aux oreilles en saisissant un des sweats à capuche d'Adam pour l'enfiler. Il m'arrive à mi-cuisse, mais je m'en fiche. Je me sens emmitouflée, par lui, par ses mots et son amour. Rien ne peut gâcher ça.

– Allons-y. Le bébé veut une glace, lui aussi !

Ma mère me sourit en écarquillant les yeux.

– Tu dois donner à ta fille tout ce qu'elle désire.

– Maman, tu ne sais pas si c'est une fille. Il est trop tôt pour le savoir, je gronde. Ne te fais pas de faux espoirs. Nous prendrons qui le Créateur choisira de nous offrir.

– Et le Créateur a choisi une fille, ricane ma mère.

Je soupire et secoue la tête.

– On verra, je grommelle.

– C'est tout vu, rétorque-t-elle d'un ton enjoué.

♦

Quatre mois ont passé depuis la dernière fois que j'ai vu mon mari. Quatre mois depuis que mes lèvres ont touché les siennes. Quatre mois depuis que nous avons fait l'amour au bord des falaises. Je regarde au loin, vers l'horizon ensoleillé, et tiens sa dernière lettre contre mon cœur. Ça fait trois semaines que je n'ai pas eu de ses nouvelles. Trois longues semaines de silence. Une semaine sans un appel, j'ai supposé qu'il était trop occupé. Une deuxième semaine sans nouvelles, j'ai commencé à craindre qu'un drame se soit produit. Au bout de la troisième semaine, j'étais persuadée qu'il était mort. Comment peut-il laisser passer trois semaines sans contacter sa femme ? Sa femme enceinte de six mois !

Le bébé me met un coup de pied et j'inspire brusquement. Si ma mère a raison et que c'est une fille, je suis sûre qu'elle ressent ma peur. Elle est plus active que jamais, depuis trois semaines, comme si elle voulait me rappeler que la vie continue. Qu'Adam est encore avec nous et qu'il rentrera un jour à la maison.

Hier soir, j'ai rêvé qu'il mourait au combat. Je ne sais même pas ce qui se passe en Europe. Tout ce que je sais, c'est que mon imagination est effrayante.

Mais, aujourd'hui, mon père m'a donné une lettre.

Je me suis effondrée. J'ai pleuré dans ses bras, libérant toute ma peur, la confiant à mon père pour la remplacer par l'espoir et la joie apportés par la lettre. Savoir qu'elle me vient de mon mari suffit à apaiser mon esprit torturé. Cela fait trois semaines que je suis ravagée par la peur. Découvrir son écriture sur l'enveloppe est déjà merveilleux et je retiens mon souffle en y lisant mon nom écrit de sa main. Cela n'a rien de spécial, mais c'est le premier signe que mon mari est en vie, et cela suffit à en faire un objet sacré.

J'étais si chamboulée que j'ai pris un plaid, une bouteille d'eau, mon papier à lettres et le courrier de mon mari, et je suis partie m'installer sur les falaises. J'ai eu besoin d'être dans notre endroit à nous pour lire ses mots.

Le soleil réchauffe mon visage tandis que j'ouvre délicatement l'enveloppe. Son parfum chatouille mon nez et je fonds en larmes, peinant à respirer. Je suis si soulagée de sentir son odeur apaisante qu'il me faut plusieurs minutes pour me ressaisir.

Une fois que j'ai pris le dessus sur mes émotions, j'ouvre la lettre, qui contient cette fois une jolie fleur bordeaux et crème, avec cinq pétales et un cœur jaune foncé qui devait avoir la couleur du soleil avant qu'elle ne soit pressée et séchée. Je la porte à mon nez, mais ne discerne pas de parfum. Je la pose sur mon énorme ventre rebondi.

Ma superbe femme,

J'imagine que tu es triste. Je sais que je ne t'ai ni appelée ni écrit depuis plusieurs semaines, et j'en suis sincèrement désolée, ma chérie. Parfois, mon travail me plonge dans des situations imprévisibles et je suis coupé du monde pendant de longues périodes. T'envoyer cette lettre n'a d'ailleurs pas été facile. Je suis certain que tu t'es inquiétée, et j'aimerais pouvoir te promettre que ça ne se reproduira plus, mais je ne le peux pas.

Mon métier est dangereux, Catori. Je ne veux pas te faire peur, car c'est tout le contraire. J'ai été entraîné, éduqué, approuvé par tous les corps de l'armée avant de me voir attribuer ce rôle. Après dix ans d'entraînement, d'études et d'action, je suis le seul à avoir ces compétences. L'échec n'est pas une option, et je n'en ai jamais fait l'expérience.

Je te dis cela pour que tu comprennes que, la plupart du temps, je ne cours aucun danger. Mes frères d'armes me protègent, des hommes compétents que j'ai entraînés moi-même. J'ai ton amour dans mon cœur. Rien ne m'empêchera de revenir auprès de toi et de notre enfant. Souviens-t'en toujours, mon amour.

Comment vont mes deux amours ? Quand j'aurai le temps, je lirai mon livre sur la grossesse pour savoir où en est le bébé et quels changements tu as vécus. J'adorerais avoir une autre photo de toi. Tous les soirs, je regarde celles de notre mariage et de la première échographie avant de m'endormir, en espérant rêver de toi.

J'ai une bonne nouvelle : il est désormais certain que je rentre dans deux mois. J'ai hâte de te tenir, de t'embrasser et de te faire l'amour. Ce petit soupir qui t'échappe quand je t'embrasse me manque, comme plonger mes doigts dans tes longs cheveux soyeux, la douceur de ta peau, ou encore ton sourire quand tu me regardes.

Je t'aime tellement que c'en est parfois douloureux de penser à toi et au bébé, mais je ne cesserai jamais. C'est vous qui renforcez mon engagement auprès de l'armée. Ta sécurité et celle du bébé sont ma seule priorité, et c'est ma vocation. Je continuerai à les garantir du mieux que je peux.

La semaine prochaine, je devrais être en France et je pourrai t'appeler et t'écrire plus souvent. Ne m'oublie pas, mon amour. Jamais.

Je t'envoie une petite fleur qu'on appelle communément French Kiss[4]*, parce que je pense à t'embrasser langoureusement tous les jours.*

---

4. Hellébore ou rose de Noël.

Languis-toi de moi.
Ton mari,
Adam

Je laisse les mots de mon mari pénétrer mon esprit et apaiser les derniers vestiges de ma peur. Il va bien. Sa mission l'a empêché de me contacter, mais il travaille aux côtés d'hommes bons et expérimentés. Quoi que je pense de son travail, l'armée est sa vocation. Il est né pour faire ça. Tout chez lui respire l'honneur, la loyauté, la compassion et le dévouement. Je sais, intimement, qu'il fera tout pour me revenir. Et en tant que femme, je dois me forcer à le croire et à m'en convaincre. Sinon, je serai ravagée par l'angoisse et ça n'aidera pas notre mariage. Ainsi, assise sur les falaises avec une vue sur la vallée et les montagnes, je décide que je n'aurai plus que des pensées positives. Je m'interdirai désormais de réfléchir aux risques de son métier. Toutes les femmes ou les maris de soldats s'inquiètent pour leur partenaire. C'est naturel. Mais je ne peux pas laisser mes peurs me contrôler. Ces trois dernières semaines ont été douloureuses et minées par les larmes et les doutes. Je ne peux pas vivre et élever notre enfant ainsi.

Déterminée et encouragée par notre amour, je sors mon papier à lettres ainsi qu'un carnet à la couverture rigide afin de rédiger ma réponse à mon mari.

Mon très cher mari,

Je suis tellement soulagée d'avoir de tes nouvelles. Je dois admettre que j'ai eu très peur. Il m'est difficile de ne pas savoir où tu es ni quand tu vas me contacter. Savoir que tu es en sécurité m'apporte le sentiment de paix dont j'avais besoin. Je suis désolée que ta mission soit compliquée, et je comprends mieux mon devoir de partenaire d'un soldat. Merci d'avoir clarifié la situation. Je continuerai d'espérer un appel ou une lettre de toi, mais je prendrai soin de ne pas les attendre de pied ferme toutes les semaines. Ce sera difficile, au début, car j'ai été gâtée d'entendre ta voix et de lire tes lettres régulièrement, mais je suis forte. Je suis capable de supporter ces silences et de me concentrer sur la joie que sera ton retour.

Je suis très excitée à propos du bébé. J'en suis à six mois, maintenant. Le bébé fait la taille d'un épi de maïs, ce qui amuse beaucoup mon père. Ma mère reste convaincue que nous allons avoir une fille. Pour être honnête, je le pense aussi ; l'énergie que dégage le bébé me semble féminine.

Après tout le bien que tu m'as dit de tes parents, Evelyn et Frank, je pense qu'il faudrait qu'on les inclue dans l'histoire du bébé, d'une façon ou d'une autre. Le prénom Evelyn signifie « oiseau sublime », il est d'origine anglaise, ce qui fait partie de ton héritage. Que dirais-tu d'y faire référence dans le prénom du bébé ? Peut-être Evie ? C'est le diminutif d'Eve, et tu t'appelles Adam ; j'aime l'idée d'un prénom biblique. Et j'aime beaucoup « Evie » pour une fille. Frank signifie « libre », mais je ne me vois pas appeler mon fils « Frank ». Peut-être Franklin, ou même Adam, comme mon superbe mari ?

Tu me manques chaque jour un peu plus. Mon ventre est énorme, et notre bébé semble jouer au foot contre mes côtes et ma vessie. J'ai faim tout le temps, et je ne suis jamais rassasiée du fry bread *de mon père ou des cookies de ma mère. Peut-être son penchant pour le sucre est-il un autre signe que c'est une fille ? Cela dit, tu aimes les sucreries, toi aussi.*

Je me souviens de cette fois où tu as mangé tout le paquet de cookies quand on traversait le Delaware, le New Jersey et la Virginie. Et c'est sans parler de ton addiction au chocolat ! Ne crois pas que je ne l'ai pas remarquée. Je te préparerai des gourmandises, à ton retour.

Bientôt, mon amour. Nous serons bientôt réunis. Regarde les étoiles et tu m'y trouveras... je t'attends.

Je t'aime jusqu'à la lune, les étoiles, et au-delà.

Ta femme,

Catori

Je plie la lettre en soupirant profondément. Je regarde autour de moi et remarque un buisson dont les fleurs jaunes viennent d'éclore. Je les connais bien ; on les appelle *Sand Blazing Stars*[5]. Je souris et j'en cueille une pour la rapporter chez mes parents. Je la presserai dans un livre durant la nuit et l'enverrai à Adam avec ma lettre. Ce sera la première fois que je lui envoie une fleur, elle symbolise parfaitement le désir que j'éprouve constamment pour lui.

5. Étoile brûlante du désert, ou *Mentzelia Involucrata*.

CHAPITRE 11

Lorsque j'entends le bruit du moteur et des pneus sur le gravier, je sors aussi vite que mes jambes ankylosées et mes chevilles enflées me le permettent. Après avoir atterri à Denver, Adam a loué une voiture et a fait les trois heures de route jusqu'à la réserve pour que je n'aie pas à endurer six heures de trajet alors que je suis enceinte de huit mois.

Il claque la portière et court vers moi, son balluchon sur le dos et sa veste à la main. Il les jette par terre pour me prendre dans ses bras et nous faire tourner, son visage enfoui dans mes cheveux. Il me repose, prend mon visage dans ses mains, et nos regards plongent l'un dans l'autre.

Ses yeux bleus dans mes yeux noirs, et notre regard dit tout.

Tu m'as manqué.

Je t'aime.

Je t'adore.

Et tellement plus encore.

Je souris jusqu'aux oreilles et il baisse la tête pour s'emparer de ma bouche. Son parfum d'océan m'envoûte et m'apaise autant qu'il m'excite. J'ouvre la bouche, nos langues se rencontrent et je soupire, savourant le sentiment de sécurité, le désir et la familiarité que m'apportent les lèvres de mon mari. Enfin.

Notre baiser semble durer des heures. Il plonge ses mains dans mes cheveux et j'en fais de même. Nous nous agrippons l'un à l'autre, il est évident qu'aucun de nous ne veut que cela cesse. Il finit toutefois par reculer pour tomber à genoux devant moi, posant ses grandes mains sur mon ventre énorme avant d'y appuyer le front.

– Coucou, mon bébé, Papa est rentré à la maison. Tu m'as tellement manqué, mon soleil, dit-il avant de caresser mon ventre et de l'embrasser par-dessus ma robe.

Je plonge à nouveau mes mains dans ses cheveux dorés, souhaitant le toucher pendant qu'il parle à notre enfant.

Il plaque son front contre mon ventre et continue de lui chuchoter des mots doux, et le bébé semble se réveiller car, soudain, il appuie contre les mains de son *ahpu*. Adam éclate de rire et pousse contre mon ventre. Le bébé répond à nouveau, il semble beaucoup aimer ce jeu. Mon mari lève alors la tête vers moi, les yeux remplis de larmes de joie. Elles coulent sur ses joues et je prends son visage dans mes mains.

– Tu nous as manqué, à chaque minute de ton absence.

Il sourit jusqu'aux oreilles et dépose un long baiser sur mon ventre avant de se relever. Il appuie son front contre le mien, sans retirer ses mains de mon bassin.

– Vous m'avez manqué encore plus, femme.

– Bienvenue à la maison, mon époux.

Je m'empare de sa bouche pour un autre baiser, long et bien mérité. Si ça ne tenait qu'à moi, je l'aurais retrouvé à Denver et on serait restés à l'hôtel. Au lieu de ça, j'ai réservé une chambre pour deux semaines dans la ville la plus proche pour que l'on puisse passer du temps tous les deux.

J'entends la porte s'ouvrir et se refermer derrière moi.

Adam sourit et nous tourne vers la maison sans me lâcher, puis nous marchons ensemble vers le perron où mes parents attendent patiemment que nous ayons fini de nous retrouver. Adam m'embrasse sur la tempe, puis il me lâche et marche vers mon père.

– Tahsuda le sage, dit-il d'une voix claire en inclinant la tête.

– *Tua,* répond mon père. Bienvenue chez toi. Tes filles t'ont attendu de nombreuses lunes. Nous sommes soulagés que tu nous reviennes en bonne santé.

– *Urako,* Tahsuda le sage, répond Adam, ce qui veut dire « merci » en comanche.

Mon cœur bat la chamade et le bébé s'agite, excité comme moi d'entendre mon père appeler Adam « fils », mais aussi de découvrir que mon mari a appris un peu de comanche.

Mon père tend la main et Adam la serre chaleureusement. Je souris, profondément heureuse que tout soit rentré dans l'ordre.

– *Tua,* dit ma mère en joignant ses mains en signe de prière avant d'ouvrir grand les bras.

Adam marche vers elle et la serre contre lui. Lorsqu'elle recule, elle pose une main sur sa joue.

– Tu es trop maigre. Nous devons te nourrir.

Adam sourit jusqu'aux oreilles et me regarde par-dessus son épaule avant de me tendre la main. Je la saisis et il m'aide à gravir les marches du perron, m'attirant ensuite à ses côtés.

– Je meurs de faim, Topsannah, merci. Et merci à tous les deux d'avoir pris soin de Catori et de notre enfant. Je vous en serai éternellement reconnaissant.

– Mais non. La famille prend soin des siens. Il n'y a rien de plus important, répond mon père en tapotant ma joue et de poser sa main sur mon ventre. Elle est active. Elle doit être contente que son *ahpʉ* soit rentré.

Je hoche la tête, trop émue pour parler. Adam m'a tellement manqué qu'il me faut du temps pour réaliser qu'il se tient devant moi, en chair et en os.

Ma mère nous précède dans la maison, où nous attend le festin qu'elle a préparé pour Adam. C'est sa façon de lui montrer combien elle l'aime et combien elle est heureuse qu'il soit de retour.

– Elle ? demande Adam en souriant. Tu as appris le sexe du bébé ?

Je secoue la tête en riant.

– Non, mais *pia* et *ahpʉ* sont persuadés que c'est une fille et refusent d'envisager le contraire.

– Ah oui ? Tu m'as dit dans une de tes lettres que Topsannah ne se trompe jamais. C'est vrai ?

Ma mère hausse le menton et se tient bien droite en désignant mon ventre.

– Ta femme est têtue. C'est une fille. Je l'ai déjà lu dans les étoiles.

– Est-ce que... tu as lu autre chose ? je demande en serrant plus fort la main de mon mari.

Ma mère secoue la tête et son dos se voûte légèrement.

– Non, *peta*. Je suis désolée. Nous saurons si ta fille aura une longue vie le jour de sa naissance, pas avant.

Elle remplit deux verres de vin amérindien et les donne aux hommes avant de nous servir un jus de fruit.

– Au retour de notre fils, sain et sauf. Nous remercions le Créateur, déclare mon père en levant son verre.

– Santé ! s'exclame joyeusement Adam. Au meilleur accueil de toute ma vie.

Ma mère sourit jusqu'aux oreilles, mon père hoche la tête et je fonds en larmes. Adam m'attire à ses côtés et me serre contre lui.

– Tout va bien, ma chérie. Je suis là. Pour longtemps, cette fois. Quatre mois.

– Quatre mois ? je répète en reniflant. Je suis tellement contente que tu sois là !

Je saisis sa main et la pose sur mon ventre où, si mes parents ont raison, ma fille répond en poussant contre ma peau tendue.

– On est contentes que tu sois rentré.

Adam lève de nouveau son verre, sans me quitter des yeux.

– À la famille. Il n'y a rien de plus beau.

– À la famille, répètent mes parents en comanche.

Je me mets sur la pointe des pieds, pressant mon ventre contre Adam, et je m'empare de sa bouche pour lui offrir un baiser sulfureux. Il a un goût de vin fruité et d'un futur plein de retours joyeux.

♦

Le lendemain matin, je me réveille dans le lit vide de la chambre d'hôtel. J'entends l'eau de la douche couler et de la vapeur s'échappe de la porte laissée entrouverte.

Je gigote jusqu'au bord du lit et roule jusqu'à ce que mes pieds touchent le sol. Mon ventre grossit sans cesse et j'ai de plus en plus de mal à me lever. Mes pieds sont sensibles, mais j'y suis habituée. Ce à quoi je ne suis plus habituée, c'est à cette délicieuse douleur entre mes cuisses.

Je baisse les yeux et souris en voyant les petites marques de morsures laissées par Adam sur mes seins. Il était fasciné qu'ils soient aussi gros et il a beaucoup aimé jouer avec. Je ne parle même pas de tous les orgasmes qu'il m'a donnés avec sa bouche, ses doigts et son sexe. Il était insatiable et déterminé à me procurer autant de plaisir que possible, comme s'il voulait se prouver quelque chose ou rattraper le temps perdu. Il faudra que je lui parle pour qu'il comprenne qu'il n'a pas à s'inquiéter. Je comprends son travail et sa vocation, autant si ce n'est plus qu'il comprend mon besoin de voyager.

Lorsque le bébé sera suffisamment âgé, je compte repartir à la découverte du monde. Peut-être qu'il viendra avec moi, même si mes parents ont déjà proposé de m'aider, surtout si je choisis de suivre à nouveau la troupe de danse. Ils tiennent à ce que l'enfant grandisse sur la réserve, pas dans une chambre d'hôtel, allant de ville en ville sans maison fixe et sans foyer. Et je suis entièrement d'accord avec eux.

Toutefois, je suis tiraillée. Je n'avais pas prévu d'être mère, car je ne voulais pas transmettre mon anomalie génétique à un autre être vivant. Mon seul souhait a toujours été de voir le monde, et j'avais à peine commencé à découvrir les États-Unis lorsque j'ai rencontré Adam. Bien sûr, cela ne veut pas dire que je regrette de l'avoir épousé ou d'avoir gardé ce bébé. Tout le monde a un chemin différent. Celui-ci est le mien. Cependant, je sais que mon temps est compté et je veux en profiter autant que possible. J'espère seulement que mon bébé n'aura pas le même destin que moi. Si lui ou elle a la même anomalie génétique, je sacrifierai mes rêves pour être la mère dont mon enfant a besoin durant sa courte vie, comme ma mère l'a fait pour moi. S'il n'a pas la même malédiction, mes options seront plus vastes et mes choix plus difficiles.

Pour l'instant, mon mari est de retour pour quatre merveilleux mois, et je veux en profiter autant que possible.

Je traverse la chambre jusqu'à la salle de bains. Adam a la tête baissée, le dos voûté, l'eau coule sur son corps magnifique. Mon mari est vraiment superbe, de la racine de ses cheveux dorés jusqu'à la pointe de ses pieds parfaits.

J'ouvre la porte de la douche et me glisse derrière lui, passant un bras autour de sa taille, appuyant ma joue contre son dos.

– Bonjour, mon mari, je murmure contre sa peau chaude.

– Bonjour, ma femme. Pourquoi tu es debout ? Il est tôt et tu as besoin de repos. Surtout après hier soir, dit-il d'un ton enjoué.

Il pose sa main sur la mienne, puis la porte à sa bouche. Je soupire contre sa peau tandis qu'un désir brûlant s'empare de moi et fait pulser mon sexe.

Il embrasse la paume de ma main et la chatouille avec sa langue tandis que j'appuie sur le distributeur de gel douche. La main pleine d'un savon onctueux, je tends le bras pour saisir sa verge épaisse, non sans difficulté étant donné le volume de mon ventre. Il libère mon autre main et je me mets de côté pour être plus à l'aise. Adam gémit et penche la tête en arrière tandis que je le caresse depuis la base de son sexe jusqu'à la pointe de son gland, étalant la mousse sur toute sa longueur.

– Tu veux me faire jouir avant même que j'aie embrassé ma femme pour lui dire bonjour ? grommelle-t-il alors que je passe devant lui et baisse l'autre main pour faire rouler ses testicules.

Adam essaie de me prendre par la taille, mais je secoue la tête.

– Les mains sur le mur, soldat, j'ordonne en souriant.

Mon sang s'embrase pendant que je le caresse en prenant soin de titiller son gland avec mon pouce à chaque aller-retour. Il appuie ses mains sur le mur carrelé et baisse la tête, je l'embrasse dans le cou et sur le torse, frottant mes seins à sa peau chaude en cherchant le rythme qui lui convient. Il se met alors à avancer le bassin pour se branler dans ma main et son souffle devient pantelant lorsque je mordille son oreille.

– Putain, Catori... C'est tellement bon, bébé, gémit-il, et il se met à trembler.

Je taquine ensuite ses pectoraux et accélère mes mouvements. Ses muscles se bandent et il accélère ses va-et-vient en poussant un grognement.

– Je vais jouir, prévient-il.

Je mords alors son téton et fais rouler ses testicules dans ma main, accompagnant ses mouvements en allant dans le sens inverse. Il lève la tête vers le plafond et pousse un rugissement, puis il se crispe des pieds à la tête et se déverse dans la cabine de douche. Je desserre mon étreinte et ralentis mon geste, essayant de faire durer son plaisir. Il tressaute et frissonne, puis il passe un bras dans mon dos et se laisse aller contre moi. Je le tiens tandis qu'il m'embrasse dans le cou et reprend sa respiration en revenant lentement sur terre. L'eau commence à refroidir, mais je m'en fiche. Mon mari est nu et dans mes bras, je viens de le faire jouir, il est à la maison pour quatre longs mois, il aime mon nouveau corps et il est excité par l'arrivée du bébé. La vie est belle.

– Reviens te coucher. Commandons le petit déj au lit, je déclare.

Je coupe l'eau et l'attire hors de la douche, sur le tapis de bain. J'attrape une serviette et m'enroule dedans, puis j'en saisis une autre et sèche méticuleusement mon mari.

Il est épuisé. Il a traversé l'Atlantique jusqu'à Denver, il a fait trois heures de route jusqu'à la réserve, il a dîné longuement avec mes parents, puis nous sommes venus à l'hôtel et il m'a fait jouir tant de fois que j'ai cessé de les compter avant qu'on s'endorme enfin. Ses paupières tombent tandis que j'admire son beau visage. Je pose ma main sur sa joue rêche et je l'embrasse tendrement.

– Retourne te coucher. Je vais commander à manger et mettre un pyjama. On va manger et passer la journée au lit.

– Tu ne veux pas qu'on fasse les boutiques et qu'on achète le nécessaire pour le bébé ? Je veux être sûr qu'on a tout ce dont on a besoin... dit-il avant de bâiller longuement.

Je le pousse vers le lit, tire la couette et pointe le matelas du doigt.

– Au lit, Monsieur Ross. Tu subis le décalage horaire et tu as très peu dormi. Tu as besoin de manger et de dormir.

Il rampe dans le lit et roule sur le dos. Il tend la main vers moi et je lui donne la mienne.

– J'ai besoin de toi et de notre bébé. Le reste est sans importance.

Il a de nouvelles rides au coin des yeux, depuis la dernière fois que je l'ai vu. Son travail l'a marqué.

Je souris, serre sa main plus fort, puis je la glisse sous la couette.

– Je vais commander à manger. Dors un peu, le temps que ça arrive.

Je me baisse pour l'embrasser sur le front alors que ses paupières se ferment.

– Je t'aime, Catori. Plus que quiconque sur terre. J'ai rêvé de toi toutes les nuits, chérie, marmonne-t-il. J'espère que je vais rêver de toi et de notre fille, soupire-t-il avant de sombrer dans un profond sommeil.

La gorge nouée, je caresse tendrement ses cheveux.

– C'est peut-être un garçon, je chuchote. Et je suis contente que tu sois à la maison. Je t'aime aussi, mon beau mari.

J'attends deux heures avant d'appeler le room service, et le petit déj arrive une demi-heure plus tard. Je passe tout ce temps allongée à côté d'Adam, à le regarder dormir, ravie qu'il soit rentré sain et sauf. Je ne peux rien demander de plus.

C'est une bénédiction de l'univers, et je lui en serai éternellement reconnaissante.

Adam Ross incarne tout ce que je n'ai jamais pensé vouloir.

Un bel homme qui est loyal, fort et dédié à son enfant, à moi et à notre pays.

Le voir partir à nouveau ne sera pas facile.

CHAPITRE 12

Six semaines plus tard...

– Elle est parfaite, chuchote Adam en caressant la joue ronde et rose de notre fille.

Il a raison. Je cajole sa tête dont les petites touffes de cheveux blonds chatouillent ma paume. Elle a les cheveux dorés de son père, comme je l'espérais. Elle ouvre les yeux, et c'est comme si les nuages s'écartaient pour laisser percer le plus beau des ciels bleus. Mon Dieu. Des yeux bleu ciel et des cheveux dorés. Ses pommettes sont hautes et rondes, et ses lèvres rouge framboise. C'est un parfait petit ange.

– Oui, elle l'est, je réponds en admirant ses traits, remerciant le Ciel pour un si beau présent.

Notre fille a décidé d'arriver deux semaines plus tôt. Mon ventre a commencé à se contracter de façon régulière alors qu'Adam et moi faisions du lèche-vitrines dans le centre commercial et, quand la douleur a augmenté, je lui ai proposé de rentrer à la réserve pour que ma mère m'ausculte. Je voulais également me préparer pour l'accouchement.

Toutefois, j'ai perdu les eaux alors qu'il ouvrait la portière pour me ramener à la maison. Il était mort de peur et m'a suppliée avec tant de ferveur que j'ai fini par céder et l'ai laissé me conduire à l'hôpital. Les contractions n'ont fait qu'accélérer et s'amplifier, et il a bien fait de m'emmener à la maternité car je n'aurais jamais tenu jusqu'à la maison. Lorsque les médecins m'ont auscultée, j'étais complètement dilatée et prête à accoucher. Le bébé est arrivé une heure plus tard en vociférant, toute fripée, rose et absolument parfaite.

– Nous t'appellerons Evie, notre Taabe dorée.

Evie, notre soleil doré. Cela lui va à merveille.

Adam renifle et je note ses traits émus alors que je répète mon souhait de donner à notre fille le diminutif d'Evelyn, le prénom de sa mère, une femme que notre fille ne rencontrera jamais.

– Ma mère serait honorée.

Il caresse délicatement la bouche d'Evie, qui l'ouvre en grand, prête à sucer son doigt.

– Je crois qu'elle a faim, dit-il en gloussant. Est-ce que tu... veux que je sorte ? demande-t-il avant de déglutir.

Je sais combien cela lui coûte de me proposer de rester seule avec notre fille.

Je secoue la tête et lui tends notre précieux paquet.

– Non, bien sûr que non. Mais tiens-la une minute pour que je m'installe.

Il la prend délicatement contre son torse, la tenant dans ses grands bras musclés.

– Je suis ton papa, Evie. Ou ton *ahpu*, comme dit ton peuple.

Il sourit et la berce tendrement, je me redresse en grimaçant et positionne les oreillers avant d'ouvrir ma blouse.

– Ok, je suis prête.

Je tends les bras et Adam embrasse Evie sur le front avant de me la passer.

Je l'installe contre moi et soulève mon sein. Elle remue aussitôt la tête, comme si elle savait déjà quoi faire. Alors, comme par magie, elle s'empare de mon téton et se met à le sucer. C'est douloureux au début puis, lorsque je lui fais prendre davantage de mon sein, la douleur s'apaise et elle peut se nourrir tranquillement.

Adam s'assoit au bord du lit et allonge son bras sur mes épaules. Je regarde ma fille d'un œil émerveillé et la tient en place pour qu'elle prenne tout ce dont elle a besoin.

Adam m'embrasse sur la tempe et se racle la gorge.

– Catori, le jour où je t'ai vue, je pensais ne jamais connaître quoi que ce soit de plus beau. Mais ce moment est plus beau encore. Te découvrir en tant que mère, donnant le sein à la fille à qui tu as donné la vie... il n'y a rien de plus précieux. Je vous aime toutes les deux, plus que les mots ne peuvent l'exprimer.

Je lève la tête vers lui et il m'embrasse tendrement.

Lorsqu'Evie a fini de manger et s'endort sur mon sein, je la confie à son père.

– Est-ce qu'il fait nuit ? Les étoiles sont sorties ? je demande d'une voix tremblante tandis qu'Adam marche jusqu'à la fenêtre et tire le rideau.

Il se tourne vers moi et hoche solennellement la tête.

– Est-ce que mes parents sont là ?

– Quand elle a ramené Evie après l'avoir examinée, l'infirmière m'a dit qu'ils venaient d'arriver. Ça doit faire une heure qu'ils attendent.

Je me racle la gorge et prends une profonde inspiration.

– Tu peux aller les chercher ?

Il hoche la tête et revient vers moi pour me passer le bébé.

– Promets-moi que quoi qu'il arrive, quoi que tes parents nous disent à propos d'Evie, tu continueras de voir notre fille comme la bénédiction qu'elle est, supplie Adam en posant sa main sur ma joue.

Je baisse la tête pour respirer son parfum de bébé, et ses cheveux chatouillent mon nez.

– Bien sûr. Je suis folle d'elle. Mais j'ai besoin de savoir, Adam. Je ne peux pas attendre plus longtemps pour connaître son destin.

Sa mâchoire se contracte et il serre les poings.

– Je n'aime pas ça. On devrait être fous de joie. Je n'aime pas voir la peur sur ton visage. Je veux revenir au moment où tu lui donnais le sein et où tu étais remplie de paix.

Je soupire et lui souris tendrement.

– J'accepterai la décision, quelle qu'elle soit.

– Dans ce cas, ce que dira ta mère ne devrait pas avoir d'importance... dit-il, essayant de me raisonner.

Toutefois, ça ne marchera pas. Je ne pourrai pas dormir tant que je ne saurai pas la vérité.

Je secoue la tête et lui tends une main tandis que ma fille dort sur mon autre bras. Adam la saisit et la porte à sa bouche pour l'embrasser.

– Je ne veux pas savoir... déclare-t-il d'une voix rauque, les yeux embués de larmes.

– Je ne peux pas ne pas savoir. Je veux pouvoir me préparer, quoi qu'il arrive. Tout ira bien, je te le promets. Va chercher mes parents, s'il te plaît. Ils ont besoin de voir leur petite fille.

Il renifle et essuie ses larmes en se raclant la gorge.

– D'accord.

Quelques minutes plus tard, ma mère et mon père entrent dans la chambre et ma mère se précipite vers le lit. Ça fait des années que je ne l'ai pas vue bouger aussi vite. Elle plaque ses mains sur sa poitrine en se penchant pour étudier le visage endormi de ma fille, puis elle sourit jusqu'aux oreilles.

– Le soleil brille dans ses cheveux, dit-elle d'une voix émerveillée.

– Et le ciel illumine son regard, j'ajoute en hochant la tête.

Mon père arrive derrière ma mère et tend la main pour la poser délicatement sur la tête d'Evie.

– Je peux ? demande-t-il d'une voix plus grave que d'habitude.

Je déglutis et lui tends mon précieux présent. Ma mère se décale sur le côté, les mains jointes sur la poitrine, les yeux remplis de joie, tandis que mon père tient Evie pour la première fois.

– Elle s'appelle Evie Ross, je déclare en souriant jusqu'aux oreilles.

Mon père baisse la tête et l'embrasse longuement sur le front en lui chuchotant des mots en comanche. Adam fait le tour du lit et pour être à mes côtés, prenant ma main dans la sienne tandis que nous regardons mon père rencontrer celle qui sera sans doute sa seule petite fille.

– Tu es de mon sang, dit-il fièrement, remplissant la pièce de son énergie, de sa puissance et de son amour. Tu es comanche, et tu es un rayon de lumière dorée. Le soleil te guidera à jamais. Que sa lumière te réchauffe et te guide chaque jour qui s'offre à toi.

Il l'embrasse de nouveau sur la tête, puis il prend chacune de ses mains pour en embrasser la paume.

– Tu es aimée.

Mes larmes coulent sur mes joues et je ne prends pas la peine de les essuyer.

Mon père se tourne vers ma mère.

– Topsannah. Ton sang, notre faisceau de lumière, dit-il en plaçant Evie dans les bras tendus de sa femme.

Je regarde alors mon père marcher jusqu'à la fenêtre et ouvrir les rideaux. Ma gorge se noue et Adam s'assoit sur le lit pour m'attirer dans ses bras. Je tremble contre lui et attends de connaître le destin de ma fille en silence.

Ma mère chuchote quelque chose en comanche avant de parler en navajo, tout en s'approchant de la fenêtre, le bébé dans les bras. Elle lève ensuite la tête vers le ciel et l'étudie pendant longtemps. Plusieurs minutes passent et ma fille commence à s'agiter. Adam va pour se lever, voulant instinctivement apaiser sa fille, mais je le retiens et secoue la tête.

Ma mère embrasse alors notre fille sur la tête et se tourne vers nous, le visage débordant de joie, une larme coulant sur sa joue.

– Elle aura une longue vie. Le destin a parlé, annonce-t-elle.

Un cri intense et guttural m'échappe tandis que je m'effondre contre mon mari, sanglotant pour me débarrasser de la peur qui ne m'a pas quittée durant ces neuf longs mois, soulagée de savoir que ma fille ne subira pas la malédiction de ma famille.

Adam finit par réussir à me calmer et ma mère me ramène alors ma fille.

– Ce n'est pas tout, dit-elle d'un ton serein. Ta fille n'a pas la malédiction. Toutefois, elle endurera de difficiles épreuves et devra endosser de lourdes responsabilités. Elle affrontera les obstacles de la vie avec grâce et courage. Ce sera votre devoir de la préparer aux choix du destin et au chemin qui l'attend. Sa vie ne sera pas simple.

– On le fera, *pia*. On la préparera, j'acquiesce, alors que ma mère me tend ma fille.

– Evie, tu es bénie d'une longue vie. Ce sera à toi de choisir comment tu la vivras. Et nous t'aiderons à te montrer la bonne direction, ma Taabe dorée. Tu es aimée, je chuchote à ma fille.

Adam pose sa main sur la petite joue de notre fille.

– Nous ferons tout notre possible pour t'offrir tout ce dont tu rêves, mon soleil. Je te le promets.

Mes parents s'éloignent lentement du lit, à reculons, laissant notre petite famille se découvrir en paix.

Evie Ross aura une longue et belle vie. Nous ferons tout pour cela.

CHAPITRE 13

Deux mois plus tard...

Le soleil se lève sur les falaises, illuminant la terre et le ciel tandis que je donne le sein à ma fille. La vue est magique, à l'aube. La terre n'a pas eu le temps de se réchauffer et d'atteindre la chaleur brûlante de ces derniers jours. Evie penche la tête en arrière, cherchant la lumière et la chaleur du soleil.

– Elle adore le soleil, dit Adam contre mon épaule avant de chatouiller son ventre pour encourager Evie à se nourrir.

Elle niche aussitôt son nez contre mon sein, trouve mon téton et poursuit paisiblement son repas.

Je soupire et m'appuie contre Adam en admirant la vue. Notre fille prend à mon corps ce dont elle a besoin et mon mari nous enveloppe, nous protégeant de menaces potentielles, qui sont d'ailleurs inexistantes à cette heure de la journée. Je ne pourrais pas être plus comblée. Toutefois, j'ai conscience d'un problème, et c'est pour ça que j'ai eu l'idée de réveiller mon mari et ma fille pour les emmener ici. Je voulais m'éloigner de mes parents. Cela fait deux mois que nous dormons dans ma vieille chambre avec le couffin du bébé. Et nous leur sommes reconnaissants, mais j'avais besoin d'être seule avec mon mari, ce matin, pour lui parler de la crainte qui hante mes nuits.

– Tu pars dans deux semaines, je déclare.

Je plonge mon regard dans le soleil, espérant qu'il m'offrira un sentiment de tranquillité en plus de sa chaleur.

Adam m'embrasse dans le cou et y niche son menton en me serrant contre lui.

– En effet, répond-il.

– Je sais que tu dois partir, mais je pense qu'il est important que je te dise que je ne veux pas que tu partes.

– La première fois que je t'ai quittée, je pensais que c'était la chose la plus difficile de ma vie. Mais, cette fois, sera pire encore. Honnêtement, je ne sais pas comment je vais y arriver. Je ne sais pas comment je vais supporter de ne pas être aux côtés d'Evie pour chaque nouvelle minute de sa vie... Je déteste ça, moi aussi, dit-il en secouant la tête.

Je saisis son bras de ma main libre et regarde le ciel, laissant ma peine et mes craintes s'emparer de mon cœur, consciente que nous n'avons pas le choix. Adam partira dans deux semaines. Il n'y a rien que je puisse dire ou faire pour y remédier. Il a signé un contrat mais, et c'est le plus important, il doit accomplir son destin.

En tant que femme d'un militaire de carrière, je dois apprendre à accepter que le gros de nos vies se fera sans Adam ; ce qui implique des conséquences uniques pour moi et mon propre destin.

– Je vais me forcer à être positive et à ne penser qu'au moment où tu nous reviendras. C'est ce que j'enseignerai à notre fille, aussi.

Il hoche la tête en soupirant.

– Parfois, j'ai l'impression que je devrais te demander pardon. D'être tombé amoureux de toi, de t'avoir épousée, de t'avoir mise enceinte. Ce sont les plus belles choses qui me sont arrivées, mais elles ont un prix. Et ce prix est de te laisser, toi, de laisser Evie, les deux personnes que j'aime le plus au monde. Et c'est sans parler de ce que tu attends de la vie, de ton côté.

– Je ne serais pas tombée amoureuse de toi, je ne t'aurais pas épousé et je n'aurais pas eu Evie si je ne l'avais pas désiré.

Evie s'est endormie. Je remonte le décolleté de ma robe, la serre contre moi et me tourne vers mon mari.

– Adam, toi et Evie représentez une grande partie de mes rêves et de mes désirs pour cette vie. Ne pense jamais que je regrette quoi que ce soit qu'on a fait ensemble.

Il tient ma main contre sa joue et se frotte à ma paume.

– Vous êtes tout ce que je peux espérer de la vie.

Je souris et penche la tête sur le côté.

– Je ressens la même chose. Néanmoins, j'ai encore plein de choses à accomplir.

– Ta troupe de danse, les voyages ? demande-t-il.

– Oui, mais c'est plus que ça. C'est la capacité à me projeter. On sait tous deux que j'ai besoin d'avoir un projet. Et ce projet doit intégrer nos nouvelles vies ainsi que mon propre destin. Je ne compte pas passer toute ma vie sur cette réserve. C'est impossible. Mes pieds ont besoin de marcher, mes ailes ont besoin de voler. J'ai besoin de sentir le vent dans mes cheveux et j'ai hâte de voir où il me portera.

– Et tu veux emmener Evie avec toi ? Comment tu vas faire avec un bébé ?

Je secoue la tête, mon cœur se met à battre plus fort.

– Mes parents m'ont proposé d'élever Evie ici, avec sa famille, leur amour et notre communauté. Pour que je puisse voyager.

– Tu comptes la laisser avec eux ? demande Adam en fronçant les sourcils.

Je baisse les yeux vers ma fille, ses joues à croquer, ses lèvres rouges et ses cheveux dorés.

– Elle serait protégée par leur amour et elle profiterait de tout ce que mes parents et ma tribu m'ont offert durant mon enfance. Je ne veux pas l'en priver. Surtout tant qu'elle est aussi petite et vulnérable.

Adam soupire longuement et se masse la nuque.

– J'adore tes parents, ne te méprends pas. Je sais qu'ils prendraient parfaitement soin d'Evie si on ne le pouvait pas. Mais ce que tu es en train de dire, c'est que tu vas volontairement prévoir de laisser notre fille à tes parents pendant que tu parcours le monde.

Je me mords la lèvre et hausse les épaules, ne sachant comment rendre l'idée plus acceptable. J'envisage d'abandonner ma fille pour voir si l'herbe est plus verte ailleurs. Ce n'est pas toute la vérité, mais c'est vrai que ça semble horrible, dit comme ça.

– Comment je peux parler du monde à ma fille si je ne le connais pas ? Sans toi, elle ne connaîtra que la vie sur la réserve. Et puis, tel que je le vois, je ne serais pas partie tout le temps. Je serai avec elle la majorité du temps. Je serai toujours là quand tu seras en permission, pour qu'on puisse se retrouver en famille, et je partirai quand j'en aurai besoin.

Adam secoue la tête et se lève pour faire les cent pas, ce qu'il a l'habitude de faire quand il doit étudier un problème ou que ses émotions menacent de prendre le dessus.

Je le regarde, la gorge nouée, il finit par s'arrêter, les mains jointes sur sa nuque, le regard perdu à l'horizon.

– Tu irais où ? Tu ferais quoi ? demande-t-il en me transperçant du regard.

Son cœur et son âme sont tellement tiraillés et torturés que c'en est palpable. Adam veut m'offrir ce dont j'ai besoin dans la vie, de la même façon que j'accepte son travail et sa vocation dans l'armée, mais il souhaite aussi que je reste avec Evie.

– Pour l'instant, elle est trop petite. Mais peut-être que quand elle sera plus grande, quand elle aura un an, je pourrai retrouver la troupe de danse. Elles ont encore deux années de tournée aux États-Unis, puis elles ont prévu d'aller à l'étranger.

Son regard s'étrécit.

– La dernière fois, tu m'as dit que la tournée durait huit ou neuf mois. Tu comptes partir aussi longtemps ?

– Non, je ne serais qu'une remplaçante. Le planning permet aux danseuses de s'absenter pendant un mois environ. Tout au plus, je serais partie pendant trois mois. Et je reviendrais ici pour la même durée. Je pourrais m'arranger pour être ici quand tu reviens aussi, et tant que notre fille est petite, je ne ferais pas beaucoup de remplacements. Peut-être une ou deux fois par an, pour trois mois.

Je pourrais peut-être partir pour deux mois seulement, si je m'arrange. Comme ça, Evie ne resterait pas longtemps sans un de ses parents. Et, bien sûr, elle serait avec ma mère. La naissance d'Evie lui a déjà donné un regain d'énergie et de vie.

– Et si la maladie l'emporte pendant que tu n'es pas là et qu'Evie est seule avec elle ?

Je secoue la tête.

– Ça n'arrive pas d'un claquement de doigts... Je voulais juste t'en parler pour que tu commences à y réfléchir. Je n'ai aucune envie de laisser notre fille pour le moment, mais j'ai besoin de penser à l'avenir, moi aussi, et d'avoir des projets qui m'enthousiasment.

Adam hoche la tête et laisse tomber ses bras le long de son corps.

– On en reparlera ?

– Bien sûr. On a le temps. Je voulais simplement que tu comprennes ce que je ressens et ce que je pense pour que tu ne sois pas surpris lorsque je t'en parlerai un jour. Tu vois ce que je veux dire ?

Il revient vers moi et s'assoit à mes côtés sur le plaid. Je pose Evie dans le creux de mes jambes croisées en tailleur et tends mes deux mains à Adam.

– On fera en sorte que ça fonctionne pour tous les deux. Je ne veux pas que tu sois malheureuse, Catori. Je n'ai jamais voulu t'emprisonner ici. Je comprenais ton besoin et tes raisons de voyager quand je t'ai épousée. Tu avais été on ne peut plus claire. Mais on ne savait pas qu'on aurait un enfant et il est clair que ça change tout, pour tous les deux. Je suis content que tu m'en aies parlé et que tu sois franche avec moi. Comme tu le dis, si tu partais, Evie serait avec des gens qui l'aiment plus que tout au monde. Et elle aurait une vraie maison sur la réserve. Or, ni toi ni moi ne pouvons lui offrir ça.

– Justement, je voulais t'en parler. Il y a une petite maison avec deux chambres à cinq minutes à pied de chez mes parents, sur la réserve. Elle a été rénovée et elle appartient à la tribu. Ils sont d'accord pour nous la louer. J'ai pensé qu'on pouvait profiter des deux prochaines semaines pour s'y installer.

Adam sourit soudain jusqu'aux oreilles.

– Ce serait génial ! Je paierais n'importe quel prix pour avoir notre chez-nous près de ta famille.

– Et notre intimité pour tes retours ? je demande en appuyant mon front contre le sien.

– Tu aurais dû commencer par ça, ma belle, répond-il en gloussant.

– Si je l'avais fait, je n'aurais pas pu clore une discussion sérieuse avec l'idée de moments joyeux en famille.

Il lève la tête et plonge son regard dans le mien.

– Je t'aime, ma femme. Et je soutiendrai ce que tu auras besoin de faire pour être heureuse. Je ne veux jamais vous brimer, toi et Evie, dans vos désirs. On doit simplement trouver un moyen pour que ça fonctionne pour tous les trois. Quel que soit ce moyen. Tant que notre fille est en sécurité, aimée et heureuse, je serai heureux aussi.

– C'est exactement ce que je pense, je réponds en me penchant pour l'embrasser tendrement.

Si j'avais des doutes concernant l'amour d'Adam, il vient de les dissiper. Il comprend que je ne souhaite pas abandonner notre fille, mais que je veux profiter de la vie. Que je veux trouver un schéma qui nous rendra tous les trois heureux. J'ai vingt bonnes années devant moi, si j'ai de la chance. Je ne veux pas les gâcher. Je veux poursuivre mes rêves, être une bonne épouse, une mère aimante et profiter de tout ce que la vie peut offrir. Je ne pouvais pas espérer mieux que le soutien d'Adam dans les choix difficiles qui se présenteront bientôt à moi.

♦

Je n'ai pas vu les deux dernières semaines passer. Après notre conversation sur les falaises, j'ai pu obtenir les clés de la petite maison le jour même. Adam a travaillé d'arrache-pied pour la meubler, et je me suis concentrée sur la chambre d'Evie. J'ai peint de petits soleils, des lunes et des étoiles sur le plafond, choisissant de garder les murs jaunes, puisque c'est la couleur que j'associe à notre fille.

Nous sommes désormais assis sur notre lit, et Adam tient Evie contre son torse.

– Je suis désolé que papa doive partir, mon soleil, dit-il en embrassant sa touffe de cheveux blonds.

Ils ont poussé très vite et, maintenant, ses mèches dorées encadrent joliment son visage. Je pense que dans quelques mois, elle aura les mêmes boucles que son père, lorsqu'il n'est pas tondu de près.

Evie fait de jolis petits gazouillis en agitant les bras devant le visage de son père.

– J'appellerai maman et elle te fera écouter ma voix. Je vous écrirai, et maman a promis de te lire mes mots pour que tu saches que je pense tout le temps à toi, ma chérie. Papa t'aime plus que tout, et tu vas me manquer chaque seconde de chaque journée.

Il embrasse ses joues avant de respirer son odeur dans son cou.

– Elle sent tellement bon... Comment je vais faire sans respirer son odeur tous les jours, sans me lever pour te l'amener la nuit, quand elle aura besoin de manger ? Comment je vais vivre sans vous, tous les jours ?

Les larmes coulent si vite sur mes joues que je n'ai pas le temps de les essuyer.

– Tu vas te concentrer sur ton retour. Sur le fait qu'Evie et moi restons ici et que tu vas nous manquer. Qu'on attend ton retour avec impatience.

Il serre Evie contre lui et l'embrasse sur la tête.

– Je suis une mauviette. Si mes hommes me voyaient comme ça, en larmes et ravagé de devoir vous quitter... dit-il en secouant la tête.

Je caresse sa cuisse, plusieurs fois, pour qu'il sente ma présence. Il porte un pantalon de pyjama en coton, et le ciel est encore noir dehors. Dans quelques heures, il part pour six mois, si ce n'est plus. La durée de sa mission n'a pas encore été officiellement fixée. Tout ce qu'on lui a dit, c'est qu'il partait au Moyen-Orient pour des problèmes importants que lui et son équipe sont les seuls à pouvoir traiter.

– À mon avis, ceux de tes hommes qui ont des familles doivent vivre exactement la même chose en ce moment. C'est normal.

– J'ai l'impression que j'apprends tout juste à connaître ma fille, et je la quitte déjà, dit-il d'une voix rauque.

– Je suis désolée, Adam. Sache que je te tiendrai au courant autant que possible et que je lui parlerai de toi tous les jours. Elle saura que son père l'aime et qu'elle lui manque. Je te le promets.

Il hoche la tête et l'embrasse de nouveau sur la tête. Elle s'est endormie et il se lève pour l'emmener dans sa chambre. Lorsqu'au bout d'une minute il n'est pas revenu, je le suis sur la pointe des pieds et le trouve penché sur le lit de notre fille.

– Papa s'en va parce qu'il doit protéger tous les petits bébés comme toi. Je penserai à toi tous les jours, mais je ferai mon devoir pour que tu sois en sécurité, Evie. Ne l'oublie pas. Tout ce que je fais, je le fais pour toi et ta maman. Je t'aime, mon soleil, et je t'aimerai toujours.

Il embrasse son index et son majeur avant de les poser sur le cœur de notre fille.

Je me couvre la bouche et retourne en courant dans ma chambre pour libérer toute ma tristesse.

Lorsqu'il revient, je lui saute dessus, l'entourant avec mes bras et mes jambes avant de m'emparer de sa bouche.

Trois secondes plus tard, je suis allongée sur le lit, nue, et le pantalon d'Adam a disparu. Il promène sa bouche sur mon corps, m'embrassant et me mordillant partout. Sa faim semble insatiable. Il mord mon téton et j'étouffe mon cri avec mon avant-bras. Adam ne s'arrête pas là. Il pince et suce les pointes roses jusqu'à ce que je commence à soulever mon bassin, essayant de frotter mon sexe au sien.

Il pousse un grognement et coince mes mains de chaque côté de ma taille, sur le lit, avant de poursuivre sa descente. Il lâche mes mains pour saisir mes cuisses et écarter mes jambes, puis il plaque sa bouche sur ma fente, qu'il se met à sucer, à lécher et à mordiller.

Il redouble d'efforts, suçant plus fort mon clitoris, et je monte au septième ciel.

– Maintenant ! je crie.

Adam remonte en déposant des baisers sur mon ventre, puis mes seins et ma gorge, avant de s'emparer de ma bouche au moment où il s'enfouit en moi. Je plie les jambes et ramène mes genoux contre ses côtes tout en me cambrant pour prendre en moi autant de son sexe que possible. Adam empoigne alors mes épaules et me martèle brutalement tout en me chuchotant des mots doux.

– Mon amour. Mon espoir. Mon chez-moi.

Je jouis de nouveau et mon corps se crispe et se verrouille sur lui, si fort que je peine à respirer.

Adam pousse un grognement, se retire et me fait rouler sur le ventre pour me mettre à quatre pattes. Il s'enfonce en moi sans perdre une seconde et me chevauche avec détermination, comme s'il voulait me marquer au fer rouge, pour que je le sente en moi pendant plusieurs jours encore.

J'empoigne les draps et il se penche pour prendre un de mes seins et titiller mon téton jusqu'à ce que je crie, puis il le lâche et glisse sa main au point de rencontre de nos corps.

Il joue avec mon clitoris en me pilonnant brusquement, et un nouvel orgasme commence à prendre forme dans mon bas-ventre. Toutefois, je sais qu'il s'empêche de jouir et se punit en m'offrant tout le plaisir tout en se privant du sien.

– Jouis avec moi, bébé, s'il te plaît, je gémis en pantelant.

– Non, juste toi, gronde-t-il.

Je m'éloigne et son sexe glisse hors de moi. Je me tourne vers lui et pousse sur son torse jusqu'à ce qu'il soit allongé sur le dos. Je m'installe à cheval sur lui, place son gland entre mes lèvres et m'assois brusquement.

C'est le nirvana.

Il empoigne mes hanches et commence à soulever son bassin, mais je secoue la tête et saisis ses mains pour les placer de chaque côté de sa tête. Il n'a plus d'autre choix que de me laisser les rênes. Mais je ne lui laisse pas le temps de le comprendre, car je m'empare de sa bouche et me mets à le chevaucher, dessinant un cercle avec mon bassin à chaque mouvement vers le bas.

Soudain, ce n'est plus une partie de jambes en l'air désespérée ; Adam et moi faisons l'amour. Je lâche une de ses mains et me redresse pour le regarder. Une fine couche de sueur fait briller sa peau, il ressemble à un dieu doré. Ses muscles sont bandés et ses veines gonflées sur ses bras, la preuve de ce que son corps a enduré quand il a sacrifié son propre plaisir pour le mien.

Je pose alors ma main à plat sur son cœur.

– Il m'appartient. Pour toujours.

Adam ouvre les yeux et je découvre qu'ils sont remplis de larmes.

– Et le tien m'appartient, dit-il en plaquant sa main sur mon cœur. Pour toujours.

Je hoche la tête et accélère jusqu'à ce que l'on crie tous les deux, puis je me penche pour l'embrasser langoureusement. Il s'autorise enfin à jouir et à laisser nos corps et nos âmes fusionner.

Peu importe où il ira, peu importent les choix que nous ferons à l'avenir, chacun possède le cœur et l'âme de l'autre. Et cela me suffit.

Deux heures plus tard, Evie est dans mes bras tandis que mon mari l'embrasse sur le front avant de plaquer ses lèvres contre les miennes.

– Languis-toi de moi ? demande-t-il d'une voix rauque.

– Et toi de moi ? Plus encore, je réponds en souriant.

– Toujours.

Il pose sa main sur ma joue et recule lentement.

Je le regarde monter dans sa voiture de location, démarrer et me saluer de la main.

Je lui réponds et continue d'agiter la main alors que sa voiture s'éloigne sur le chemin du désert, et Evie et moi restons immobiles jusqu'à ce qu'on ne le voie plus.

– Protège Adam, je chuchote. S'il te plaît, protège-le et ramène-le à la maison.

CHAPITRE 14

Dix semaines plus tard…

Evie est en train de hurler.

Encore.

Je fais les cent pas dans la petite maison, la traversant de part en part en la berçant et en fredonnant comme ma mère me l'a appris, mais rien ne l'apaise.

Si Adam était là, il y arriverait, lui. Avec son torse musclé, sa grosse voix et ses mots doux, il l'endormirait en un rien de temps, j'en suis sûre.

Evie s'égosille, la bouche ouverte, si grand que je vois ses amygdales.

Dans ma tête, je passe en revue la check-list.

Elle n'a pas besoin d'être changée.

Elle a déjà mangé, donc elle n'a pas faim.

On s'est installées sur son tapis de jeux, ce qu'elle aime en général, mais cette fois ça n'a pas marché.

– S'il te plaît, Taabe, calme-toi. Maman est tellement fatiguée…

Fatiguée ? Pfff. J'ai passé le stade de la fatigue il y a cinq heures. Je ne sais pas quoi faire pour la calmer. Je suis en train d'échouer en tant que mère.

Mes yeux se remplissent de larmes et je m'accroupis dans l'entrée, ma fille contre moi, pour sangloter avec elle. Je n'arrive pas à comprendre ce qu'elle veut. Et ça semble arriver de plus en plus souvent, ces derniers temps. C'est comme si elle grandissait et devenait plus difficile à gérer. Ce n'est plus seulement une question de nourriture et de sommeil maintenant, il lui faut plus. Et quand elle est avec *kaku* et *toko,* ses grands-parents, c'est un vrai petit ange.

Que possèdent-ils que je n'ai pas ?

Pourquoi aime-t-elle ma mère plus que moi ?

Quelqu'un frappe à la porte, mais je n'ai pas l'énergie de me lever. Evie continue de hurler et je tapote délicatement son dos tout en pleurant avec elle. Quelques secondes plus tard, ma mère apparaît dans l'entrée.

Elle parle rapidement en navajo, sa langue maternelle, ce qu'elle fait quand elle est stressée ou inquiète. Je ne comprends pas ce qu'elle dit, car les cris d'Evie sont assourdissants et mes pensées sont pleines de mon échec de mère.

Ma mère tend les mains vers Evie et nous étudie quelques instants avant de prendre une décision.

– Est-ce qu'elle a mangé ?

Je hoche la tête.

– Récemment ? Dans la dernière demi-heure ?

– Elle a commencé à pleurer après avoir mangé. Je n'arrive pas à l'arrêter. J'ai tout essayé.

Ma mèche hoche brièvement la tête.

– Va te doucher. Tu fais peur à voir. Je vais la calmer.

Elle prend aussitôt Evie contre son épaule et lui tape dans le dos, bien plus fort que je ne l'oserais sur un bébé aussi petit. Soudain, un énorme rot échappe à ma fille.

– Voilà, mon ange. *Kaku* va t'aider.

Elle continue de lui tapoter le dos jusqu'à ce qu'un rot plus petit sorte et, immédiatement, Evie se calme et se met à gazouiller en regardant ma mère. Soudain, la terre se remet à tourner.

J'ai pourtant essayé de lui faire faire un rot, plein de fois ! C'est Adam qui s'en occupait, avant. Et ça n'a jamais semblé marcher avec moi.

– Elle a du mal à expulser l'air de ses poumons. Je l'ai vue manger très vite. Quand ça arrive, des bulles d'air se coincent dans sa poitrine et ça lui fait mal. Tu vois, *peta* ? Tout va bien, dit ma mère en prenant Evie sur sa hanche.

Tout va bien.

Rien ne va depuis qu'Adam m'a laissée élever ma fille toute seule. Il m'a confié son bien-être et j'échoue lamentablement. Je n'arrive même pas à voir qu'elle a des gaz. Je n'entends pas de différence dans ses cris, comme le prétendent toutes les femmes de la tribu.

– Va te doucher. Je vais la changer et la coucher. Ensuite, on parlera.

J'acquiesce et regarde le visage désormais souriant de ma fille, blottie dans les bras de sa *kaku*. Ma mère est la meilleure, et même ma fille le sait. J'obéis à ma mère et me traîne dans la salle de bains.

Une fois dedans, je fais couler l'eau de la douche, aussi chaude que je peux le supporter, et je m'assois sur le sol carrelé pour pleurer. Je sanglote si fort que je peine à respirer et que mes poumons s'embrasent, mais je m'en fiche. Je me fiche de tout. Je suis une mauvaise mère. Je fais de mon mieux, mais je me trompe à chaque pas. Evie préfère ma mère à moi. Adam serait horrifié de me voir m'occuper aussi mal de ma fille. Je tremble et frissonne malgré l'eau bouillante, et je continue de pleurer. Un goût amer envahit soudain ma bouche et je parviens tout juste à ramper jusqu'au w.-c. pour vomir le peu qui reste dans mon ventre depuis mon repas d'hier soir. Il est presque l'heure de dîner, et j'ai oublié le petit dej et le déjeuner.

Je tire la chasse alors que ma mère frappe à la porte. Mon estomac se contracte à nouveau quand elle ouvre, et le regard plein de compassion de ma mère se pose sur moi.

Sans un mot, elle attrape une serviette et m'enroule dedans alors que je continue de frissonner. Elle éteint la douche, puis elle me sèche méticuleusement, comme elle l'a fait tant de fois quand j'étais petite.

– Viens, ma fille, dit-elle en comanche avant de me traîner comme un zombie jusqu'à ma chambre.

Mon panier à linge déborde. Des tasses de café sales sont posées sur tous les meubles, certaines sont là depuis plusieurs jours, ou même des semaines. Je ne me souviens pas. En revanche, les vêtements et les couches lavables d'Evie sont propres, soigneusement pliés et rangés à leur place.

– Je m'en occuperai plus tard, je marmonne en désignant le linge sale.

Ma mère hoche la tête et m'emmène jusqu'au lit avant de me forcer à m'y asseoir. Elle fouille dans mes affaires et sort une longue chemise de nuit du tiroir, puis elle m'aide à l'enfiler, je bouge automatiquement, comme un robot.

Elle soulève la couette et désigne le matelas.

– Au lit. Tout de suite, ordonne-t-elle de ce ton qui ne laisse place à aucune négociation.

Personne n'ose jamais désobéir à ma mère lorsqu'elle s'exprime sur ce ton. Je fais donc ce qu'elle dit et je rampe dans mon lit. J'ai à peine posé ma tête sur l'oreiller que mes paupières commencent à se fermer.

– Et Evie ? je demande.

– Elle dort, comme sa *pia* en a besoin. Tu dois dormir quand elle dort, sinon tu ne te reposeras jamais. Elle a besoin d'une *pia* en forme. Et tu dois demander de l'aide quand tu en as besoin, *peta*.

Ma mère caresse ma joue et je tourne la tête pour appuyer sa paume contre ma peau, la laissant voir le vide sombre et effrayant qui grandit en moi, la laissant me remplir avec son amour maternel.

– Je t'aime, *pia. Urako*, je dis d'un ton reconnaissant.

Elle se penche et m'embrasse délicatement sur le front.

– Dors, ma sublime fille. Repose-toi. La situation te semblera meilleure demain.

J'en doute sincèrement, mais je n'ai pas la force d'ouvrir les yeux.

– Je m'occupe d'Evie. Ne t'inquiète pas.

Je ne m'inquiète plus, maintenant que ma mère est là. Avec elle, tout est toujours plus beau et plus simple. Est-ce que j'aurai le même pouvoir sur ma fille ? Le don de la réconforter et de la rassurer ?

Sans doute pas.

Je suis une mauvaise mère.

♦

Les mois suivants n'apportent aucune amélioration. Je suis constamment fatiguée. Je dois faire un effort surhumain pour me lever le matin. Evie pleure tout le temps et requiert des choses que je ne peux pas lui offrir. J'ai arrêté de la nourrir au sein, cela fait un mois qu'elle boit du lait maternisé. Elle peinait à prendre du poids, et je ne produisais plus assez de lait. Même mon corps échouait à répondre aux besoins de ma fille. Mes seins s'asséchaient et ne fabriquaient pas ce dont ma fille avait besoin. Passer au lait maternisé a été un soulagement. Un minuscule répit dans la tourmente que je ne parviens pas à dissiper, quoi que je fasse.

J'emmène Evie en balade dans mon endroit préféré des falaises, où m'attendent tant de beaux souvenirs de son père. Ma fille ne semble trouver la paix que lorsque le soleil illumine son visage. Ou quand elle est dans les bras d'un de mes parents.

Ma mère vient régulièrement chez moi et prend Evie chez elle, décidant que j'ai besoin de repos, de manger ou de temps pour moi. Je rampe alors dans mon lit et dors toute la journée, ne me réveillant que lorsque ma mère ramène Evie pour son repas du soir, son bain et le coucher.

Elle a presque dix mois, maintenant, et j'ai l'impression qu'elle me connaît à peine.

J'entends ma mère marcher dans la maison et parler comanche ou navajo à Evie, lui apprenant le vocabulaire des deux langues. Moi je ne lui parle qu'anglais, parce que je ne veux pas qu'elle ait de problèmes à l'avenir. Je ne sais pas si elle ira à l'école sur la réserve ou dans un établissement public de la ville voisine. Adam et moi n'avons pas encore pris ces décisions, et nous avons plusieurs années avant de devoir le faire. Néanmoins, je pense également qu'elle doit pouvoir comprendre son héritage et la langue qui l'accompagne.

Ma mère entre dans la chambre en tenant Evie, qui gazouille joyeusement. Elle pose une enveloppe sur le bureau, sur la pile de lettres qu'Adam m'a envoyées. Je n'ai pas lu les dernières, et je ne lui ai pas écrit. Je n'ai rien à dire à mon mari qu'il aura envie d'entendre, et je ne supporte pas l'idée de lui mentir.

– Tu dois sortir du lit, Catori. Tu dois te doucher. Et passer du temps avec ta fille.

Je bâille et tire la couette au-dessus de ma tête.

– Elle n'a pas envie d'être avec moi. Elle ne fait que pleurer. Je n'arrive pas à la calmer et je ne comprends pas ce qu'elle veut ou ce dont elle a besoin. Et je suis épuisée, *pia*. J'arrive à peine à ouvrir les yeux.

Ma mère marche jusqu'à moi, retire la couette et pose ma fille à côté de moi. Evie se met aussitôt à papoter et poser ses doigts boudinés sur mes joues. Je saisis ses mains et embrasse ses doigts et ses paumes. Elle hurle de joie et un éclat de bonheur se réveille dans ma poitrine.

Je m'apprête à la prendre dans mes bras, mais elle tend les mains vers ma mère. Lorsque cette dernière secoue la tête et se met à reculer, Evie agite ses bras en serrant les poings, puis elle éclate en sanglots.

– Tu vois, elle me déteste. C'est toi qu'elle veut. Prends-la, s'il te plaît. Je ne supporte pas de l'entendre hurler.

Le dos de ma mère se voûte en signe de défaite et elle se penche pour prendre ma fille.

– Tu ne vas pas bien, *peta*. Tu dois voir la guérisseuse.

– Je l'ai déjà vue, je réponds en secouant la tête. Elle m'a dit d'être patiente et de mettre les herbes qu'elle m'a données dans mon thé. Ça n'a pas marché. Evie me déteste toujours.

Ma mère retient son souffle et plaque sa main sur la tête d'Evie pour la ramener contre sa poitrine et lui couvrir les oreilles.

– Elle ne te déteste pas, *peta*. Tu doutes simplement de ta capacité à t'occuper d'elle, et c'est cela qu'elle ressent. Les bébés ne savent que ce qu'ils ressentent. Si tu es triste, elle l'est aussi. Si tu es heureuse, elle le sera aussi. Tu dois trouver un moyen d'être heureuse en dehors de cette maison.

Je m'assois dans le lit et me tourne pour poser mes pieds par terre, la tête baissée.

– Adam me rend heureuse, et il n'est pas là. Ça fait huit mois qu'il est parti. C'est bien plus que prévu. S'il était là, je serais heureuse. Danser et voyager me rend heureuse, aussi, mais je ne peux pas le faire.

– Tu as la peau sur les os. Quand as-tu mangé pour la dernière fois ? demande ma mère en étudiant les cernes sous mes yeux, mes joues creusées et mes cheveux ternes.

Je cligne des yeux et les frotte en essayant de m'en souvenir.

– Je ne sais pas. Je n'ai pas faim, je réponds en haussant les épaules.

– Tu n'as jamais faim. Tu deviens transparente. Ma fille disparaît sous mes yeux. Sous les yeux de sa fille. J'en ai assez. Ton *ahpu* en a assez, lui aussi.

Je passe mes doigts dans mes mèches emmêlées et essaie de les coiffer. Quand est-ce que j'ai pris ma dernière douche ? Je lève le bras, renifle mon aisselle et manque m'évanouir. Je pue. Ma vie est merdique. Tout est merdique chez moi.

– Est-ce que tu sais quand Adam va rentrer, au moins ? demande ma mère.

– Quand il pourra, j'imagine, je ricane sèchement.

Ma mère marche jusqu'au bureau, saisit une poignée de lettres et les jette sur le lit.

– Il a été redéployé pour deux ou trois mois. Il nous a appelés parce que ça faisait plusieurs semaines qu'il n'avait pas pu te joindre et il nous a dit qu'il serait absent plus longtemps que prévu. Tu ne réponds ni à ses appels ni à ses lettres. Pourquoi ?

Trois mois de plus ? Ça veut dire qu'il rentrera après le premier anniversaire d'Evie.

Les larmes coulent et je ne fais rien pour les retenir. Je ne supporterai pas trois mois de plus sans le voir. Sans sentir ses caresses ni son amour. Sans qu'il me rassure et me dise que je ne suis pas quelqu'un d'horrible, une épouse et une mère horrible.

Je me lève en tremblant des pieds à la tête, poussée par un besoin tout-puissant de partir, de m'envoler, de sortir de ce cercle vicieux et misérable.

– J'ai besoin de partir, je dis d'une voix méconnaissable, comme si ces mots étaient arrachés à mon âme.

Ma mère inspire longuement, puis elle vide tout l'air de ses poumons et hoche la tête.

– Est-ce que tu peux retrouver la troupe de danse ?

Je hoche la tête. Je ne sais même pas si elles auront besoin de moi, mais c'est déjà un début. Une destination.

Une bouée de sauvetage. Un premier pas dans la bonne direction, pour me retrouver. Pour le moment, je ne suis d'utilité à personne, ni à moi, ni à mes parents, ni à Adam, et surtout pas à ma fille. Elle a besoin d'une mère en bonne santé, heureuse et aimante, et je ne suis rien de tout cela.

Je suis comme une coquille vide, sans substance et sans vie.

– Ton père va porter le lit chez nous. Nous garderons Evie comme nous en avions parlé. Tu as besoin de te retrouver, Catori. Reviens auprès de ta fille quand tu seras entière. Je vois l'ombre dans ton esprit et dans ton âme, et l'obscurité se propage. Si tu ne changes pas quelque chose, il ne restera plus rien de toi.

– Et Evie... ? Je suis sa mère, je sanglote en tombant sur le lit.

Je me retiens avec mes mains et les lettres d'Adam s'envolent comme des confettis. Sauf qu'aujourd'hui n'a rien d'une fête. J'ai peur de ce que contiennent ces enveloppes. J'ai peur d'apprendre qu'il m'en veut, qu'il est déçu. Je secoue la tête. Je n'y survivrai pas. Les ténèbres qui sévissent en moi sont en train de gagner. Je ne sais plus où donner de la tête ; je ne sais plus ce qui est bon ou mauvais. Je ne fais qu'exister. Mais pour quoi ? Je ne le sais plus.

Pour être une bonne femme.

Pour être une bonne mère.

Pour être une bonne fille.

Je ne suis aucune des trois, or j'ai désespérément envie de les être toutes.

– Ça fait des mois que tu n'es pas sa mère, dit ma mère d'une voix grave et accusatrice.

Ses paroles me transpercent le cœur quand elle met enfin des mots sur le désespoir qui me suit à chaque instant de la journée.

Je ferme les yeux tandis que ce désespoir tourbillonne en moi comme un serpent venimeux.

– Je ne sais pas comment être celle dont elle a besoin.

Ma mère fait sauter Evie sur sa hanche et pose sa main sur sa joue rose.

– Elle a seulement besoin que tu sois toi-même. Et que tu l'aimes sans condition.

– C'est le cas ! je crache. Je l'aime de tout mon être, mais ça ne suffit pas. Comment je peux être moi-même si j'ai perdu la femme que j'étais, celle que je devenais ? Je ne sais plus qui je suis.

– Alors, je suggère que tu ailles te retrouver. Et ne reviens pas tant que ce n'est pas fait.

Ma mère lève fièrement le menton tandis que ma fille s'agrippe à une de ses longues tresses pour en mettre la pointe dans sa bouche. Evie est à l'aise avec elle. Comme elle devrait l'être avec moi.

Je n'arrive même pas à sourire pour ma superbe Taabe. Mon soleil doré. Elle est lumineuse, elle est tout ce qu'il y a de beau dans le monde et je n'ai pas une once de joie à lui offrir. Je n'ai aucun sourire pour elle. Il ne me reste plus rien.

Les larmes coulent sur les joues de ma mère.

– Tu nous manqueras.

Elle me tourne alors le dos, emportant ma fille hors de notre petite maison et de ma vie. Pour l'instant.

Je n'ai même pas dit au revoir à Evie.

Mais ça lui est égal, je crois.

CHAPITRE 15

Huit semaines plus tard...

– Huit semaines, Catori ! Ça fait huit semaines que tu es partie, et tu ne me l'as même pas dit ! Même pas un mot pour me dire que tu laissais Evie à tes parents et que tu rejoignais ta troupe. C'est tout. Pas d'appel ; rien ! Tu es juste partie ! J'ai dû appeler tes parents pour avoir le numéro des hôtels où tu dors ! aboie Adam. Tu n'as répondu à aucune de mes lettres et tu n'as pas décroché quand je t'ai appelée. C'est ta mère qui m'a dit que tu étais partie. Tu as la moindre idée de ce que j'ai ressenti ? De ne même pas savoir où est ma propre femme ?

– Tu ne comprends pas ce qui se passait à la maison. Je n'étais pas moi-même. Et Evie me détestait.

– Toi-même ? Qu'est-ce que ça veut dire ? Tu es ma femme, putain. La mère de notre fille !

Ses paroles me vont droit au cœur.

– Je sais, mais tu n'étais pas là ! Tu n'es jamais là ! Je me noyais et je n'avais plus aucun espoir de remonter à la surface ! je hurle à mon tour.

– Je t'ai dit que j'étais désolé de ne pas pouvoir être là pour l'anniversaire d'Evie. Si tu avais répondu à mes appels ou si tu avais lu mes lettres, ça aurait peut-être été différent. Tu aurais pu te confier à moi. T'appuyer sur moi et me faire part de tes problèmes, de tes peurs, de tes angoisses. J'aurais pu t'aider ! crie-t-il, si fort que j'éloigne le combiné de mon oreille.

Je m'assois sur le lit et fonds en larmes alors que la colère de mon mari remplit la chambre.

– Tu n'aurais jamais pu comprendre et tu ne pouvais pas m'aider. Notre fille ne voulait pas de moi. Elle n'a jamais voulu de moi. Elle pleurait tout le temps, elle hurlait sans raison. Et quand ma mère arrivait, elle était parfaite. Evie voulait ma mère, et moi je voulais qu'Evie soit heureuse. Et je n'arrivais pas à la rendre heureuse.

– Alors, tu as donné notre fille à ta mère ! Tu as abandonné notre fille d'un an ! Comment tu as pu faire ça sans me le dire ? Je vis un enfer sans vous, putain ! Je fais mon travail. Et j'apprends que ma femme est partie en laissant notre fille à ses parents, sans même m'appeler ou m'envoyer une putain de lettre !

– Tu savais pertinemment que je prévoyais de rejoindre la troupe. De poursuivre mes rêves, ma vocation. J'étais toute seule, Adam. Tu ne le comprends pas ? Tu as été absent toute sa vie ! J'étais seule avec un bébé qui hurlait non-stop ! Notre bébé. Et je n'y arrivais plus. Elle n'était pas heureuse. Si j'avais continué comme ça, je ne sais pas ce qui me serait arrivé. J'ai perdu la raison. Mon esprit était lugubre. Je n'avais plus la moindre lumière en moi. Donc oui, je suis partie. Pour me retrouver. Pour trouver un peu de bonheur pour qu'à mon retour, je puisse offrir cette joie à ma fille. Et à toi !

– Et tu as prévu de rentrer quand ?

– Je ne sais pas, je déclare en m'efforçant de paraître forte alors que je m'effondre à l'intérieur.

– Bien. Dans ce cas, je prolonge ma mission de deux mois. Est-ce que je peux espérer que tu seras de retour d'ici là, ou tu vas continuer à faire le tour du pays au gré de tes envies ? ricane-t-il méchamment, me faisant grimacer.

– Comment oses-tu dire ça ? Ça fait presque un an que tu es parti et ce serait toi le saint, dans cette histoire ? Le parent modèle, parce que tu travailles ? Moi aussi ! Je fais la même chose que toi, sauf que c'est inacceptable venant de moi, c'est ça ? Ce n'est pas l'accord qu'on a conclu quand on s'est mariés et qu'on a eu Evie.

– Qu'est-ce que tu veux dire ?

– Tu n'es qu'un hypocrite, je siffle.

– Je ne te reconnais pas, Catori. Tu n'es pas la femme douce, aimante et pleine de compassion que tu étais quand je suis parti.

– Non, tu as raison. Je ne suis pas cette femme. Cette femme a été brisée. Ça fait presque un an que tu es parti, Adam ! Tu n'as pas la moindre idée de ce que j'ai traversé et de ce que j'endure encore. La femme qui te parle est en train de se chercher. De découvrir ce qui la rend heureuse. Et ce n'est pas toi !

– Notre fille non plus, apparemment, siffle-t-il.

– Tu sais quoi ? Va au diable, je crache.

– Je suis déjà en enfer. Peut-être que je vais me trouver une gentille femme pour m'offrir un peu de paradis. Surtout si je ne sais même pas si ma femme sera là pour m'accueillir à mon retour.

– Fais-toi plaisir ! Éclate-toi ! J'espère qu'elle te fera grimper aux rideaux. Je n'ai jamais dit que ton corps m'appartenait. Je me fiche de ce que tu en fais !

Et je le pense. S'il veut noyer sa tourmente avec une femme, qu'il le fasse. Ça fait trop longtemps que ni l'un ni l'autre n'avons eu de contact physique et intime. Peut-être cela fait-il partie du problème.

– Ne me tente pas ! grogne-t-il.

– Fais ce que tu veux. J'en ferai de même.

– Je rentre dans deux mois. Est-ce que tu seras là ?

Mon cœur bat si fort que mon estomac se noue douloureusement.

– J'irai où le vent me portera. Peut-être qu'il me ramènera à la maison. Peut-être qu'il me ramènera à toi. Peut-être pas.

Sur ce, je raccroche au nez du seul homme que j'aie jamais aimé.

Je cours dans les toilettes alors que ma bouche se remplit de salive et que mon ventre se soulève. Je vide tout ce que contient mon estomac, déversant le dégoût que j'ai de moi-même après avoir abandonné ma fille.

Je décide alors que, pour la durée de mon voyage, je ferai tout ce qui m'apportera du plaisir.

– Va au diable, Adam. Va te faire voir, je sanglote alors qu'un filet de bave pend de ma bouche et disparaît dans la cuvette, où vient également de partir mon mariage.

♦

Deux semaines plus tard, la musique s'échappe des haut-parleurs tandis qu'on danse sur la scène. Je roule des hanches, mes pieds bougent en rythme et j'agite librement mes bras. Le voile bordeaux et or fixé à mes mains se gonfle et se replie alors que notre chorégraphie touche à sa fin.

Des gouttes de sueur coulent entre mes seins sous le soleil brûlant de Chicago. Ayant grandi dans le désert, ce n'est pas la chaleur qui me dérange, c'est l'humidité. Je gonfle mes poumons et avale autant d'air que possible en emboîtant le pas à Stephanie.

On descend les marches de la petite scène où nous venons de danser pour la deuxième fois de la journée. Chicago est une ville incroyable avec des habitants pleins de vie qui semblent réellement apprécier leur quotidien.

Plusieurs membres du public nous suivent dans les loges et demandent à faire des photos avec nous. Bien sûr, nous sommes toujours ravies de le faire. Ça plaît aux sponsors et on a plus de chance d'être rappelées s'ils sont contents.

Du coin de l'œil, un regard ambré attire soudain mon attention. Je n'ai jamais vu de tels yeux. Le jeune homme semble avoir mon âge, et il agite son appareil photo dans ma direction. Je souris et marche vers lui. Il doit mesurer plus d'un mètre quatre-vingts, sa peau est à peine plus claire que la mienne et il a de longs cheveux bruns. Une barbe de trois jours lui donne un air un peu hirsute, comme ces types qui font le tour du monde avec un sac sur le dos et rien d'autre.

Il est sublime. Mon estomac se noue et une vague d'excitation frémit dans mes veines. C'est la première fois que je suis attirée par un homme depuis ma rencontre avec Adam. Or, mon mari est sans doute en train de baiser la première femme qu'il a trouvée. Pourquoi je ne ferais pas la même chose ? On s'est mis d'accord dès le début pour dire que notre couple est libre. Je n'enfreins aucune règle en voyant où cette rencontre va me mener.

L'homme me sourit quand je m'approche. Ses yeux ambrés s'enflamment et reflètent la faim et le désir qui émanent de lui.

– Salut, je dis en appréciant sa façon de se lécher les lèvres.

Il me reluque des pieds à la tête.

– Salut ma belle. Comment tu t'appelles ?

Je souris en me sentant rougir.

– Catori.

– C'est un joli prénom pour une jolie femme. Je m'appelle Ian. Tu veux faire une photo avec moi ?

– Bien sûr.

– Eh, frangin, dit-il au mec qui se tient près de lui, tu peux me prendre en photo avec la plus belle créature que j'aie jamais vue ?

Je glousse en entendant son compliment mielleux, mais je me place à côté de lui. Il passe son bras dans mon dos et pose sa main sur ma taille, me brûlant aussitôt. Je retiens mon souffle et m'appuie instinctivement contre lui, posant ma main sur son torse. Son cœur bat aussi vite que le mien.

L'autre mec prend la photo et tend l'appareil à Ian, mais aucun de nous ne bouge. Je lève la tête et lorsque mes yeux rencontrent les siens, j'y vois quelque chose d'intrigant ; peut-être une part de moi-même que je n'avais même pas conscience d'avoir perdue.

Il baisse la tête vers moi en souriant.

– Tu es vraiment la plus belle femme que j'aie jamais vue. Et ta façon de danser est... magique.

– Merci.

– Est-ce que tu veux faire un tour du festival avec moi ?

– Il faut que je me change d'abord, mais ouais. Ça me plairait beaucoup, Ian, je réponds en souriant.

Il se mord la lèvre et je dois contracter ma mâchoire pour ne pas gémir.

– Super. Va te changer, alors. Je t'attends ici.

Je hoche la tête et rejoins Stephanie en courant.

– Tu as chopé un beau spécimen, Catori, encore une fois ! Bravo ! s'exclame-t-elle en riant et en me donnant un coup de hanche.

Je regarde par-dessus mon épaule et vois que ses yeux ambrés sont toujours rivés sur moi.

– On va traîner un peu ensemble, je réponds en la suivant jusqu'à la tente où l'on se change et où l'on range nos affaires.

– Super, dit Steph en enlevant sa jupe pour la suspendre au cintre.

Je me change aussi vite que possible, je prends mon amie dans les bras et je cours dehors pour voir si Ian est toujours là.

Il l'est.

Je n'arrive pas à réprimer un sourire béat en marchant vers lui.

– Alors... qu'est-ce qu'on fait ? je demande, tout excitée.

Ça fait des mois que je n'ai pas été excitée par quelque chose, et je tiens à savourer cette expérience.

Ian passe son bras sur mes épaules et me guide vers le milieu du parc et vers la foule.

– J'ai un peu soif, après t'avoir vue danser et maintenant que je t'ai rencontrée. Je peux t'offrir un verre ?

– Tout sauf de la tequila, je réponds en souriant.

Je me revois aussitôt à Atlantic City avec Adam, quand tout était nouveau, frais et excitant, et pas criblé de responsabilités, de peine et de tout le reste.

– Pourquoi, pas de tequila ? demande-t-il en gloussant.

Je repense aux shots que j'ai bus avec Adam, aux quartiers d'orange et à nos baisers salés. Notre dernière conversation m'a fait beaucoup de mal. Il va falloir qu'on parle, mais ça peut attendre. Pour l'instant, je veux vivre pour moi et dans l'instant. Je veux profiter de la vie et m'amuser autant que possible.

Je soupire longuement et laisse tout ça dernière moi.

– J'ai envie de quelque chose de plus sucré.

– Je vois. Dans le jardin, il y a un stand qui sert quelque chose qui s'appelle le Jungle Juice. Apparemment, c'est de la vodka avec une sorte de punch. Qu'est-ce que tu en dis ?

– Ça a l'air rafraîchissant et parfait pour mon état d'esprit.

Ian m'emmène au stand et nous repartons avec des gobelets rose fuchsia, fins, qui mesurent environ soixante centimètres de haut et sont remplis d'un délicieux punch à la vodka. On les boit tranquillement en riant et en regardant les gens passer, puis nous faisons le tour des stands et des performances artistiques et des concerts. C'est la première fois que j'ai l'occasion de vraiment profiter d'un festival dans lequel je danse.

La journée est tout simplement géniale. Ian est très doué pour faire la conversation et il a un côté très terrien. Je ne sais pourquoi, il connaît le nom de toutes les plantes et de tous les arbres que nous voyons. On rit, on danse et on boit deux autres cocktails rose bonbon.

Alors que le soleil décline et qu'on finit nos verres, Ian m'emmène sous un arbre énorme au cœur de Grant

Park. Il saisit mon verre vide et le pose dans l'herbe à côté du sien.

– Ça fait une éternité que j'attends de faire ça, dit-il avant de m'attirer dans ses bras.

Je lève la tête et il lèche ses lèvres, qui luisent dans le soleil couchant.

Je n'ai qu'une seule envie : goûter à sa bouche. M'accrocher à son corps viril comme à une bouée de sauvetage. Ça fait des lustres que personne ne m'a regardée comme si j'étais spéciale. Sexy. Digne d'intérêt.

– Tu veux partir d'ici ? demande-t-il avant de déglutir, faisant tressauter sa pomme d'Adam.

– Ouais, je crois ouais, je réponds en hochant la tête.

– Tu veux aller où ? demande-t-il d'une voix grave, chargée de la tension sexuelle qui crépite entre nous.

Elle est restée sous la surface toute la journée et n'a fait que croître après trois verres et un après-midi plein de caresses timides et de regards sulfureux. Je sais qu'on ressent tous les deux cette alchimie. Elle est indéniable, et j'ai envie de savoir jusqu'où elle peut nous mener.

– Chez toi ? je chuchote.

Il sourit d'un air si machiavélique qu'une vague de désir embrase mon sang et se loge entre mes cuisses.

– Tu es sûre ?

Il pose une main sur mon cou et l'autre sur ma hanche, puis il baisse la tête et s'empare de ma bouche pour un baiser brûlant.

Sa langue chatouille ma lèvre inférieure, et je sais que j'ai encore le temps de reculer, d'arrêter ce train avant qu'il n'atteigne sa destination. C'est alors que ma dernière conversation avec Adam surgit dans mes pensées, et j'entends ses dernières paroles.

Peut-être que je vais me trouver une gentille femme pour m'offrir un peu de paradis.

J'ouvre la bouche et laisse entrer la langue de Ian. Il a un goût d'été, de punch fruité et d'une épice qui lui est unique. Je l'enlace et me colle à lui, pour approfondir le baiser. Il penche la tête sur le côté et me dévore avec de grands coups de langue qui décuplent mon excitation.

– Partons d'ici, chuchote-t-il contre mes lèvres avant de m'embrasser de nouveau.

♦

Un plaisir intense me transperce tandis que Ian s'enfouit plus profondément en moi. Je plie les jambes et plaque mes genoux contre ses côtes, l'accommodant centimètre par centimètre, voulant me sentir connectée autant que possible à cet homme attentionné. Je me cambre soudain lorsque mon orgasme me percute.

– Putain, tu es incroyable, pantèle-t-il contre mon oreille en amplifiant ses coups de bassin.

Je tends le bras pour empoigner sa fesse ferme tandis qu'il me martèle si fort que mes dents s'entrechoquent.

– Putain ! hurle-t-il contre ma gorge quand il se laisse aller et cède à son tour à l'orgasme.

Lorsqu'il a fini, il se retire et roule sur le côté en m'emportant avec lui de sorte que je suis à moitié allongée sur lui.

– Putain, Catori. Je ne savais pas que j'allais goûter au meilleur sexe de ma vie avec la plus belle femme du monde.

Je glousse contre son torse nu et caresse ses abdos. Il n'a pas le moindre poil sur le torse, ni sur les abdos ou même sur son sexe. Il doit se raser ou s'épiler, car sa peau est lisse comme celle d'un bébé.

– Tu fais quoi dans la vie ? je demande pour être polie avant de lui sauter dessus une seconde fois.

Ça fait presque un an qu'un homme ne m'a pas touchée et mes hormones sont en délire. Ce sont elles qui me disent de prendre tout ce que je peux à cet homme avant de repartir en tournée ou de rentrer à la réserve.

– Je vais à la fac à mi-temps et, le reste du temps, je suis mécano.

Je soupire contre sa peau et lèche son téton, ravie de voir sa verge durcir à nouveau.

– Et tu vis dans un sous-sol, je dis en souriant. Est-ce que la femme à qui tu as dit bonjour est ta grand-mère ?

Il ricane et j'aime en ressentir les vibrations dans son torse.

– Non, c'est juste une gentille dame à qui je donne un coup de main. Je m'occupe de son jardin, je sors ses poubelles et répare ce dont elle a besoin dans la maison ou sur sa voiture. En échange, elle me laisse vivre ici pour trois fois rien. Le gros de mes revenus sert à payer mes frais d'inscription à la fac.

– Tu as quel âge ? je demande, curieuse d'en savoir plus sur cet homme adorable.

– Vingt-trois ans. Et toi ?

– Vingt et un.

– Tu as toujours voulu danser ? demande-t-il en coiffant mes cheveux en arrière.

– Non. Mais j'ai toujours voulu voyager. Danser m'amuse, et je suis douée pour ça. Du coup, ça me permet de gagner de l'argent et de faire ce que je veux. C'est-à-dire de voir le monde.

– Tu as été où, pour l'instant ? En Europe, en Asie ?

J'éclate de rire.

– Pas encore, mais je l'espère, un jour. Pour l'instant, j'ai été dans vingt-huit États. L'Indiana sera mon vingt-neuvième, je réponds fièrement.

À mon âge, peu de gens ont fait le tour des États-Unis.

– Tu y pars quand ? demande-t-il d'un ton légèrement triste.

– Le mois prochain. On danse pour le festival pendant dix jours, deux fois par jour. Ensuite, on a quelques spectacles dans d'autres lieux de la ville et dans des villes voisines. Et j'ai une semaine de pause au milieu.

Au départ, j'avais prévu de rentrer à la maison durant ma semaine de vacances. Mais comme Adam a prolongé sa mission, j'ai décidé de continuer de travailler pour encore six semaines. Ma mère m'a encouragée à le faire. Elle aime le ton joyeux de ma voix quand je l'appelle. Cela me permettra quand même de rentrer deux semaines avant le retour d'Adam. Peut-être que quand on sera face à face, on arrivera à régler nos problèmes ou peut-être pas. Je l'espère, en tout cas. Je l'aime de tout mon cœur, mais je ne supporte pas qu'il me rejette comme il l'a fait lors de son dernier appel. Quoi qu'il en soit, je profite de la vie comme j'avais prévu de le faire. Comme mon mari le fait à l'autre bout du monde.

– Tu viens d'où ? demande Ian.

Mon cœur se met à battre la chamade. Je n'ai pas l'intention de me confier à lui. Entre nous, ça doit rester léger : du sexe, des rires et du bon temps.

Au lieu de répondre, je passe ma jambe sur lui pour le chevaucher, puis j'embrasse son torse doré et descends lentement vers son nombril.

– Fini de parler. Je veux utiliser ma bouche pour quelque chose de bien meilleur.

Je poursuis ma descente jusqu'à sa verge dure et épaisse. J'en titille le sommet avec ma langue, puis j'en lèche le tour, savourant le mélange de nos deux essences.

– Ce n'est pas moi qui vais t'en empêcher, chuchote-t-il avant de fermer les yeux lorsque je le prends aussi loin que possible dans ma gorge.

Il plonge ses mains dans mes cheveux et les empoigne tandis que je le branle avec ma bouche.

– Qu'est-ce que j'ai fait pour avoir autant de chance ? susurre-t-il.

– Faudra attendre pour le découvrir, je réponds d'un ton aguicheur avant de l'avaler en fredonnant, ravie que cet homme, au moins, apprécie ce que je fais.

CHAPITRE 16

Un mois plus tard...

Je passe le mois à danser pour le public de Chicago et sa petite couronne, et toutes mes soirées et week-ends à faire la fête avec Ian Kamal.

Nous vivons ensemble des expériences incroyables que je chérirai pour toujours. Nous avons visité toutes les grandes attractions de Chicago, ma préférée étant la Sears Tower, haute de cent dix étages, qui offre une vue exceptionnelle sur la ville. Au sommet se trouve un bar tournant ultra-branché aux prix si élevés que nous n'avons les moyens de nous offrir qu'un seul verre. Nous faisons un tour en bateau sur le lac Michigan, nous prenons le métro pour visiter la ville et ses environs et nous mangeons dans de délicieux petits troquets tenus et gérés depuis plusieurs générations par les mêmes familles. Je tombe amoureuse des deep-dish-pizzas[6], des jazz clubs et du tohu-bohu de la grande ville.

---

6. Spécialité de Chicago, un mélange de quiche et de pizza.

Mais voilà qu'il est temps pour moi de partir. La fête touche à sa fin. Demain, ma troupe et moi reprenons le bus pour l'Indiana et la fin de cette tournée.

Ian tripote mes doigts, ma tête repose sur ses cuisses et j'admire la ville. Nous avons passé une super-journée au Museum of Science and Industry, nous sommes maintenant installés face à la ville à Promontory Point. Assis sur un plaid, nous profitons l'un de l'autre en regardant les étoiles poindre dans le ciel. Je lève les yeux vers le ciel étoilé et pense à ma fille ainsi qu'au vœu que j'ai formulé il y a toutes ces années.

– Si tu pouvais avoir n'importe quoi dans la vie, quel serait ton souhait ? je demande à Ian.

Il ne répond pas tout de suite, fredonnant légèrement en réfléchissant à sa réponse.

– Une famille, soupire-t-il.

– Comment ça ? Des frères et sœurs ? Ou des enfants à toi ?

Mon cœur se met à battre la chamade. Nous n'avons pas vraiment parlé de nos enfances ni de nos vies respectives avant notre rencontre. Chaque fois qu'il a essayé de parler de quoi que ce soit en dehors de notre merveilleuse bulle de liberté, j'ai changé de sujet. Je ne sais même pas pourquoi je viens de lui poser cette question. Peut-être parce que c'est notre dernière journée ensemble et que je veux en savoir plus sur l'homme que je m'apprête à quitter.

– Les deux, admet-il en haussant une épaule.

– Comment ça ?

– Je n'ai pas de famille. J'ai grandi en famille d'accueil toute ma vie. Il n'y a qu'un seul nom sur mon acte de naissance, celui de ma mère. Et elle est morte en me donnant la vie.

– Tu vas où pour les fêtes et tes anniversaires ?

– Chez des amis, en général.

– Tu n'as pas gardé de contact avec tes anciennes familles d'accueil ?

– Non. Pour eux, j'étais juste un moyen de payer les factures.

– Je suis désolée de l'apprendre.

Et je le suis sincèrement. Ian est un homme génial et il mérite d'avoir une famille qui l'aime et le soutienne.

Ian hausse une épaule, comme si ça lui était égal.

– Donc, pour répondre à ta question, oui, j'adorerais avoir une famille un jour. Une vraie famille. Une femme ou un mari à moi. Des enfants.

– Un mari ? je demande.

Mais je me doutais depuis le début que Ian était attiré par les deux sexes.

– Pour moi, l'amour, c'est l'amour. J'ai été avec des hommes et des femmes. Je n'ai jamais trouvé un homme avec qui je voulais avoir une relation sérieuse, mais je me suis toujours beaucoup amusé avec les mecs. Je me vois autant en couple avec une femme qu'avec un homme, ça m'est égal.

– Tu es ouvert à cette possibilité.

– Oui, c'est ça. Je veux juste trouver la bonne personne, tu sais ? Celle qui est faite pour moi. Une femme ou un homme qui sera à moi pour le reste de ma vie. Une famille. C'est tout ce que j'ai toujours désiré : appartenir à quelqu'un et que cette personne m'appartienne en retour.

Je hoche tristement la tête et pense à nouveau à mon mari et à la façon dont notre dernière conversation s'est terminée.

– Tu es sûre que tu dois partir ? murmure-t-il en caressant mes longs cheveux.

– Tu savais que notre temps était compté, je réponds en hochant la tête. Je ne suis pas la personne pour toi, Ian.

– Mais tu pourrais l'être, dit-il en souriant. J'ai des sentiments pour toi, Catori. Et je sais qu'ils pourraient devenir encore plus forts si tu nous laissais une chance.

– Je suis désolée. Mon chemin ne se termine pas ici. Je dois continuer à poursuivre mes objectifs, mes rêves et mes vœux. Tu le comprends, non ? je demande en serrant ses doigts.

L'espace d'un instant, il semble si triste et perdu que j'aimerais pouvoir lui dire que je resterai pour toujours.

– Oui, je le sais. Mais ce n'est pas pour autant qu'il m'est facile de te dire au revoir. J'ai l'impression qu'on commence à peine à se connaître, dit-il en regardant la ville et le lac en toile de fond.

Ma poitrine se serre quand je réalise l'immensité du mensonge que je vis. Ian ne sait rien de moi. Il ne connaît rien de la véritable Catori. Le seul homme qui me connaît est à plusieurs milliers de kilomètres, sur un autre continent. Un homme qui manque à tout mon être. Pour autant, le temps que j'ai passé avec Ian a beaucoup compté pour moi. Cela m'a changée d'une manière que je ne saurais pas expliquer. Je ressens beaucoup de compassion, d'affection et même d'amour pour lui. Je repenserai toujours à notre mois ensemble, toute ma vie. C'est juste que je ne suis pas amoureuse de lui et que je ne le serai jamais. Car j'ai donné mon cœur à mon unique amour.

Mon mari, Adam Ross.

Adam et moi étions d'accord dès le début pour avoir d'autres partenaires sexuels, du moment que ça n'allait pas plus loin. Il n'est pas naturel pour un homme ou une femme de passer des mois entiers sans contact humain et sans intimité. Je n'attendrais ça de personne, et surtout pas de l'homme que j'aime le plus au monde. Adam pourrait bien se trouver une nouvelle partenaire pour chaque jour de la semaine que je m'en ficherais, du moment qu'il verrouille son cœur et son âme. Du moment que je suis la seule à en avoir la clé ; et je compte l'utiliser quand on se retrouvera enfin. Bientôt, j'espère.

Durant cette dernière semaine, j'ai écrit à Adam une lettre par jour, exprimant ce que je ressens aujourd'hui et ressentais à l'époque, lui faisant part de mes échecs. J'ai cherché un moyen d'atteindre la part de lui qui m'aime plus que tout afin qu'il comprenne ce que j'ai vécu. J'ai admis que j'avais eu tort de lui cacher les difficultés que je traversais. J'ai admis que j'avais été égoïste et je lui ai dit que je lui en avais voulu d'incarner tout ce qu'il y a de beau et de bon alors que j'étais devenue... rien.

Je ne sais pas s'il les a reçues ni s'il rentrera le mois prochain, je me dois d'essayer de nous réconcilier. Je dois essayer de me faire comprendre afin qu'il voie la situation de mon point de vue, de la même façon que je dois me forcer à adopter le sien. En même temps, j'ai vécu un mois merveilleux avec un homme incroyable que je n'oublierai jamais.

Le temps que j'ai passé avec Ian m'a changée de la meilleure des façons. Je savais qu'il m'aiderait à me trouver pour que je puisse être la femme, l'épouse, la mère et la fille que je veux être, tout ça sans craindre d'échouer. J'ai compris qu'il n'y avait pas de bonne ou de mauvaise façon de vivre sa vie. J'ai appris que chaque personne devrait pouvoir vivre ce qu'elle veut, du moment que ça ne fait de mal à personne.

Et je compte faire en sorte que mon mari comprenne ces choses la prochaine fois que je le verrai.

– Je suis désolée, Ian. J'ai passé un mois génial avec toi et je m'en souviendrai toute ma vie. Mais je pars demain. Je pense qu'on ne se reverra plus jamais, mais je ne t'oublierai pas. Ce fut un des plus beaux mois de ma vie, et je t'en remercie.

Il sourit jusqu'aux oreilles et baisse la tête pour m'embrasser tendrement.

– Eh bien, si c'est notre dernière soirée ensemble, on devrait en profiter, non ? dit-il en dégainant ce sourire diabolique qui me pousse toujours à me déshabiller et à lui sauter dessus.

Je pose ma main sur sa joue légèrement barbue et étudie son beau visage, voulant graver dans ma mémoire son sourire sexy et ses yeux sublimes, tout de cet homme auquel je tiens sincèrement.

– Je suis d'accord. Faisons de cette soirée une soirée inoubliable.

♦

Nous finissons par aller dans notre club de jazz préféré écouter un groupe que nous adorons. Nous buvons beaucoup trop de martinis, offerts par le barman qui est un ami de Ian, et nous terminons la soirée dans les bras l'un de l'autre, déterminés à assouvir tous les désirs charnels qui nous passent par la tête pour notre dernière nuit ensemble.

Vers cinq heures du matin, alors que Ian dort encore, je sors du lit et prends une douche rapide pour me préparer au long trajet en bus. Comme j'ai passé toutes mes nuits avec Ian, cela fait deux semaines que j'ai quitté ma chambre d'hôtel et que j'ai apporté mes affaires ici. Lorsque je les ai toutes rassemblées, je sors une page rose de mon sac et m'assois pour lui écrire adieu.

Mon doux Ian,

Ce dernier mois a été un rêve. Un rêve magique et trépidant qui a changé ma vie et qui m'accompagnera jusqu'à la fin de mes jours. Tu as beaucoup à offrir à ce monde, et je sais que tu accompliras tout ce que tu désires. Continue de travailler dur et de t'amuser tout autant. Vis chaque jour comme si c'était le dernier. C'est ce que j'ai fait avec toi, ce dernier mois, et je ne regrette rien.

Je suis désolée de ne pas m'être plus ouverte à toi. Sache simplement que tu m'as aidée dans un moment très difficile de ma vie et, pour ça, je t'en serai éternellement reconnaissante.

D'une certaine façon, je me suis trouvée en toi, grâce à nos expériences partagées, grâce à nos journées remplies de joie, d'amitié et de ce lien unique qui s'est tissé entre nous. Tu ne m'as pas jugée. Tu m'as appréciée telle que je suis. Tu m'as aidée à retrouver mon chemin pour redevenir la femme que je veux être. La femme que j'ai besoin d'être pour mes proches.

Ce que j'ai appris avec toi fait désormais partie de celle que je suis. Et cette personne me plaît. Je me sens bien dans ma peau. Pour la première fois en un an, je sais ce dont j'ai besoin pour être heureuse.

Merci, mon cher ami.

Je souhaite que tu aies tout ce qu'il y a de plus beau dans la vie, Ian. Et si jamais tu as besoin de moi, pour quoi que ce soit, de jour comme de nuit, j'ai noté le numéro de téléphone de ma famille au dos de cette lettre. Dis-leur que tu veux me joindre et ils me trouveront, où que je sois.

Prends soin de toi et n'oublie pas : garde tes yeux et ton cœur ouverts, et tu trouveras l'amour de ta vie.

Jusqu'à notre prochaine rencontre,

Catori

Je plie la lettre, la glisse dans l'enveloppe et l'appuie contre la cafetière, car c'est toujours la première chose dont Ian s'occupe le matin, parfois même lorsqu'il est encore nu comme un ver.

Je marche jusqu'au lit à pas de souris et je me penche sur cet homme merveilleux pour l'embrasser sur la tempe. Il marmonne dans son sommeil, mais ne se réveille pas.

– Adieu, mon cher Ian.

Je saisis mon énorme valise et mon sac à dos et je sors de chez lui, montant non sans difficulté les marches de son sous-sol en traînant mes affaires comme je peux. Le taxi m'attend comme prévu, prêt à m'emmener à la gare routière où je vais retrouver le reste de ma troupe pour nos dernières deux semaines. Après ça, je rentrerai à la réserve.

Chez moi.

Auprès d'Evie.

D'Adam.

De ma vie.

♦

Le bâtonnet blanc affiche deux traits roses. Deux univers parallèles qui vivent et respirent l'un à côté de l'autre.

Dans le premier univers, je parcours le monde et profite de la vie avec mon mari et ma fille. Dans l'autre, je suis enceinte d'un autre homme. Un homme qui n'est pas mon mari.

Ma vision se borde de noir et mon estomac se noue tandis que mon cœur se met à saigner, comme s'il était transpercé par un coup de poignard. Je reste assise sur le sol de la salle de bains de l'hôtel, accablée d'un désespoir qui menace de m'engloutir.

Demain, je suis censée rentrer dans le Colorado. Chez moi. Pour retrouver ma famille. Ma fille. Et, je l'espère, mon mari.

Comme est-ce possible ?

Ian et moi, nous nous sommes toujours protégés. Systématiquement. Or, voilà que j'ai deux semaines de retard et que je tiens un test de grossesse positif dans ma main. Ce qui impliquerait que je suis tombée enceinte lors d'une des premières fois qu'on a couché ensemble. De la même façon que je suis tombée enceinte d'Evie, lors de ma première nuit avec Adam.

Je ne comprends pas.

Je ne sais pas quoi faire.

Je n'ai pas la moindre idée de ce que le destin me réserve, mais ce revirement de situation ne faisait pas partie du projet.

CHAPITRE 17

Mon père gare son pick-up à l'entrée de l'aéroport de Denver. Je ferme les yeux et respire pour essayer de me calmer. Je refuse de m'effondrer en pensant à l'horrible tournant qu'a pris ma vie en si peu de temps. Il laisse tourner le moteur, sort de sa voiture et vient vers moi. Il prend d'abord mon énorme valise et la pose à l'arrière, puis il se tourne vers moi et ouvre grand les bras.

Je me précipite contre lui et appuie ma tête contre son torse massif. Mes larmes coulent et je m'agrippe à son poncho aussi fort que possible, m'imprégnant de sa chaleur.

– *Ahpʉ,* je sanglote.

Il me serre fort contre lui et appuie ma tête contre son cœur.

– Nous réparerons ce qui te fait souffrir. Tu es chez toi. C'est tout ce qui compte, dit-il en comanche.

Chacun de ses mots m'offre un minuscule espoir me laissant envisager que j'arriverai peut-être à gravir l'immense montagne qui se dresse désormais devant moi. Je hoche la tête contre lui et lève les yeux pour admirer un des visages que j'aime le plus au monde. De nouvelles rides se dessinent au coin de ses yeux et de ses joues, et sa peau est un peu plus claire en cette fin d'automne. Toutefois, son regard me dit tout ce qu'il tait.

Son amour. Sa compassion. Sa loyauté.

Son pardon.

Je ferme les yeux et le laisse me guider jusqu'à son pick-up. Durant la première heure, je me contente de regarder par la fenêtre en m'agrippant à la main de mon père, en m'imprégnant de sa force pour me préparer aux difficultés qui m'attendent. Sa présence suffit à m'apaiser comme rien au monde. Avec lui à mes côtés, je sais que quoi qu'il arrive, tout ira bien. Si je ne trouve pas la réponse toute seule, il m'aidera à la trouver. C'est ce que font les membres d'une famille les uns pour les autres.

– Tu rentres avec bien des surprises, dit-il d'un ton dénué de jugement.

– Je ne suis pas prête à en parler.

Je contracte ma mâchoire et inspire par le nez avant d'expirer lentement, essayant de faire ralentir mon cœur et de calmer mon angoisse.

Je le regarde du coin de l'œil alors qu'il garde les yeux sur la route.

– Est-ce que tu sais qui est le père ?

Je retire brusquement ma main et le fusille du regard.

– Bien sûr que je sais qui est le père.

– *Peta*, tu dois comprendre les conséquences et la sévérité de tes choix. N'est-ce pas ?

– C'était un accident. Ian et moi avons fait très attention.

– Est-ce qu'il est au courant ?

– Je ne l'ai appris qu'hier, je réponds en secouant la tête. J'ai besoin d'en parler à Adam, et je ne sais pas quand il va rentrer. On s'est disputés et... on a tous les deux dit des choses affreuses. Peut-être qu'il ne rentrera jamais, je déclare, donnant voix à ma plus grande peur.

– Je crois que tu vas le revoir très bientôt.

– Il t'a appelé ? Il t'a dit qu'il revenait ? je demande alors que mon cœur bat la chamade et qu'une bouffée de chaleur me saisit en attendant sa réponse.

Mon père hoche la tête.

– Bientôt ?

Je déglutis, aussi heureuse qu'angoissée à l'idée de revoir bientôt mon mari.

Mon père hoche à nouveau la tête et je me mords la lèvre.

– Quelles sont tes intentions avec Adam, *peta* ? demande mon père d'un ton ferme.

Il ne semble pas me juger, mais sa question en cache beaucoup d'autres.

– C'est mon mari, je réponds en fronçant les sourcils. J'ai l'intention de l'aimer jusqu'à la fin de mes jours.

– Mais tu es enceinte d'un autre homme. Je l'ai su dès que je t'ai tenue contre moi.

Ce fichu sixième sens. Ma mère et mon père sont dotés de nombreux dons inexplicables, même pour les autres membres de la tribu. Et apparemment, déceler les grossesses en fait partie.

– Comme je te l'ai dit, ce n'était pas prévu. Je ne sais pas quoi faire ni quoi penser. Mais je tiens à dire qu'en nous mariant, Adam et moi étions d'accord sur le fait que nos corps n'appartiennent pas à l'autre. Avec son travail et ses absences, ce serait égoïste de ma part ou de la sienne d'exiger une telle fidélité. Nous étions d'accord sur ce point dès le début.

– Je n'approuve pas ce concept, déclare mon père en haussant le menton de façon hautaine.

Ça ne lui ressemble pas, mais je sais que l'idée d'un couple libre est trop étrange pour un homme comme lui. Ma mère est son âme sœur et il veut passer chaque minute de chaque journée avec elle. Il la veut à ses côtés aussi longtemps que possible. Je sais déjà qu'il ne se remariera jamais et ne retrouvera pas l'amour après que ma mère aura quitté cette terre. Pour lui et ses convictions, ce serait un blasphème.

– Tu n'as pas à approuver, *ahpʉ*. C'est entre mon mari et moi. Nous avons fait ce choix ensemble en fonction des circonstances particulières de nos vies, de nos désirs et de nos rêves respectifs.

– Tu as raison. Juger les choix d'un autre n'a rien d'honorable. Le Créateur a donné à tous ses sujets le libre arbitre.

– Exactement.

– Toutefois, ces choix ont des répercussions, et celle-ci sera difficile, *nʉpihi*.

Il n'a pas tort. Mon père a rarement tort. Dire à Adam que je suis enceinte d'un autre homme va être une des tâches les plus difficiles que j'aie jamais eu à accomplir. J'espère seulement que notre amour et notre mariage y survivront.

– Comment va ma fille ? je demande pour changer de sujet.

Mon père esquisse un petit sourire.

– Elle grandit. Sa *pia* lui manque, mais elle est très heureuse. Topsannah chante et lui parle de toi. Elle lui montre ta photo tous les jours et lui parle de tes spectacles et de tes voyages.

Mes yeux se remplissent de larmes et je soupire, laissant mon cœur se gonfler de joie à l'idée que je manque à ma fille. J'ai hâte de la voir. De la tenir contre moi. De lui montrer la nouvelle personne que je suis, cette femme plus forte qui est capable de travailler dur pour être une bonne mère. Pour Evie, et ce nouveau bébé.

Je pose ma main sur mon ventre. Je ferai tout pour que nous soyons tous heureux.

♦

Mon père se gare devant la petite maison qu'Adam et moi avons louée sur la réserve. Je suis profondément surprise car je m'attendais à ce qu'il m'emmène chez lui, où ma fille doit être avec sa *kaku*.

– *Ahpʉ*, je veux voir Evie, je dis en fronçant les sourcils. Tu ne devrais pas m'emmener chez toi ?

– Elle est chez toi. Je dois partir. Nous parlerons plus tard.

Et, sans un mot, il sort du pick-up sans couper le moteur. Il attrape ma valise et la pose devant la porte. Je descends du véhicule et il me prend brièvement dans ses bras en m'embrassant sur la tempe.

– Je suis content que tu sois rentrée. Il est temps de guérir.

Il s'assoit au volant et poursuit sa route jusque chez lui. Je suppose que ma mère doit être à l'intérieur, occupée à coucher Evie pour sa sieste, vu qu'il est quatorze heures.

J'entre dans la petite maison et les souvenirs d'Adam et moi remontent à la surface. Son parfum embaume la pièce et je me racle la gorge en me tenant plus droite pour repousser ma peine et ma solitude à l'idée qu'il n'est pas là.

– *Pia !* je crie doucement en m'attendant à ce que ma mère arrive.

Pas de réponse.

Je traîne ma valise à l'intérieur et pose mon sac sur le rocking-chair près de la fenêtre, ce même fauteuil où je m'installais quand il faisait froid, berçant Evie dans la lumière du soleil, la seule chose qui parvenait à la calmer dans les premiers mois de sa vie.

Impatiente de voir ma fille, je vais jusqu'à sa chambre. Son lit a retrouvé sa place, mais ma fille n'y est pas. Je fronce les sourcils et me dirige ensuite vers ma chambre. Lorsque j'ouvre la porte, je n'en crois pas mes yeux.

Evie est allongée sur le torse de son père, profondément endormie. Adam la tient contre lui, les yeux fermés, il fait la sieste avec sa fille. C'est une des plus belles choses que j'aie jamais vues, et je ne l'oublierai jamais. Ses cheveux blonds sont plus courts que la dernière fois que je l'ai vu et il porte une barbe et une moustache que je trouve à la fois adorables et ultra-sexy. Il paraît plus large que dans mes souvenirs. Son tee-shirt est tellement tendu sur ses pectoraux qu'il semble prêt à craquer. Il est vêtu d'un short de basket gris. Il est sublime.

Pendant que je dansais et me gavais de gourmandises pour retrouver mes courbes, Adam faisait l'inverse, apparemment, et empilait les kilos de muscles. Mon mari a toujours aimé repousser les limites de son corps en faisant beaucoup d'exercices et de muscu. Il semble avoir redoublé d'efforts, à en croire son physique encore plus impressionnant.

J'avance sur la pointe des pieds et pose ma main à plat sur le dos de ma fille, souhaitant sentir la vie en elle. Elle fait un petit pop avec sa bouche rose et je souris jusqu'aux oreilles. Instantanément, Adam la serre plus fort contre lui sans pour autant se réveiller.

Je les regarde dormir paisiblement pendant quelques secondes et ma fatigue me rattrape soudain, mêlée au soulagement de voir mon mari et ma fille ensemble, chez nous. Je rampe sur le côté libre du lit, pose ma main sur celle de ma fille et glisse mon doigt dans son poing fermé. Je soupire lorsqu'elle l'agrippe, je ferme les yeux et je laisse l'odeur de ma fille et de l'homme que j'aime dissiper mes craintes. Rapidement, je m'endors à mon tour.

♦

Je me réveille seule dans le lit. Une musique douce provient de la pièce à vivre, ainsi qu'un martèlement étrange. Je me redresse sur un coude et vois à l'horloge qu'il est dix-huit heures. J'ai dormi quatre heures. J'en avais besoin, mais je ne veux pas perdre de temps pour retrouver Evie et Adam.

Je me dépêche donc de me brosser les dents et les cheveux et je me regarde dans la glace. Mes yeux noirs sont fatigués, mais mes joues sont roses et ma peau lumineuse grâce à la nouvelle vie qui grandit en moi.

J'enfile une longue jupe aux motifs tie-dye verts, roses, jaunes et pourpres ainsi qu'un débardeur vert olive. Je ne me maquille pas, car je n'ai pas besoin d'impressionner Adam. D'ailleurs, il me préfère sans maquillage, au naturel. Du moins, c'était le cas avant. J'espère que ça l'est toujours, même après notre dispute. J'espère que ce sera toujours le cas après que je lui aurai parlé de Ian et du bébé.

Les jambes tremblantes, je me force à me tenir bien droite et je sors de la chambre. Les coups deviennent plus forts au fur et à mesure que j'approche de la cuisine. Je vois d'abord Evie et sa couronne de cheveux dorés et bouclés qui lui arrivent au menton, et ses yeux aussi bleus que ceux de son père se rivent sur moi. Elle lève sa cuillère en bois et frappe le plateau de sa chaise haute.

– *Piiiiiiiiiaaaaaaaah !* s'écrie-t-elle joyeusement.

Pia.

Mon Dieu. Ma fille vient de m'appeler maman. Une joie indescriptible m'envahit et efface mes dernières peurs.

Je déglutis tandis que les larmes coulent sur mes joues.

Adam se tourne vers moi, vêtu d'un tablier rouge que ma mère a dû lui donner, car c'est la première fois que je le vois. Il tient dans sa main une cuillère couverte de sauce, qu'il pose aussitôt sur le plan de travail.

Je n'entends et ne vois plus que lui, nos regards plongent l'un dans l'autre. Ses beaux yeux bleus et mes iris noirs et tristes.

Il coupe le gaz, se précipite vers moi et me serre contre lui, s'emparant si fort de ma bouche que mes genoux cèdent. Mais peu importe, car il me retient.

Mon mari me tient contre lui.

Et, dans ses bras, je suis enfin à ma place.

Il me serre encore plus fort et pose une main sur ma joue pour pencher ma tête sur le côté. J'ouvre la bouche et gémis lorsque sa langue caresse la mienne et que sa saveur enivre mes papilles.

Son baiser est implacable, intense et ravageur. Chaque instant est comme un millier d'excuses. Un millier de « je t'aime ». Mais surtout, un millier de « tu m'as manqué ».

Lorsque nous sommes tous les deux à bout de souffle, il recule et appuie son front contre le mien.

– J'ai reçu tes lettres, dit-il d'une voix rauque. Je ne savais pas que tu te sentais aussi perdue, que les choses avaient pris une tournure aussi lugubre.

Je ferme les yeux et laisse sa tristesse m'envahir jusqu'à ce qu'elle devienne mienne.

– Je suis désolée. Je te dois tellement d'excuses. Il y a tant de choses que tu ne sais pas.

– Moi aussi, dit-il en hochant la tête.

Je sais que c'est impossible, car ce n'est pas lui qui porte l'enfant d'un autre.

Notre fille tape sur son plateau en poussant des cris de joie, et nous nous tournons vers elle en souriant.

– Pa, pa, pa, pa !

– C'est ça mon soleil. Je suis ton papa.

– *Piiiiiiiaaaaaah !* crie-t-elle en frappant sa cuillère sur la surface en plastique.

J'éclate de rire.

– Et je suis ta *pia*. On t'apprendra « maman » aussi.

Adam prend mon visage dans ses mains et me regarde dans les yeux.

– Tu n'es plus toute seule. Tu ne le seras plus jamais.

Je déglutis et pose mes mains à plat sur son torse.

– Tu changeras peut-être d'avis quand tu sauras la vérité. Je... Je ne t'ai pas été fidèle.

Sa mâchoire se contracte.

– Moi non plus. On était d'accord...

– Oui, on était d'accord. Et oui, ça fait mal de savoir que tu étais avec quelqu'un d'autre, et je suppose que tu souffres comme moi.

– C'est idiot, dit-il en secouant la tête. On était d'accord. On a pris cette décision ensemble, mais ça reste difficile. Ça n'atténue en rien mon amour pour toi, Catori. Tu es mon cœur, mon âme, l'amour de ma vie. Tu resteras toujours l'amour de ma vie.

Mes larmes coulent sur mes joues, il les essuie avec ses pouces.

– Je ressens exactement la même chose pour toi. Mon amour n'a d'égal que l'amour que j'ai pour notre fille, je chuchote.

Adam sourit jusqu'aux oreilles.

– Dans ce cas, tout ira bien. Étant donné les circonstances extrêmes de notre dernier déploiement, mon équipe a pu demander un congé. J'ai pris l'année à venir pour rester avec toi. Pour être avec Evie. Pour former une vraie famille avant de devoir retourner sur le terrain et entraîner la prochaine équipe d'experts.

– Un an ? je demande en écarquillant les yeux.

– Peut-être plus, acquiesce-t-il. On verra ça plus tard, ma chère épouse.

Je ferme les yeux et laisse la force de ses paroles me remplir de joie et d'amour. Toutefois, je ne serai pas tranquille tant que je ne lui aurai pas tout dit.

– On doit parler. J'ai d'autres choses à dire, et je dois encore t'expliquer tout ce qui s'est passé quand je suis partie d'ici sans te le dire. Encore une fois, je suis vraiment désolée, Adam.

Il sourit et hoche la tête.

– Ne t'en fais pas, je suis d'accord. Mais d'abord, je veux nourrir ma femme et ma fille avec mes spaghettis et mon pain à l'ail. Un de mes hommes est de Chicago et vient d'une famille italienne. Il m'a appris à faire les *pasta marinara* et je veux épater mes femmes avec mes nouveaux talents de cuistot.

Ma poitrine se resserre lorsqu'il parle de Chicago, où un autre homme doit souffrir après que je l'ai quitté ; et je ne lui ai même pas dit que j'étais enceinte. Toutefois, je sais que ça peut attendre. Je ne peux pas être enceinte de plus de six semaines. Je ne sais même pas si le bébé est viable. Pour l'instant, le plus important pour moi est de retrouver mon mari et ma fille. Le reste peut attendre.

– Alors, épate-nous, mon cher époux. Je suis morte de faim.

Il sourit et m'embrasse brièvement sur la bouche.

– Tout va rentrer dans l'ordre, maintenant que j'ai retrouvé mes femmes, dit-il joyeusement en retournant aux fourneaux.

Je marche jusqu'à mon joyeux rayon de soleil et le prends dans mes bras.

– Taabe, comment va ma jolie princesse ?

Elle plaque ses mains sur mes joues en faisant la moue.

– *Piaaa,* dit-elle, faisant exploser mon cœur.

Je fais mine de dévorer ses doigts et elle éclate de rire. Ce qui la rendait malheureuse quand je suis partie semble avoir disparu. Cette enfant est rayonnante de joie et débordante d'énergie. Je ne l'ai jamais vue aussi heureuse. Cela dit, son père est là. Tout va mieux, quand Adam est là.

– Un an, je chuchote à ma fille en respirant son parfum de bébé mêlé à celui de son père sur sa peau.

Dans un an, j'aurai un autre enfant. Adam l'acceptera-t-il comme sien, sachant qu'il n'est pas de lui ?

Le temps nous le dira.

CHAPITRE 18

– Tu t'y prends super-bien avec elle, je chuchote en regardant Adam depuis la porte de la chambre d'Evie.

– J'ai eu de l'entraînement, répond-il en souriant.

Il tient Evie contre lui, la berce, et ses petites paupières se ferment. Elle doit être épuisée par son bain. Ma fille aime les plaisirs simples : le soleil et l'eau. Après que je l'ai lavée et que j'ai fini aussi trempée qu'elle, je l'ai donnée, toute riante et gigotante, à son père qui l'a séchée et l'a préparée pour aller au lit.

– Tu es rentré depuis quand ? je demande.

Adam continue de la bercer jusqu'à ce que ses yeux soient complètement fermés.

– Environ dix jours. Je l'ai prise avec moi dès mon retour. Je pouvais plus attendre de la tenir contre moi.

– Tu t'es occupé d'elle pendant tout ce temps, tout seul ?

Il n'avait pas vu Evie depuis qu'elle avait deux mois. Et maintenant, elle a un an de plus. Ça n'a pas dû être évident pour lui, et c'est sans parler de ce qu'Evie a dû ressentir.

– Je n'étais pas vraiment seul, répond-il en souriant. Topsannah et Tahsuda nous ont beaucoup rendu visite. J'ai pris presque tous mes repas chez eux, et ils m'ont appris quoi cuisiner pour ma fille. Ta mère refusait qu'il en soit autrement. Je crois qu'elle avait peur que je peine à m'occuper d'Evie tout seul, mais je m'en suis sorti. J'ai surtout appris à la fatiguer durant la journée pour qu'elle fasse la sieste et dorme la nuit. Le reste, c'est juste du jeu et des repas.

Je grince des dents et un frisson remonte le long de mon dos.

– Dans ta bouche, ça semble si simple. Je te laisse faire, alors.

Je tourne les talons et marche d'un pas lourd jusqu'à notre chambre pour défaire ma valise. Mon échec avec Evie remonte à la surface et écrase, comme une vulgaire punaise, ma confiance en moi encore fragile. Je viens de trier mes vêtements sales lorsqu'Adam entre dans la chambre et referme la porte derrière lui.

– Catori, tu dois me parler de ce qui s'est passé quand je suis parti. Je refuse que tu te replies sur toi-même ou que tu me tortures en comparant nos façons de faire avec Evie. J'ai été absent pendant presque toute la vie de ma fille et j'essaie désespérément de rattraper le temps perdu. Si je te donne l'impression d'avoir tout compris, je te garantis que ce n'est pas le cas. Je me suis promis de prendre les choses une par une, jour par jour, et tes parents m'ont beaucoup aidé.

Il vient jusqu'à moi, je suis assise par terre, et il s'assoit face à moi en me prenant la main.

– Les premiers jours n'ont pas été faciles. Evie voulaient ses grands-parents. Elle a beaucoup pleuré, mais j'ai tenu bon. Je n'ai pas lâché l'affaire et, pour l'instant, elle est à l'aise avec moi. Mais je ne sais pas à quoi va ressembler demain.

Je soupire et essaie de retirer ma main, mais il m'en empêche.

– Demain sera sans doute merveilleux. Elle t'adore. Je n'ai jamais eu cette connexion avec elle. J'étais toujours été une source de mal-être et de souffrance pour elle.

– Chérie, je suis désolé que tu aies ressenti ça.

Il porte ma main à sa bouche et embrasse chacun de mes doigts, comme il l'a fait tant de fois par le passé. Je ferme les yeux et me force à laisser son geste m'apporter la sérénité dont j'ai besoin.

Soudain, notre connexion jaillit à la surface et remplit la pièce.

Catori et Adam.

Enfin réunis.

Je rassemble mon courage et décide de me confier à lui, consciente que ça ne marchera pas entre nous si je lui cache la vérité, aussi sombre soit-elle.

– Quand ma mère m'a pratiquement ordonné de partir pour me retrouver, je n'étais d'utilité à personne. Je n'avais pas l'énergie de me doucher, j'avais perdu beaucoup de poids, je n'avais plus de lait, et mon seul soulagement était de fermer les yeux pour dormir. Mais je me réveillais tous les matins en enfer. Jour après jour. Avec un enfant qui me détestait et un corps qui n'avait pas la moindre énergie pour accomplir les tâches quotidiennes comme les courses ou la lessive. Mes parents s'inquiétaient constamment et, peu à peu, *pia* a commencé à prendre Evie pour des périodes de plus en plus longues, puis elle a fini par la garder la plupart des jours et même certaines nuits. Je ne m'en sortais pas.

– Bon sang, Catori, je regrette de ne pas avoir été là.

– Je le regrette, moi aussi.

– Alors, ta mère t'a mise à la porte ?

– D'une certaine façon, oui. Je crois que j'avais arrêté de vivre, en fait. Un jour, elle est venue alors que j'avais perdu la tête. Notre fille hurlait, et j'étais à bout. Ma mère m'a dit de partir et de me trouver. C'est ce que j'ai fait.

Il saisit mon autre main et se rapproche jusqu'à ce que nos genoux se touchent.

– Quand j'ai rejoint la troupe, je n'étais pas en état de danser. Mon amie Stephanie m'a prise dans sa chambre et a appelé un médecin. Son diagnostic a été que je souffrais de dépression post-partum, et il m'a prescrit des antidépresseurs. J'ai commencé à manger plus régulièrement, à me doucher, à sortir avec des gens qui voulaient être avec moi et qui tenaient à moi. Et grâce à tout ça, peu à peu, j'ai retrouvé la volonté d'avancer. L'envie d'être une meilleure version de moi-même pour toi, pour Evie et pour moi-même.

– Et le... euh... le mec avec qui tu as été ? Il a fait partie de ta vie de façon régulière ?

Je ferme les yeux en repensant au sourire plein de compassion de Ian et à ses yeux ambrés si pleins de tendresse. Je ne mentirai pas à Adam et je ne dévaloriserai pas le temps que j'ai passé avec Ian, même si cela fait souffrir mon mari.

Je déglutis et prends une profonde inspiration.

– J'ai rencontré Ian deux mois après être partie d'ici, à peu près. Il était là pour moi quand j'ai eu besoin de m'appuyer sur quelqu'un...

– Tu as passé beaucoup de temps avec lui... demande Adam d'une voix grave et tourmentée.

– On a passé un mois ensemble, sur les quatre où je suis partie. Je l'ai rencontré peu de temps après notre dispute.

Il secoue la tête et appuie son front contre le mien en fermant les yeux.

– Je t'ai poussée dans les bras d'un autre homme. Je suis tellement désolé. J'étais en colère contre toi. J'étais mort de peur d'apprendre que tu étais partie sans notre fille. Je ne savais pas ce qui se passait et je ne pouvais pas revenir. Tout était sens dessus dessous. Un de mes hommes venait d'être blessé et a failli mourir. Il ne se remettra jamais de ses blessures, dit Adam. Puis j'ai appris que tu étais partie sans me le dire et... j'ai craqué.

Je prends son visage dans mes mains et plonge mon regard dans ses yeux tristes.

– On souffrait tous les deux. Et on s'est défoulés sur la personne qu'on aime le plus. C'est naturel, je suppose, mais ça ne nous a pas aidés. Ça nous a seulement fait souffrir davantage.

Adam prend une longue inspiration et ses yeux se remplissent de larmes.

– Le soir où on s'est disputés, je me suis saoulé dans le bar où on avait l'habitude d'aller, près de la caserne. J'ai passé la soirée à parler à Anna, la jolie barmaid. Et j'ai couché avec elle. On s'est fréquentés pendant deux mois et je me noyais régulièrement dans l'alcool avec elle.

Ses larmes coulent sur ses joues et j'ai l'impression que des griffes acérées se referment sur mon cœur, mais je ne pleure pas. C'est son histoire. C'est sa douleur, et il a besoin de s'en débarrasser. Il a besoin de me confier ses transgressions pour qu'on puisse avancer.

Ma gorge se noue.

– J'ai envie de te dire que je te pardonne, Adam, mais honnêtement, je n'ai rien à te pardonner. On a tous les deux réagi à notre manière et on a cherché du réconfort dans les bras d'un autre. On a toujours su que ça pouvait arriver. Je suppose que ma question est... est-ce que tu l'aimes ?

Il secoue la tête et pose une main sur ma joue.

– Non, Catori. C'est impossible, ma chérie. Je te promets que ce n'était pas sérieux. Je ne te ferai jamais ça... Je ne nous ferai jamais ça.

Je retiens mes larmes. J'ai l'impression que ça fait un an que je ne cesse de pleurer.

– J'aimais bien Anna, poursuit Adam. On a passé de bons moments ensemble. On buvait et on baisait, et je passais le reste du temps au travail ou avec mes hommes. J'étais tellement en colère... pendant si longtemps... dit-il en se massant la nuque. Puis, quand je me suis forcé à réfléchir, j'ai compris que je m'en voulais à moi-même autant qu'à toi. Parce que je n'avais pas été là quand tu en avais besoin, parce que je n'étais pas présent pour Evie. Toi et moi n'avions pas prévu d'avoir un enfant. Je ne me doutais pas que tu me manquerais autant, qu'Evie me manquerait autant. La plupart du temps, j'avais l'impression d'avoir laissé une moitié de mon cœur avec toi et l'autre moitié avec notre fille, et que ne demeurait qu'un vide horrible dans la poitrine. Chaque jour, toute la journée.

Je saisis son menton et me penche pour l'embrasser tendrement.

– On a tous les deux fait beaucoup d'erreurs.

– Parle-moi de Ian. Je dois savoir, sinon ça va me hanter jour et nuit.

– Ian est un homme gentil, fun et plein d'énergie. Il étudie à mi-temps à l'université pour devenir paysagiste, et le reste du temps il travaille dans un garage. On s'est rencontrés dans un festival, à Chicago, où j'ai passé un mois. Il m'a fait visiter la ville et ses musées, les clubs de jazz, et il m'a fait découvrir une autre façon de vivre. Je ne vais pas te mentir et te dire qu'il n'y avait pas d'alchimie entre lui et moi. Il y en avait, bien sûr, sinon on n'aurait pas passé le mois ensemble. Toutefois, je ne me suis pas donnée à lui tout entière. Ça ne rivalisait en rien avec ce que je ressens pour toi. Tu dois me croire...

– Je te crois, Catori. Et je comprends. Avec lui, tu t'es sentie...

– Vivante, je complète avant de prendre mon courage à deux mains pour me livrer entièrement à mon mari. Je me suis sentie vivante avec lui alors que je me sentais infiniment seule. Je lui dois beaucoup. Entre Stephanie, qui m'a tirée du puits sans fond dans lequel je me noyais, et Ian qui m'a montré que la vie pouvait être belle mais qu'il fallait se battre, je me suis enfin retrouvée. J'ai trouvé un but et un sens à ma vie.

– Dans ce cas, je suis content qu'il ait été là pour toi. Je n'irais pas jusqu'à lui serrer la main parce que j'ai des limites, mais je suis heureux que tu aies passé ce temps avec lui.

– Adam... je chuchote tandis que de nouvelles larmes coulent sur mes joues. Ce n'est pas tout...

Je me mets à trembler alors que je m'apprête à lui annoncer l'horrible nouvelle. Toutefois, on ne pourra pas avancer en tant que couple, en tant que famille, s'il subsiste des mensonges entre nous.

Adam empoigne ma nuque et soulève mon menton pour me regarder dans les yeux.

– Tu peux tout me dire. Je te promets que je ne te jugerai pas.

– Mais tu pourrais me détester...

– C'est impossible, déclare-t-il en secouant la tête. Tu es mon cœur, mon souffle. Je t'aime, Catori. Je t'aime ! Tu ne le comprends pas ? Il n'y a rien que je ne ferais ou que je n'accepterais du moment que je suis avec toi.

– Je t'aime aussi, mais...

– Dis-moi. On doit tout se dire. On se dit tout maintenant et on avance ensemble, pour affronter tous les obstacles. Fais-moi confiance, ma puce. On peut tout affronter du moment qu'on est ensemble.

– Je suis enceinte, je déclare en tremblant de plus belle.

Ses mains glissent de mon visage et il ferme les yeux. Il reste longtemps immobile, la respiration lourde, les narines dilatées, comme un dragon qui s'apprête à cracher du feu. Il serre si fort les poings que ses doigts en deviennent blancs.

– Il le sait ?

Je déglutis, mais ma gorge ne se dénoue pas.

– Non. Je voulais te le dire d'abord.

Adam rouvre les yeux, et j'y découvre une détermination et une flamme que je n'y ai pas vues depuis longtemps.

– Ça ne change rien, déclare-t-il, la mâchoire contractée. Rien, putain. Tu es ma femme. C'est ma fille, là-bas, dit-il en désignant le couloir. Et ce bébé... ce bébé sera à moi aussi. On l'élèvera comme si c'était le nôtre, à tous les deux.

– Adam, je dois le lui dire. Je ne comprends même pas comment ça s'est passé. On a fait tellement attention. Et...

Il lève la main pour me couper la parole et secoue la tête. Il se lève et se met à faire les cent pas en se tenant la nuque. Si je n'étais pas aussi chamboulée, je sourirais en voyant à nouveau ce bon vieil automatisme.

– Tu vas l'appeler. Tu vas lui dire. Et tu vas lui expliquer que tu vas élever le bébé avec moi. Ton mari. Est-ce qu'il sait que j'existe, au moins ? demande-t-il en haussant légèrement le ton.

Je plie les jambes et ramène mes genoux sous mon menton.

– Non. Je ne lui ai pas parlé de ma vie en dehors de la troupe de danse. Ça restait superficiel. Je ne pensais pas...

– Putain, Catori, gronde-t-il en s'arrêtant et en levant la tête vers le plafond.

Les pales du ventilateur tournent au-dessus de lui et semblent l'hypnotiser, mais je sais qu'il est en train d'étudier le problème. Il utilise ses superbes capacités d'analyse pour trouver la meilleure solution pour tout le monde.

– Il habite à Chicago ?

Je hoche la tête.

– Tu ne peux pas élever le bébé ici, sur la réserve, entourée de ta famille, et l'envoyer chez son père à plus de mille kilomètres. C'est déjà suffisamment dur avec mes absences répétées. Si on inclut une autre figure paternelle... ça ne marchera pas, soupire-t-il. Il doit renier ses droits. Tu dois le convaincre de renier le bébé.

Je ferme la bouche et pense à tout ce que je sais de Ian Kamal. Il m'a dit qu'avoir une famille était son plus grand rêve. Ce bébé serait l'occasion pour lui de voir son rêve devenir réalité. Mon cœur bat la chamade tandis que je réalise qu'Adam a raison. Ça ne marchera jamais. Même si j'arrêtais de voyager et faisais une croix sur tous mes rêves pour être là pour mes deux enfants, la situation serait impossible à vivre.

– Je lui parlerai demain, je déclare d'une voix rauque.

Adam vient vers moi et me relève avant de me porter dans le lit. Il tire la couette et m'allonge de mon côté, puis il allume le babyphone.

– Je vais jeter un œil sur elle. Je reviens.

J'écoute le bruit de ses pas dans la maison tandis qu'il éteint les lumières et ferme la porte à clé, ce qui n'est pas nécessaire sur la réserve, puis je l'entends dans la chambre de notre fille. Je l'entends l'embrasser dans le babyphone et refermer sa porte. Il va dans la salle de bains, revient et se glisse sous les draps. Une fois installé, il me saisit par la taille et m'attire contre lui, son torse contre mon dos, et niche son visage dans mes cheveux pour en respirer le parfum.

– Tout va bien se passer, dit-il en posant sa main sur mon ventre. J'aimerai ce bébé comme si c'était le mien. Je promets d'être le meilleur père possible pour Evie et lui, et d'être là autant que je le peux.

– Je t'aime plus que ma propre vie, Adam. Je ne connais pas de meilleur homme que toi. Je ne donnerai jamais mon cœur à un autre homme, n'en doute jamais, je chuchote en saisissant sa main pour l'embrasser.

Il se blottit contre moi et m'embrasse dans le cou.

– Dors. On en reparlera demain. Demain, tu appelleras Ian et on prendra rendez-vous avec le médecin. Demain, on repart à zéro. En famille. À quatre.

– À quatre, je répète.

Le concept m'est vraiment étrange. Je ne sais absolument pas comment on va réussir. Mais j'essaierai du mieux que je peux.

– Evie va adorer être une grande sœur, dit-il.

Il a sans doute raison. Ma fille n'est qu'amour et lumière. Son père n'est qu'honneur et loyauté.

Quel est mon rôle, à moi ?

J'ai un peu plus de huit mois pour le découvrir.

Au moins, Adam sera là pour m'aider. Avec mon mari à mes côtés, je peux affronter n'importe quoi. Même dire à un homme merveilleux que je lui ôte la chance d'avoir sa propre famille.

Peut-être ma mère avait-elle raison, il y a toutes ces années, lorsqu'elle m'a parlé de la maladie et m'a dit que ma vie serait courte et pleine d'épreuves.

Je suis maudite.

CHAPITRE 19

Le téléphone sonne une seconde fois et mon cœur pulse dans mes oreilles, chaque sonnerie me fait l'effet d'un tremblement de terre.

– Allô ? répond Ian.

Le son de sa voix me brise le cœur. Je repense soudain à tous les beaux moments qu'on a vécus et que je m'apprête à gâcher, détruisant la femme que je pensais être devenue.

– Salut Ian, c'est Catori, je dis à voix basse pour qu'Adam et Evie ne m'entendent pas depuis la cuisine.

Je n'ai même pas pris mon petit déjeuner, mais Adam voulait que je passe le coup de fil à la première heure, pour ne pas perdre de temps et pour qu'on puisse tourner la page ensemble.

– Catori, bébé, je suis trop content que tu m'appelles. J'ai passé une semaine horrible et je me sens déjà un peu mieux en entendant ta voix.

– Ah, je suis désolée, tu passes une mauvaise semaine... Euh... Qu'est-ce qui s'est passé ?

Il soupire et finit par pousser un grognement.

– J'ai été viré du garage. Un enfoiré a dit que j'avais rayé sa Mercedes en faisant la révision. C'est complètement faux, mais le nouveau manager me déteste depuis le début et il cherchait une raison de se débarrasser de moi. Apparemment, son petit frère vient de sortir de tôle et a besoin d'un boulot. Et je suis le dernier à être arrivé.

– Tu plaisantes ? Il t'a viré pour filer le boulot à son criminel de frère ?

– Y a de sacrés enfoirés dans ce monde, bébé, tu le sais bien. Le népotisme est encore bien réel dans le monde du travail. J'ai travaillé comme un acharné dans ce garage. Et ça craint parce que si je ne trouve pas bientôt un autre job, je ne pourrai pas payer la fac, le semestre prochain. Et il ne m'en reste plus que deux avant de pouvoir intégrer une licence pro. Mais ça va aller, tu me connais. J'ai connu pire. Au moins, j'ai un toit et de quoi manger dans le frigo... en tout cas pour l'instant.

Il rit et je sais qu'il se force. Je le connais suffisamment pour savoir qu'il doit être anéanti. Il adorait travailler dans ce garage. Et son salaire lui permettait d'aller à la fac, ce qui était sa plus grande fierté.

– Je suis désolée de ce qui t'arrive, je dis d'une voix tremblante.

Mon Dieu, comment je peux faire du mal à une si belle personne ?

Toutefois, je revois le visage rayonnant d'Adam lorsqu'il tenait Evie dans ses bras, ce matin, et cela me donne la force de faire ce qu'il faut pour ma famille.

– C'est la vie, dit Ian. Ce serait bien plus facile à avaler si ma petite Catori revenait en ville. Tu as fini tes spectacles dans l'Indiana, non ? Pourquoi tu ne reviendrais pas à Chicago pour me tenir compagnie ? propose-t-il d'un ton lourd de sous-entendus.

– Ian... Je... Il y a tellement de choses que je ne t'ai pas dites, avant.

– Eh, eh, tu es ma nana. Tu peux tout me dire. Pourquoi tu as l'air si triste ? Tu es où, au fait ?

Son ton inquiet me brise le cœur et s'attaque au peu de dignité qui me restait.

Je dresse des barrières autour de mon cœur avant de briser celui de cet homme merveilleux. Je n'ai jamais rien fait d'aussi affreux et j'espère ne jamais avoir à refaire quelque chose de la sorte. Mais je n'ai pas le choix. Adam et moi avons retourné la situation dans tous les sens. Je dois dire la vérité à Ian et trouver un moyen de lui faire comprendre que notre plan, à Adam et moi, est le meilleur. Que c'est le seul moyen pour nous tous de nous en sortir sans trop de séquelles.

– Je suis dans le Colorado, sur ma réserve, avec mon peuple, je réponds en serrant le poing et en plantant mes ongles dans ma chair.

Je mérite d'avoir mal. Je serre plus fort la main et ferme les yeux en grimaçant. Or, ce n'est rien comparé à ce qu'endure mon cœur.

– Tu ne m'as jamais dit que tu vivais sur une réserve. Enfin, je savais juste que tu es amérindienne. C'est trop cool. J'aimerais te rendre visite, un jour. Quand j'aurai réglé mes problèmes, bien sûr.

Ce ne sera pas possible. Jamais. Si Adam et Ian se voyaient un jour, ils en viendraient forcément aux mains. C'est certain.

– Ian... je soupire en tremblant de plus belle.

– Qu'est-ce qu'il y a ? Parle-moi, bébé. Même si je ne suis pas à tes côtés, je suis là pour toi. Tu sais que tu comptes pour moi, après ce qu'on a vécu. C'était spécial, entre nous.

Je déglutis en regardant le désert par la fenêtre. Une boule d'herbe sèche virevolte dans le vent et se scotche à un grand cactus, une analogie parfaite de ce que je m'apprête à faire. Seulement, je ne sais si je suis l'herbe sans vie ou le méchant cactus. Quoi qu'il en soit, le fait est que quand je touche quelqu'un, cette personne finit toujours par souffrir.

– Ian, je suis enceinte. D'au moins six semaines.

– Putain, tu plaisantes ? demande-t-il en riant sèchement.

– Hélas, non.

– Merde, putain. On a fait gaffe ! Super-gaffe ! Cela dit, il y a eu des nuits très alcoolisées, au début, et les choses étaient un peu floues...

– Ouais, c'est ce que j'ai pensé aussi. Mais ce n'est pas tout, je poursuis en plantant plus fort mes ongles dans ma paume.

– On va trouver une solution. C'est une bonne nouvelle. Je crois. Putain, je ne sais pas. Tu peux venir ici, je vais trouver du boulot. Deux boulots, même. J'arrêterai la fac pendant un moment et... euh... ouais. On trouvera une solution. Toi et moi.

Mon Dieu, cet homme est tellement gentil.

– Ian, tu ne comprends pas. Je ne peux pas... je ne viendrai pas.

J'inspire et expire plusieurs fois, rapidement, mais mon cœur bat si vite que je n'arrive pas à reprendre ma respiration. Un goût amer remplit ma bouche et je déglutis plusieurs fois pour ne pas vomir.

– Qu'est-ce que je ne comprends pas ? Dis-moi ce qui se passe. Catori ?

– Je... je suis mariée, j'admets enfin. Et j'ai une fille d'un an. Mon mari est rentré de l'armée et...

– Tu es mariée ? rugit-il, si fort que je dois éloigner le téléphone.

Sa colère est si féroce que j'en perds mes mots. Les larmes coulent sur mes joues et je les essuie maladroitement avant d'appuyer mon front contre la vitre froide, m'efforçant de ne pas m'effondrer sous le poids de la culpabilité.

– Je suis désolée.

Et je le suis. Il ne saura jamais à quel point je m'en veux.

– Tu es désolée ? Putain, Catori ! On a passé un mois ensemble ! Un mois entier, et tu n'as jamais pensé à me dire que tu étais mariée et que tu avais un gosse ?! Tu te fous de moi ? Tu es désolée. Et maintenant tu es enceinte de moi, et... quoi ?

– Je n'avais pas prévu que ça arrive, je sanglote.

– Comment tu as pu faire ça ? Je croyais que notre couple était différent, unique. Avec toi, ma vie était enfin plus douce, plus belle. Et maintenant, tu me dis que tu es à un millier de kilomètres, avec ton enfant et ton mari, et que tu es enceinte de moi ? C'est complètement dingue, Catori. Il est au courant, au moins ?

– Oui.

– Et qu'est-ce qu'il en dit ? Hein ? Du fait que tu es enceinte de moi, hurle-t-il.

Mes poils se hérissent sur mes bras sous l'effet de sa rage.

– Notre relation est différente... libre. C'est dur à expliquer, Ian. Je veux juste que tu saches que c'est quelqu'un de bien et que c'est un père merveilleux...

– Je ne comprends pas, Catori ! Je ne comprends rien de ce que tu dis, putain ! Je n'ai pas l'impression de te connaître. Si j'avais su que tu étais mariée, il ne se serait jamais rien passé. Jamais. Je ne suis pas ce genre de mec. Et tu le sais ! Je n'arrive pas à croire que tu m'aies fait croire que ce qu'on avait vécu était magique.

Je plaque ma main sur la vitre en espérant que le froid va m'éviter de m'évanouir. Ma vision devient floue tandis que mon cœur continue de battre à mille à l'heure.

– Ça l'était. Tu étais là pour moi quand j'avais désespérément besoin de quelqu'un... tu ne sauras jamais combien tu as compté pour moi, et...

– Non, ça suffit, tais-toi. Garde tes mensonges pour quelqu'un d'autre.

– Je suis désolée, Ian. Je n'ai jamais voulu te faire de mal, je dis en reniflant avant d'essuyer mon nez et mes joues sur ma manche.

– Eh bien, tu as échoué. Et le bébé ? J'imagine que tu as manigancé quelque chose. La femme que je connaissais était pleine de ressources.

Je déglutis et expire lentement.

– Je vais élever le bébé sur la réserve avec mon mari et ma fille. Avec ma famille.

– Ta famille. Tu es gonflée ! ricane-t-il. Et moi ? C'est moi le père !

Je ferme les yeux et laisse couler mes larmes en me préparant à faire encore plus de mal à cet homme que j'apprécie tant. Le seul moyen de lui faire renier le bébé est de lui faire entendre qu'il ne peut pas lui offrir une belle vie.

– Et qu'est-ce que tu comptes faire, Ian ? Tu vis dans un studio en sous-sol. Tu as perdu ton job. Tu n'as pas d'argent ou de famille pour t'aider. Tu vas à l'école, justement pour pouvoir te construire une belle vie. Moi, je suis dans le Colorado, avec un mari, une sœur pour le bébé, des grands-parents et toute une communauté qui est prête à aider. Tu ne peux rien pour ce bébé.

Je contracte ma mâchoire, consciente qu'il va se battre bec et ongles, parce que c'est un homme bien. Une des plus belles personnes que j'ai rencontrées.

– Je suis son père, gronde-t-il d'un ton amer.

– Adam sera son père. Penses-y, Ian. Tu as vingt-trois ans. Qu'est-ce que tu as à offrir à un bébé ? Moi, je peux lui offrir deux parents qui l'aimeront, une grande sœur, des grands-parents et une vie de rêve. Sur la réserve, le bébé sera entouré de chevaux, de terres à perte de vue, d'écoles privées. Tu dois admettre que c'est parfait pour un enfant. Tu ne peux pas subvenir à ses besoins.

– Je peux essayer, putain ! hurle-t-il.

Adam entre dans la chambre et son regard devient assassin en me voyant.

– Je vais te laisser y réfléchir pendant un ou deux mois. Pense à ce que j'ai dit. Tu es à des centaines de kilomètres et tu n'as que ton amour à offrir. L'amour ne suffit pas pour élever un enfant, Ian. Tu le sais mieux que personne. Je te rappellerai plus tard. Porte-toi bien, Ian.

Je raccroche, sur le point de tomber à genoux, lorsqu'Adam me prend dans ses bras. Il me laisse sangloter contre lui pendant longtemps. Quand j'ai pleuré toutes les larmes de mon corps, je lève la tête et me frotte les yeux.

– Evie ? je demande.

– Topsannah l'emmène voir les chevaux. Je lui ai demandé de nous accorder deux heures. Elle était on ne peut plus ravie de passer du temps avec sa petite-fille.

Je souris tristement contre lui.

– Elle l'adore.

– C'est une bénédiction pour notre fille, répond-il avant de m'embrasser sur la tempe. Comment ça s'est passé ? demande-t-il en caressant mon bras de haut en bas.

Je secoue la tête tandis que ma poitrine se resserre.

– C'était affreux. C'est un mec génial et je lui ai brisé le cœur.

– Abandonner un enfant est horrible. Et si c'est un mec bien, ce sera dur pour lui de le faire. Mais il le fera. Pour l'enfant. Il finira par voir qu'on peut offrir à ce bébé bien plus qu'il ne le peut.

– Il a toujours rêvé d'avoir une famille et je lui retire cette chance, je dis en m'agrippant au tee-shirt d'Adam. Je suis quelqu'un d'horrible. Il était tellement furieux, parce que je ne lui ai jamais parlé de toi ou d'Evie ou de quoi que ce soit d'important. Il pense qu'on a vécu un mensonge. Et d'une certaine façon... il a raison. Je ne me suis jamais donnée à lui. Je n'ai jamais essayé, je déclare alors qu'une nouvelle larme coule sur ma joue.

Adam prend mon visage dans ses mains et lève mes yeux vers lui.

– Tu ne pouvais pas te donner à lui, Catori. Tu t'es déjà donnée à moi. Et je ne te lâcherai jamais. Il a eu ton corps pendant quelque temps. Mais ton cœur et ton âme sont à moi, de la même façon que les miens sont à toi.

– Qu'est-ce qu'on va faire ? Et s'il refuse ?

– Tu lui feras voir la réalité, répond-il en secouant la tête et en posant sa main sur mon ventre. On peut offrir une meilleure vie à cet enfant. Tout père, toute bonne personne, veut ça pour son enfant. Il finira par l'accepter.

– Je lui ai dit que je le rappellerai dans deux mois. Peut-être qu'il aura changé d'avis d'ici-là.

– C'est tout ce que tu peux faire, ma chérie, répond-il en baissant la tête pour m'embrasser.

– Comment quelqu'un comme moi a eu la chance de trouver un homme comme toi ? je chuchote contre sa bouche.

– C'est le destin, déclare-t-il avant de m'embrasser langoureusement.

Quelques secondes plus tard, je suis allongée sur le lit et ses mains remontent sur mon ventre pour couvrir mes seins. Je soupire tandis que ma peau frémit d'impatience et que je désespère d'effacer la dernière heure de ma vie.

Adam se débarrasse de mes vêtements presque aussi vite que je lui ôte les siens. Nous semblons tous les deux aussi pressés d'être nus l'un contre l'autre.

Les lèvres d'Adam quittent les miennes et descendent sur ma gorge, sur ma clavicule, puis entre mes seins. Il les soupèse et les colle l'un à l'autre pour lécher et embrasser les deux en même temps. Mes tétons sont sensibles lorsqu'il les titille avec ses pouces et lorsqu'il plaque enfin ses lèvres dessus pour les laper avec sa langue, je pousse un cri en me cambrant. Ça fait bien trop longtemps que je n'ai pas senti la bouche de mon mari sur ma poitrine.

Adam joue si longtemps avec mes seins que mes tétons deviennent brûlants. Il finit néanmoins par poursuivre sa descente, léchant mon nombril avant de déposer un long baiser sur mon ventre, à l'endroit où est niché le bébé.

– J'aime tout de toi, Catori. Ce bébé fait partie de toi, et je l'aimerai et le protégerai jusqu'à ma mort. Tu as ma parole, déclare-t-il d'une voix si pleine d'émotion que j'en suis émue aux larmes.

Elles coulent sur mes joues alors que j'écarte les jambes tout en ouvrant mon esprit, mon cœur, mon âme et mon corps à cet homme. Je m'offre à lui tout entière.

Pour l'éternité.

Il embrasse mon sexe, puis il ouvre la bouche et m'offre tout ce dont j'ai besoin. Tout ce que je veux. Tout ce qu'il est.

Je plonge mes mains dans ses cheveux et m'y agrippe, soulevant mon bassin à chaque coup de langue et à chaque pincement de ses dents, puis je décolle et m'envole si haut que je pourrais ne jamais revenir sur terre.

– Tu es à moi, Catori Ross, dit-il en remontant pour s'allonger sur moi, pressant sa verge contre mon sexe. Est-ce qu'elle t'a manqué ? Est-ce que je t'ai manqué ? demande-t-il en m'étudiant de ses yeux azur.

– Toujours Adam. Toujours, j'admets en toute sincérité.

Adam pourrait être dans la pièce d'à côté qu'il me manquerait quand même.

Il s'enfouit si vite et si fort en moi que je plante mes ongles dans ses côtes, transpercée de douleur et de plaisir, étirée au maximum. Adam siffle en serrant les dents, puis il me regarde en souriant. Et ce sourire me fait perdre la tête.

– Et tu es à moi, Adam, je déclare en posant mes mains sur ses pectoraux et en dessinant des cercles autour de ses tétons bruns.

Il répond en reculant les hanches pour s'enfouir de nouveau en moi. Je crie en fermant les yeux, laissant son corps m'emmener dans un lieu où l'amour et la lumière sont seuls à régner.

– Ouvre les yeux, bébé. Je veux voir ton âme pendant que je te fais l'amour, ordonne-t-il, me faisant frissonner de plaisir.

Il plie les coudes pour coller son torse au mien et des étincelles de plaisir se propagent dans mes veines lorsque je sens sa peau sur mes tétons. Adam empoigne ma fesse et se met à dessiner des cercles avec ses hanches.

Il accélère le rythme et je m'oublie au profit de ses désirs et de ses envies. Je m'accroche à lui pour me préparer à la plus intense chevauchée de ma vie. Il accélère encore, mais ses yeux ne quittent jamais les miens tandis qu'il m'offre toute sa passion et son amour.

J'essaie pourtant de repousser mon orgasme, souhaitant qu'il jouisse avec moi.

– Bébé, s'il te plaît, je supplie sans savoir vraiment ce que je lui demande, sachant seulement qu'il est le seul à pouvoir me le donner.

Adam accroît encore le rythme de ses coups de bassin, puis il glisse sa main sous moi pour empoigner mon épaule et me marteler encore plus fort. Ses hanches dessinent des cercles et appuient sur ce point de mon sexe qui me fait tout lâcher, qui me maintient au bord du précipice sans pour autant m'y pousser pour de bon.

Son corps tressaute et sa peau se couvre de sueur tandis que ses yeux deviennent bleu nuit.

– Catori, gémit-il en se redressant sur un coude.

Tout son corps se crispe et se détend à chaque aller-retour et nous finissons bientôt par nous agripper l'un à l'autre pour nous envoler ensemble vers un paradis délirant.

Une année entière de tension et de peine disparaît en l'espace d'une matinée.

Adam se laisse tomber sur moi et roule rapidement sur le dos, m'emportant avec lui, nos corps toujours intimement connectés. Aucun de nous n'est prêt à mettre fin à la magie qu'on vient de vivre.

La magie de notre retour à la maison.

Le renouvellement de notre engagement auprès de l'autre.

De notre mariage.

De notre famille.

Notre détermination à trouver une solution afin d'accomplir notre destin.

CHAPITRE 20

Trois mois plus tard...

– Tu es prête, mon soleil ? On va savoir si tu vas avoir un petit frère ou une petite sœur ! dit Adam en chatouillant le ventre d'Evie qui est assise dans son siège auto.

Elle hurle de rire et tapote la joue de son père en gazouillant. Ses cheveux dorés, qui forment désormais de jolies boucles sur ses joues, volent dans le vent. Adam détache le harnais et la prend dans ses bras.

– Pa... pa... pa... pa... ! chante-t-elle joyeusement.

Notre petite famille entre dans la salle d'attente et nous sommes bientôt invités à passer dans le cabinet du médecin. Je m'assois sur la table d'examen, Adam s'installe sur la chaise et donne un jouet à Evie.

– Tout va bien, chérie. On n'est pas obligés de connaître le sexe du bébé si tu n'en as pas envie, dit Adam. On ne l'a pas su, pour Evie. C'est toi qui décides.

– Non, cette fois, je veux savoir, je réponds. Le Créateur avait son plan et, nous, on avait le nôtre. Un second bébé ne faisait pas partie de notre projet, mais on s'est adaptés et on va former une jolie petite famille.

Adam me répond par un sourire resplendissant. Il n'a pas eu le temps de se raser car il était occupé à faire petit-déjeuner Evie et à la préparer pour venir chez la gynéco. Nous avons prévu d'aller faire du shopping, car il lui faut de nouveaux vêtements. Cette gamine grandit comme un pissenlit après la pluie. Si elle continue comme ça, elle sera grande et mince comme son père.

Le médecin frappe à la porte.

– Entrez ! je réponds.

Elle entre avec un grand sourire.

– Madame Ross, je suis ravie de vous revoir, dit-elle en me serrant la main puis celle d'Adam.

Elle s'accroupit ensuite devant ma fille et prend sa main pour l'agiter délicatement.

– Tu dois être Evie. La dernière fois que je t'ai vue, tu étais minuscule. Tu deviens une belle fille, à ce que je vois.

Evie tend la main vers moi.

– *Piiiiaaaa,* crie-t-elle en ouvrant et en refermant sa main, m'indiquant qu'elle veut que je la prenne.

– Pas maintenant, Taabe. Le docteur doit voir le bébé dans le ventre de *pia,* je dis en désignant mon ventre.

– Bééééé bééééé bééééé, répète-t-elle en frappant dans ses mains.

– C'est ça, le bébé, j'acquiesce.

– Elle est superbe, dit la gynéco en se relevant. Allons-y. Allongez-vous et soulevez votre tee-shirt, s'il vous plaît. Comme vous êtes à dix-huit semaines, on peut faire l'échographie un peu plus tôt et voir le sexe du bébé, si vous le voulez. Vous ne vouliez pas le savoir, la dernière fois. Cette fois...

– On veut savoir. Merci, Docteur, je dis en m'allongeant avant de remonter mon te-shirt sous mes seins.

La gynéco commence par mesurer mon ventre avant d'y étaler du gel. Elle pose la sonde sur ma petite bosse et étale le lubrifiant en cliquant sur les boutons de sa machine. Je tourne la tête vers l'écran et vois aussitôt ce qui ressemble à un bébé parfaitement formé, avec sa tête ronde, son dos courbé, ses petits bras et ses petites jambes qui bougent dans tous les sens.

– Regarde, Evie, c'est le bébé, dit Adam en désignant l'écran.

Il se lève avec Evie dans les bras et il attrape ma main pour embrasser le bout de mes doigts.

La gynéco prend quelques minutes pour nous montrer les différentes parties du bébé en immortalisant les clichés sur son ordinateur.

– Si vous ne voulez pas connaître le sexe, c'est votre dernière chance ! dit-elle en haussant les sourcils.

Je regarde l'écran et je sais déjà, sans l'ombre d'un doute, ce qu'elle s'apprête à nous dire.

– C'est une fille, je déclare.

– Maman a raison, acquiesce la gynéco en riant. La famille Ross va accueillir une autre fille.

– Une autre fille, je répète en souriant.

– Mes trois filles, dit Adam avec un sourire béat.

Il se baisse pour m'embrasser et Evie colle sa bouche à la joue de son père pour lui offrir un baiser mouillé qui ressemble plutôt à une léchouille gluante, mais il s'en fiche.

Il aime tout chez sa fille, et je sais qu'il ressentira la même chose pour celle-ci.

Evie saisit alors mes cheveux dans sa main potelée et m'attire vers elle. Elle bave sur ma bouche et mon nez, puis elle tapote ma joue en entamant un monologue dont je ne comprends que la conclusion : « *Piiiiaaaa* ».

Mes yeux se remplissent de larmes de joie et je me redresse, faisant mine de mordre son cou et sa joue, la faisant hurler rire. Une mère ne se lasse jamais des éclats de rire de son enfant. La joie de vivre de ma fille suffit à faire disparaître toutes mes douleurs, physiques comme mentales. Car, émotionnellement, je suis toujours perdue. Je dois encore rappeler Ian pour savoir si les trois derniers mois lui ont permis d'atteindre les mêmes conclusions qu'Adam et moi.

– Tu vas avoir une petite sœur, ma chérie, dit Adam en désignant mon ventre. Sœur, répète-t-il.

– Seu... seu, dit-elle en collant ses mains sur les joues de son père.

Evie a toujours besoin de toucher nos visages. Elle tient sans doute ça de son père, qui est constamment en train de nous toucher, l'une et l'autre.

– Tout semble parfait, Madame Ross. Avez-vous prévu d'accoucher à l'hôpital ? Vous n'avez pas eu le temps de rentrer chez vous, la dernière fois, dit la gynéco en souriant.

– À l'hôpital, oui, je réponds.

Adam sourit jusqu'aux oreilles, ravi d'entendre la décision que j'ai prise. Ma mère va être déçue de ne pas pouvoir aider son deuxième petit-enfant à venir au monde, mais, quoi qu'elle puisse dire, elle a ralenti, ces derniers mois. Sa tumeur a grossi et lui donne des migraines paralysantes au moins deux fois par semaine. Elle semble également de plus en plus fatiguée. Elle a quarante-deux ans, et ce serait un miracle qu'on ait encore cinq ans avec elle.

Je ferme les yeux et sens la main d'Adam sur mon bras.

– Ça va, ma chère épouse ?

Je glousse et lui souris tristement.

Le déclin de ma mère est inévitable, mais il n'en est pas moins douloureux. Au moins, elle aura connu ses petites-filles. À présent, j'espère que ce deuxième bébé n'aura pas la même malformation génétique que ma grand-mère, ma mère et moi. Ma mère avait beau avoir lu dans les étoiles qu'Evie était sauvée, Adam a quand même tenu à ce qu'un médecin le confirme. Je dois croire que si le Créateur a voulu que j'aie ce bébé, ce n'est pas pour la condamner à une courte vie.

– Très bien. Je suis ravie, je réponds d'un ton qui manque d'enthousiasme. Allons fêter ça, mon cher mari.

– Tu veux une glace, mon soleil ? demande-t-il à notre fille.

– Ouiiiii ! crie-t-elle en frappant dans ses mains.

La gynéco essuie mon ventre, puis elle me tend les clichés de l'échographie. Je baisse mon tee-shirt et les étudie en traçant les contours de son corps du bout du doigt.

– Elle est parfaite, je chuchote.

Adam se penche pour m'embrasser sur la tempe.

– Comme sa mère et sa sœur.

Je ferme les yeux et laisse son compliment effacer une partie de l'obscurité qui envahissait mon cœur au fur et à mesure ce que ce rendez-vous approchait. La culpabilité que j'éprouve vis-à-vis de Ian menace de m'engloutir et de me replonger dans l'enfer que j'ai vécu après la naissance d'Evie et le départ d'Adam. Toutefois, Adam refuse de me laisser sombrer. Il me soutient sans faillir depuis mon retour et me prend dans ses bras quand mes sanglots m'empêchent de respirer. Il m'a accompagnée durant les nausées du premier trimestre, il a pris soin d'Evie et a incarné le père parfait. Il a même passé du temps avec mon père pour apprendre nos traditions ainsi que le comanche. Si seulement Ian voyait le père merveilleux qu'il est et sera pour ce second bébé... peut-être que cela simplifierait la situation.

La gynéco sort de la pièce et Adam m'aide à me relever. On s'arrête au secrétariat pour fixer les rendez-vous suivants, et on file au centre commercial pour fêter la bonne nouvelle.

Toutefois, je ne suis pas d'humeur à fêter quoi que ce soit. Je n'ai qu'une seule envie : appeler Ian. Néanmoins, pour Adam et Evie, je me force à sourire, parce que ce bébé mérite d'être célébré. Elle fait partie de moi, d'Evie et d'Adam, aussi. Ian sera d'accord avec nous.

Il le faut.

♦

– Merci d'avoir appelé, dit Ian d'une voix rauque, comme si je le réveillais.

Or, il est vingt heures passées.

Adam donne son bain à Evie avant de la coucher. Il sait que j'ai besoin d'appeler Ian et il m'a laissée le faire en privé. Ian mérite d'être tenu au courant en ce qui concerne le bébé. Quoi qu'il arrive, il est légalement son père tant qu'il n'en aura pas décidé autrement.

– Pookie, tu vas trop kiffer. J'ai les champis et l'ecstasy, bébé. Allez, viens faire la fête ! dit une voix de femme tout excitée.

J'entends alors une série de baisers mouillés.

– Tawny, chut. Merde, euh, installe-toi sur le canap', ouais. J'arrive. Oooh, ouais, secoue ton cul, comme ça, lance Ian avant de fredonner longuement.

Or, je connais ce bruit : c'est celui qu'il faisait quand il s'apprêtait à me sauter dessus pour me faire grimper aux rideaux.

– Tu as dit que tu voulais t'envoler, ce soir, alors j'ai trouvé ce qu'il faut, dit la femme. Viens, on se défonce et on baise jusqu'à l'aube. Wouhou ! crie-t-elle. J'attrape la tequila !

– Des champis, de l'ecstasy et de l'alcool ? Tu es sérieux, Ian ? C'est comme ça que tu règles tes problèmes et te prépares à l'arrivée d'un enfant ? je dis d'un ton grinçant.

– Ne l'écoute pas. Tu ne sais pas ce qui se passe, Catori. Tu es partie. Avec mon gosse dans le bide ! bafouille-t-il. Et maintenant, tu veux que ton mari l'élève. Espèce de garce. Tu veux que je fasse quoi ? Que j'arrête de vivre ? Tu es folle, meuf. C'est moi l'homme, hein, bébé ? crie-t-il d'une grosse voix.

– Carrément, avec la meilleure bite du monde ! répond la femme.

– Ian, tu n'es pas en état de parler, tu dis n'importe quoi.

– Qu'est-ce que ça peut te faire ? Tu es partie. Tu as pris mon cœur. Mon bébé. Tu as pris tout ce que j'avais.

– C'est faux. Je ne t'ai jamais promis qu'on resterait ensemble. Tu savais que je partirais. Et le bébé n'était pas prévu. Il faut que tu remettes ta vie en ordre. Tu as trouvé du boulot ? Tu es toujours à la fac ?

– J'ai arrêté. Je bosse à plein temps dans un garage. Ils me paient une misère, mais je sais qu'ils vont m'augmenter.

– Mais oui, bébé ! Et y a que toi qui sais prendre soin de moi ! dit la fille.

J'entends à nouveau des bruits de baisers et je grince des dents en reprenant ma respiration.

– Je voulais juste que tu saches que le bébé est une fille. Mon mari est en train de préparer les papiers pour obtenir les droits parentaux. Que tu les signes ou pas, c'est le nom d'Adam qui sera sur son certificat de naissance. Tu ne la verras pas et tu ne seras pas dans sa vie. Ma fille mérite mieux qu'un junkie pour père. Qu'est-ce que tu es devenu, bon sang ?

– Tu ne peux pas faire ça, Catori ! C'est mon bébé. C'est moi le père ! hurle-t-il.

– Alors, comporte-toi comme tel. Je te rappellerai.

Je raccroche si fort le téléphone qu'il tombe par terre en plusieurs morceaux. Comme mon cœur.

Ça fait des mois que je culpabilise de briser son rêve de famille, et lui a passé son temps à boire et à se droguer avec des femmes ? À noyer ses soucis dans l'alcool plutôt que d'essayer de s'en sortir et de prouver qu'il a ce qu'il faut pour être un père ?

Déçue et furieuse, je m'assois au bord du lit et regarde les clichés de l'échographie.

La porte s'ouvre, mais je n'ai pas la force de lever la tête. J'entends Adam allumer le babyphone, puis je sens le matelas s'affaisser derrière moi. Il passe ses jambes de part et d'autre des miennes et ses bras m'entourent. Je m'appuie contre lui sans quitter des yeux les photos.

– Il picole et se drogue avec une certaine Tawny qui, apparemment, aime sa queue. Je le sais seulement parce qu'elle l'a crié après avoir annoncé qu'elle avait trouvé des champis et de l'ecstasy pour qu'ils se défoncent toute la nuit. Et il a arrêté la fac.

– Putain, bébé, je suis désolé. Je sais que ce n'est pas ce que tu espérais entendre.

Je secoue la tête et saisis son avant-bras.

– Est-ce que c'est moi qui l'ai poussé à faire ça ?

– On ne peut pas pousser les gens dans une direction ou dans l'autre. S'il voulait vraiment être là pour son enfant, ça fait trois mois qu'il aurait pris sa voiture et qu'il serait venu dans le Colorado.

– Il n'a pas de voiture. Il habite à Chicago, on peut aller partout en transports en commun.

– Peu importe, il aurait trouvé un moyen. Chérie, il a choisi de ne pas chercher de solution. Si c'était mon bébé, je ne lui tournerais jamais le dos. Rien ne m'empêcherait de le voir. Mais ça, c'est moi. Et Ian est différent.

– Je sais que c'est quelqu'un de bien. Je sais qu'il serait un bon père, mais...

– S'il déménageait ici, qu'il trouvait du boulot et une maison près de la réserve pour pouvoir voir sa fille régulièrement, je dirais ok. Tant mieux. Mais ce n'est pas ce qu'il a décidé de faire il y a trois mois, Catori.

– Je ne lui ai pas laissé le choix !

– Chérie, on ne peut pas dire à un homme comment être un père. Tu lui as dit ce qu'on comptait faire étant donné les circonstances. Il a eu trois mois pour trouver une autre solution ; une solution qui lui aurait permis d'être dans la vie du bébé. Et il a gâché cette occasion en faisant la fête et en vivant librement. Il a vingt-trois ans. Ce n'est pas un gamin de dix-huit ans qui sort tout juste du lycée. Tu as dit toi-même qu'il a grandi en famille d'accueil. Qu'il n'a pas de famille et de maison convenable pour un enfant. Il joignait à peine les deux bouts. La fac était son meilleur moyen de s'en sortir, et il a arrêté. Ce n'est pas toi qui as fait ces choix. C'est lui.

– Mais peut-être que si je lui avais dit qu'on pouvait trouver une solution, il aurait essayé...

Adam me serre plus fort contre lui.

– Bébé, arrête. Rien de tout ça n'est de ta faute. De la même façon que mon départ l'an dernier n'était pas de ta faute. On prend tous des décisions pour nos propres vies. Certaines sont bonnes, d'autres le sont moins. Certaines nous apprennent des leçons difficiles, mais peuvent nous rendre meilleurs. Ian en est à ce stade. Tu ne peux rien pour empêcher le mal qu'il est en train de se faire. Il doit apprendre de ses erreurs. Pour le moment, notre rôle est de protéger ce bébé. J'ai promis de prendre soin d'elle, dit-il en posant sa main sur mon ventre rebondi. Elle ne ressentira rien de tout ça. Elle a une mère et un père qui l'aiment, une sœur et des grands-parents qui vont l'adorer. Ce sera ça, sa réalité. Et c'est sur ça qu'on doit se concentrer. Si Ian se ressaisit un jour, on en reparlera. Pour l'instant, on s'occupe seulement de toi, d'Evie et du bébé. Ok ?

Je déglutis et hoche la tête.

– Tu as raison. Il a fait son choix. Je lui ai dit que je le rappellerais, peut-être dans deux mois.

– Comme tu veux. Fais ce qu'il faut pour te soulager et t'aider à mieux dormir. Tu ne peux pas endosser les problèmes du monde entier. Tu dois penser à ta famille. Profitons de ce moment autant que possible. Je n'étais pas là pour Evie ; je veux savourer chaque minute avec vous et notre bébé. On peut se concentrer là-dessus ?

– Bien sûr. Toi, moi, Evie et notre deuxième fille.

– Maintenant que tu sais que c'est une fille, tu as pensé à des prénoms ?

Le changement de sujet est le bienvenu, en plus d'être nécessaire.

– Eh ben, comme on a appelé Evie d'après ta mère, j'ai pensé qu'on pouvait peut-être nommer sa sœur d'après ma famille ?

– Topsannah est une de mes personnes préférées sur terre. Je serais on ne peut plus ravi de lui faire ce cadeau. Elle a été incroyable avec notre fille ; on ne pourra jamais la remercier pour tout ce qu'elle a fait.

Je hoche la tête et souris, ravie que ma mère et mon mari se soient rapprochés ces derniers mois.

– *Pia* préférerait qu'il en soit autrement.

– Comment ça ? demande Adam.

– Mon père est son âme sœur. Tahsuda. Elle aimerait beaucoup que l'on nomme un de nos enfants d'après lui.

– Ok, c'est intéressant, glousse Adam. Ton père est un homme génial. Tu pensais à quoi ? Tahsuda n'est pas très féminin, chérie.

– Non, c'est vrai, j'admets en riant. Mais Suda, oui. Tu penses quoi de Suda Mae ? je demande en me tournant vers lui.

Son nez est retroussé et il grimace.

– Suda Mae ne sonne pas hyper bien.

– Non, tu as raison... Si je me souviens bien, en grec, Suda signifie forteresse, ou place forte. Ce qui convient très bien à mon père. Il est l'épine dorsale de la famille et de notre communauté. Kaye est un prénom féminin qui signifie pure. Ensemble, ça donnerait « force pure ». Suda Kaye.

Je pose ma main sur mon ventre et Adam la recouvre à son tour.

– Suda Kaye, je déclare à voix haute.

Soudain, je sens un petit papillonnement dans mon ventre.

– Tu as senti ?

Adam secoue la tête et je remplace ma main avec la sienne.

– Suda Kaye, je répète.

Les papillons s'envolent de nouveau dans mon ventre.

– Et là ?

– Non, répond-il en riant. Ça doit être à l'intérieur. Mais c'est le signe qu'elle aime le prénom Suda Kaye.

– Elle aime, oui, je déclare en souriant. Suda Kaye Ross.

– Ça sonne à merveille avec Catori Ross et Evie Ross.

Je me tourne et pose mes mains sur ses joues pour le regarder dans les yeux.

– On vient de trouver le prénom de notre fille ?

– On dirait, oui, répond-il en souriant jusqu'aux oreilles. Je crois qu'on devrait fêter ça, poursuit-il en jouant des sourcils.

Il se décale et m'allonge sur le côté, puis sur le dos.

– Deux célébrations dans la même journée ? je dis d'un ton enjoué alors que mon mari enlève mon pantalon pour le jeter derrière lui.

Il empoigne ensuite le bas de son tee-shirt et répète son geste, m'offrant une vue splendide de son torse.

– Eh toi, Evie et Suda Kaye, vous avez eu votre gourmandise. Maintenant c'est à mon tour ! s'exclame-t-il avec ce sourire machiavélique qui me fait fondre.

Il promène ses mains sur mes cuisses jusqu'à empoigner ma culotte pour la baisser. Je me redresse pour enlever mon tee-shirt et dégrafer mon soutien-gorge, libérant ma poitrine toujours plus grosse.

– Tu mérites une petite gâterie, en effet. Viens par ici, mon cher époux.

– J'ai cru que ça ne viendrait jamais.

CHAPITRE 21

Quatre mois plus tard...

À huit mois et demi de grossesse, je suis cuite. Je n'en peux plus de porter ce bébé. J'en ai assez d'avoir mal au dos, aux pieds et aux seins.

J'en ai marre.

Adam revient de chez mes parents avec Evie sur les épaules, tenant ses petites mains dans les siennes. J'étais en train de penser qu'on devrait peut-être s'acheter une maison plutôt que de louer. Peut-être même celle-ci. Avec seulement deux chambres, les filles vont devoir partager la leur. Cela dit, ça ne me dérange pas. Les sœurs qui dorment dans la même chambre finissent par partager bien plus que ça. Un lien se crée entre elles, qui va au-delà du lien de sang. J'aimerais beaucoup ça pour mes filles.

Mon mari a déjà installé un lit simple avec une barrière pour qu'Evie commence à dormir ailleurs que dans le lit à barreaux. Elle aura deux ans dans deux semaines. Le même jour que mon terme.

Il n'y a que le Créateur pour donner le même anniversaire à mes filles, à deux ans d'écart. Ça me convainc encore plus que Suda Kaye était faite pour venir au monde.

– Bonjour, ma chère femme, dit Adam en s'arrêtant au pied du perron pour poser Evie.

Elle marche de mieux en mieux et elle commence même à courir. Ma fille vient jusqu'à moi et me regarde avec ses grands yeux bleus avant de fouiller dans la poche de sa salopette.

– *Pia* ! Joillyfeur ! dit-elle en souriant joyeusement.

Elle me tend la main. J'ouvre la mienne et elle y dépose un pissenlit.

– Joillyfeur ! répète-t-elle.

– Elle dit « jolie fleur ». C'est pour sa maman, dit Adam en venant vers moi pour m'embrasser tendrement.

– Bonjour, mon cher époux, je réponds en souriant.

Mon humeur ronchonne a disparu maintenant qu'Adam et Evie sont de retour. Je porte la fleur à mon nez pour respirer son parfum.

– Hmmm, elle sent bon. Super, Taabe. Merci !

Elle me sourit à nouveau et rejoint son père. Ma fille aime son *ahpu* plus que tout. Elle est collée à lui jour et nuit, et je la comprends. J'aimerais être scotchée à lui, moi aussi. S'il n'avait pas une carrière militaire et des responsabilités dans l'armée, on passerait tout notre temps ensemble. Il serait toute ma vie. On voyagerait ensemble et on emmènerait nos filles. On leur montrerait le monde. Hélas, ce rêve ne se réalisera jamais. D'ailleurs, il est censé repartir dans quatre mois. Cela dit, il s'est arrangé pour qu'à l'avenir, ses missions ne l'occupent pas plus de trois mois, à chaque fois, et pour pouvoir revenir au minimum un mois.

– Comment tu te sens ? demande Adam en tendant la main pour prendre la mienne.

– Énorme. J'ai hâte que ce bébé arrive. J'espère qu'elle va venir plus tôt. Si ça ne tenait qu'à moi, elle arriverait ce soir.

Adam rigole et tend à Evie son gobelet d'eau. Elle prend l'embout dans sa bouche et s'appuie contre le torse de son père en buvant, fermant les yeux pour laisser le soleil réchauffer sa peau. Evie ne fait qu'un avec l'astre du jour. Assise dans les bras de son père, illuminée par le soleil, elle semble parfaitement heureuse. J'ai compris que quand ma fille est ronchonne, il me suffit de l'emmener dehors, surtout quand son père est occupé. Le soleil la calme instantanément, de la même façon que le vent a le pouvoir de m'apaiser lorsque je le sens dans mes cheveux ou sur mon visage.

– Est-ce que tu as appelé Ian ? Je sais que ça te préoccupe depuis plusieurs semaines. Tu vas devoir te lancer tôt ou tard, chérie. S'il est l'homme que tu crois, il aura réglé ses problèmes. Sinon, ça ne change rien. On continue comme prévu.

J'acquiesce et porte sa main à mon visage pour frotter ma joue contre sa paume.

– Merci.

– Pourquoi, chérie ?

– D'être aussi compréhensif et bienveillant. De m'aimer. D'aimer Evie. De vouloir que ce bébé soit le tien. Il n'y a pas d'autre homme comme toi, Adam Ross. Je me sens chanceuse que tu sois à moi, je dis en embrassant sa paume.

– Tu sais bien que le sentiment est partagé, Catori. Il n'y a pas d'autre femme pour moi. Peu importe où notre vie nous mènera, avec mon travail et tes voyages, on forme une famille. On s'entraide pour réaliser nos rêves. On vit pour rendre l'autre heureux et il n'y a pas de mal à ça. Au contraire, c'est très beau.

– Je ne suis jamais allée quelque part où je n'ai pas trouvé de beauté.

– Je sais. C'est une des raisons pour lesquelles je t'aime tant.

Je soupire et ferme les yeux, permettant au soleil et aux paroles de mon mari de me donner la force de faire ce que je dois faire.

Adam se lève en serrant notre fille contre lui.

– Elle dort, je vais la coucher. Appelle Ian. Je te rejoins dans notre chambre pour te soutenir.

– Pour ramasser les morceaux ?

Il penche la tête sur le côté et me sourit tendrement.

– Pour soutenir la décision qui sera prise, quelle qu'elle soit. Quelle que soit l'issue choisie. Eh oui, pour ramasser les morceaux. S'il te met à terre, je serai là pour te relever ; compte sur moi.

– Ça va aller, je vais m'en sortir, je dis en me levant.

– Je le sais. Je n'ai jamais connu de femme plus forte que toi.

Il embrasse le bout de ses doigts, puis il les plaque sur ma bouche et je les embrasse à mon tour.

– Je vais bien. Vas-y, va la mettre au lit.

Il entre dans la maison sans un bruit et je prends le temps de regarder le désert ensoleillé et les énormes rochers rouges éparpillés un peu partout. J'ai besoin d'aller jusqu'aux falaises, un de ces quatre. J'ai besoin de la perspective et du sentiment de paix qu'elles m'apportent.

Ça attendra. Je me tourne pour aller dans notre chambre et j'entends Adam chuchoter des mots d'amour à Evie, qui a tendance à se réveiller quand elle sent qu'on la pose dans son lit. En général, il suffit de rester quelques minutes avec elle pour qu'elle se rendorme. Je regrette que tous les enfants ne naissent pas en format « deux ans ».

– Ne t'inquiète pas, Suda Kaye. J'ai appris la leçon. Je serai plus douée cette fois-ci. Je le sens, je promets en caressant mon ventre.

Je prends mon temps pour m'installer contre la tête de lit, appuyée sur une pile d'oreillers. Je croise les jambes et saisis le téléphone sans fil pour composer son numéro que je connais par cœur. La gorge nouée, les nerfs à vif, j'écoute son téléphone sonner en espérant qu'il sera chez lui, puisque nous sommes dimanche.

Il répond après la première sonnerie.

– Catori, dit-il.

Apparemment, il a mémorisé mon numéro, lui aussi.

– Ian, salut. Comment tu vas ? je demande d'une voix tremblante que j'essaie de cacher.

– Mieux que la dernière fois que tu m'as appelé, répond-il en soupirant.

– Ah ?

– Ouais, je n'étais pas moi-même. Je ne sais pas ce qui s'est passé. J'ai craqué et j'ai perdu le contrôle. Quand j'ai perdu mon job et que j'ai dû arrêter les cours, j'ai pété un plomb. Je te demande pardon pour la dernière fois qu'on s'est parlé. J'étais au fond du trou.

– Je connais ça, j'ai vécu la même chose. Je comprends, je réponds en jouant avec un fil qui dépasse du plaid.

– C'est vrai ? Tu ne me détestes pas ?

– Mais non, jamais, Ian. Le mois qu'on a passé ensemble m'a transformée. Pour le mieux. J'avais touché le fond, un peu comme toi, il y a quelques mois. Mon mari était parti depuis six mois et on était en froid. Je souffrais de dépression post-partum, et ma fille préférait ma mère à moi. J'avais perdu la volonté de gérer le quotidien. Sans le savoir, tu m'as aidée à tourner la page.

– Eh ben, on formait une sacrée paire ! ricane-t-il.

– Mais non, on était super, ensemble. J'ai vécu un des plus beaux mois de ma vie, avec toi. C'était génial et je ne l'oublierai jamais. Mais à présent, on doit penser à notre fille. Il n'y a que Suda Kaye qui compte.

– Suda Kaye ? C'est comme ça que tu vas l'appeler ?

Je ferme les yeux et gonfle mes poumons.

– Oui. Adam et moi avons voulu faire honneur à mon père, Tahsuda. C'est plus ou moins la version féminine de son prénom.

– C'est très beau.

– On trouve aussi. En grec, ça signifie « force pure ».

– Force pure. C'est adéquat.

– Pourquoi ?

– Parce que c'est ce dont je vais devoir faire preuve pour l'abandonner : de la force pure.

Je ne parviens pas à réprimer le sanglot qui jaillit de mes entrailles. Les larmes dévalent sur mes joues, libérant la douleur qui m'accompagne depuis bientôt neuf mois.

– Ian. Tu sais qu'on lui offrira tout ce dont elle a besoin.

– Je le sais. J'ai repris la fac, mais je dois rattraper les cours que j'ai ratés quand j'ai craqué. Je ne gagne pas beaucoup d'argent, mais je peux trouver un moyen de te verser une pension...

– Non, Ian, cette décision prouve tout ton amour pour elle ; on ne pourra jamais te remercier assez.

– Je ne signerai pas de papiers, Catori. Je ne me battrai pas contre vous. Je ne le pourrais pas, même si je le voulais. Même en travaillant comme un acharné, elle sera ado d'ici à ce que je puisse quoi que ce soit pour elle. Au moins, de cette manière, elle aura une mère et un père qui l'aiment de façon inconditionnelle. Elle aura une famille. Et peut-être qu'un jour tu pourras lui parler du mois de folie que tu as passé avec son père biologique. Lui dire que je n'étais pas un mec méchant, mais que j'étais trop jeune, trop pauvre et trop bête pour lui offrir la vie qu'elle mérite.

Adam ouvre la porte et hausse les sourcils. Je lui fais signe d'approcher et tapote le lit à côté de moi.

– Ian, non. Tu n'es pas bête. Tu te comportes justement en père en étant aussi altruiste. Je suis désolée qu'on en arrive à ce point. Je suis désolée de ne pas t'avoir dit la vérité à propos d'Adam et Evie. C'était une erreur et je le regretterai toute ma vie. Mais je ne regretterai jamais le temps qu'on a passé ensemble ni d'en avoir un souvenir chaque fois que je regarderai les yeux de notre fille.

– Je t'aime, Catori. Je t'ai aimée dès que je t'ai vue.

– Je t'aime aussi, Ian. Mais je ne suis pas amoureuse de toi. Mon cœur et mon âme appartiennent à un autre. À trois autres, à présent. Adam, Evie et Suda Kaye.

– Putain, ça fait mal, Catori. Ça fait mal de la laisser partir et de te laisser partir à nouveau.

Je tends la main et Adam la prend dans la sienne.

– Tu as mon numéro, maintenant. Si c'est trop dur et que tu as besoin de parler, appelle-moi.

– Et ton mari ?

– Mon mari sait ce que tu représentes pour moi. Il sait que je tiens à toi, que je t'aime comme celui qui m'a aidée à me sortir d'une dure période. Que je t'aime comme l'homme qui m'a offert un précieux cadeau. Si tu as besoin de parler, ou si tu as besoin de quoi que ce soit, appelle. Je répondrai.

– Je veux parler à Adam, dit-il. Il est là ?

Je regarde mon mari et grimace.

– Oui, il est là, mais je ne sais pas si c'est une bonne idée que tu lui parles...

Adam tend la main et je comprends qu'il ne me laisse pas le choix.

– J'ai besoin de lui parler, insiste Ian.

Je passe le téléphone à Adam, qui le plaque contre son oreille.

– Adam Ross, dit-il d'un ton professionnel, à la fois direct et agréable.

Il se lève du lit et se met à faire les cent pas, comme je m'y attendais.

– Je comprends ta position. Ce n'est pas facile. Je peux seulement te promettre que tu as pris la bonne décision. Je suis prêt et surtout j'ai envie de prendre soin de Suda Kaye de toutes les manières qui comptent.

Il hoche plusieurs fois la tête en poursuivant ses allers-retours.

– Je mourrais pour ta fille, et elle n'est même pas encore née. Je l'aime déjà. Ce sera ma fille. Elle portera mon nom et ne manquera jamais de rien.

Il empoigne sa nuque d'une main et lève la tête vers le plafond.

– Je te le jure, Ian. Je traiterai Suda Kaye comme si elle était de moi, promet-il en fermant les yeux et en baissant la tête.

Il revient vers moi et me donne le téléphone.

– Allô ?

– Porte-toi bien. Soyez heureux. Soyez une famille. Prends soin de notre fille. Au revoir, Catori.

– Je te le promets, Ian.

Il raccroche avant que j'aie le temps d'ajouter quoi que ce soit.

– Qu'est-ce qu'il t'a dit ? je demande à Adam en laissant mes larmes couler.

– Il a dit qu'il était désolé d'avoir couché avec la femme d'un autre. Que ça ne serait jamais arrivé s'il avait su. Ensuite, il m'a dit qu'il reprenait sa vie en main, mais qu'il était loin d'être en position de prendre soin d'un nouveau-né et de faire les allers-retours de Chicago à ici. Il a dit qu'il essaierait d'envoyer de l'argent, mais j'ai répondu que je répondrais à tous ses besoins.

Je couvre ma bouche et fonds en larmes. Mes doigts sont bientôt trempés, mais je m'en fiche. Si j'enlève ma main, je hurlerai si fort que ça réveillera Evie.

– Ensuite, il m'a demandé si j'arriverai à élever l'enfant d'un autre homme. Je lui ai dit que je l'aimais déjà et que je mourrais pour elle. Ensuite il m'a fait promettre de prendre soin d'elle et de l'aimer comme elle le mérite.

– Adam ! je gémis en me mettant à genoux.

Il se précipite vers moi et s'assoit sur le lit pour m'attirer dans ses bras.

– J… je t… t'avais d… dit que c'était un… un m… mec b… bien, je bégaie en pleurant.

Il pose sa main sur ma joue pour me tenir contre lui.

– Oui, ma chérie. C'est un mec bien. Il a fait ce qu'il fallait pour sa fille. Maintenant, c'est à nous d'être les meilleurs parents possible pour elle. C'est à nous de lui offrir une belle vie avec des parents aimants, une famille et une superbe communauté pour l'entourer.

– On peut le faire, je chuchote en collant mon oreille à son cœur pour en écouter les battements.

– On le fera. J'ai fait une promesse et je compte la tenir.

Durant ma courte vie, il m'aura été offert non pas un mais trois hommes géniaux : mon père, mon mari et mon ami, Ian Kamal.

Si Ian a besoin de moi un jour, je serai là pour lui.

J'ai une dette envers lui que je ne pourrai jamais rembourser.

Du moins, c'est ce que je pensais quand il a cédé ses droits à son seul enfant.

Bon sang, ce que j'ai pu me tromper !

CHAPITRE 22

– *Pia,* tu ne devrais pas porter ça ! je gronde lorsque ma mère sort de la maison en tenant encore un plat dans ses mains.

Elle me fait les gros yeux et continue de marcher lentement jusqu'à la grande table de pique-nique que nous avons installée devant chez eux, avec une jolie nappe couverte de ballons multicolores. Elle semble prête à céder sous le poids de tous les plats que nous avons préparés pour l'anniversaire d'Evie.

Ma fille est occupée à cueillir des fleurs sauvages qu'elle montre à son *toko.* Chaque fois qu'elle lui en présente une nouvelle, il lui répète qu'elle ne devrait pas les couper, car elles meurent inévitablement et qu'on ne peut pas profiter longtemps de leur beauté. Je regarde ma mère poser un plat de *fry bread* sur la table et me dis que sa beauté ne sera pas longtemps de ce monde, non plus.

Je caresse mon énorme ventre et me cambre pour masser le creux de mes reins. C'est la seule chose qui me soulage un peu. Si elle n'arrive pas bientôt et que je prends encore du poids, je jure que ma colonne vertébrale va se casser en deux.

Adam arrive par le côté de la maison, les bras chargés de cadeaux, tenant également un bouquet de ballons qui flottent à côté de sa tête. Evie se tourne vers lui, la bouche et les yeux grands ouverts, puis elle court aussi vite qu'elle peut, pointant du doigt les sphères colorées.

Adam s'accroupit et lui tend un des fils, qu'elle saisit et lâche aussitôt. Le ballon rouge s'envole et Evie éclate de rire en tapant dans ses mains, demandant immédiatement un autre ballon.

– Chéri, tu pollues le ciel avec du caoutchouc, je gronde.

Il sourit jusqu'aux oreilles et lui tend un autre ballon, mais Evie le laisse s'envoler, hurlant de joie en frappant dans ses mains. Je secoue la tête, mais ne dis rien. Il n'a pas pu être là pour son premier anniversaire, je ne vais pas lui gâcher son plaisir aujourd'hui.

Un pincement surgit dans mon dos et je me cambre à nouveau en me massant.

– Ça va ? demande Adam en se précipitant vers moi pour prendre le relais et me masser.

– Ouais, j'ai juste mal au dos, comme d'habitude, je râle en regardant mon ventre. Tu as intérêt à venir vite, ma puce. Ta *pia* ne tiendra plus longtemps, je déclare en souriant tandis qu'elle se tourne dans mon ventre.

– Sois gentille avec ta maman, Suda Kaye, sinon tu auras affaire à ton papa, gronde Adam en recouvrant ma main avec la sienne.

Le bébé se met aussitôt à pousser contre sa main et il éclate de rire avant de donner un autre ballon à Evie.

Encore une fois, elle le laisse s'envoler en gloussant joyeusement.

Je me tourne et vois mon père saluer mes amis, Sani et Lina Chavis. Ils sont navajos et vivent près de mes parents. Petite, Lina était ma meilleure amie, même si elle a quelques années de plus que moi. Nous nous sommes disputées à l'époque où elle est tombée enceinte de son fils, Milo. Deux ans plus tard, je partais en tournée avec ma troupe. Milo a six ans, à présent. Sa sœur Aiyana se tient à côté de lui ; une fillette de quatre ans aux cheveux noirs comme ses parents. Elle traverse le jardin en courant pour venir jusqu'à nous.

– Je peux avoir le bébé ? demande-t-elle, comme si Evie était un jouet.

– Tu veux jouer avec Evie ? répond Adam en souriant.

Il pose notre fille par terre et elle court vers le plaid où nous avons posé ses jouets. Elle prend une poupée et la donne à Aiyana. Elles s'assoient toutes les deux et se mettent à jouer tranquillement.

Adam me prend par la taille et nous regardons les fillettes rire aux éclats.

– Bientôt, ce sera nos filles qu'on regardera jouer comme ça.

Je souris et il m'embrasse dans le cou.

– Allons dire bonjour à nos amis. Topsannah et Toko peuvent surveiller les filles, je déclare en m'avançant vers Lina.

– Dis donc, tu es prête à accoucher d'une minute à l'autre ! s'exclame Lina en posant ses mains sur mon ventre alors qu'un nouveau pincement jaillit dans mon dos.

– Absolument. Le terme est aujourd'hui, d'ailleurs, je réponds en grimaçant et en me massant le dos.

Lina regarde mon poignet qui repose sur mon ventre.

– Tu portes le bracelet que je t'ai fait ? demande-t-elle en rougissant.

– C'est mon bijou préféré. J'adore que tu aies gravé « Esprit Libre » dessus : mon nom et mon passe-temps favori, voyager. Ça le rend encore plus spécial, je dis en prenant la main de mon amie. Je suis contente que tu sois là et qu'on puisse à nouveau passer du temps ensemble. Il faut qu'on le fasse plus souvent.

– Ah, tu as prévu de rester longtemps sur la réserve ?

Je regarde Evie jouer avec Aiyana et mes parents qui déambulent et s'assurent que tout est parfait.

– Oui, du moins pour un long moment. J'ai raté trop de choses la dernière fois que je suis partie. Je veux profiter des filles et d'Adam, et passer le plus de temps possible en famille. D'autant plus qu'Adam repart en mission dans deux mois.

– Je suis désolée de l'entendre. Je n'imagine pas combien ça aurait été difficile d'élever Milo et Aiyana sans l'aide de Sani.

– Eh bien, j'ai mes parents, et ils ont été incroyables.

Lina hoche la tête.

– Venez, on va manger un bout et boire un verre. *Pia* a préparé un festin.

Lina et moi nous approchons de la table et nous asseyons face à face. Ma mère sert à boire à tout le monde, s'assurant que les invités ont tout ce qu'il faut, elle adore ça. Milo s'assoit avec nous et mange un morceau de *fry bread* sans quitter les filles des yeux.

– Tu sais, il y a aussi des briques et des cubes là-bas, si tu veux aller jouer avec elles, je propose.

Il penche la tête sur le côté. Ses cheveux lâches lui arrivent aux épaules et ils brillent d'un reflet bleu, comme ceux de ses parents.

– Les cheveux de ton bébé sont comme le soleil et elle a des yeux comme le ciel, dit-il en mâchant son pain, les yeux rivés sur Evie.

– Oui. Ça te plaît ? je demande, curieuse de savoir ce qu'il pense de ma fille, qui ne ressemble à aucune autre sur la réserve.

C'est peut-être la première fois qu'il voit un enfant blond aux yeux bleus. Chez nous, tout le monde a les cheveux noirs et les yeux foncés.

Il hoche vivement la tête.

– Le Créateur a voulu qu'elle soit spéciale, avec des cheveux soleil et des yeux ciel.

– Tu as parfaitement raison.

– C'est un don, ajoute-t-il d'un ton pensif.

– Je suis d'accord. Ce don lui vient en partie de son père, j'explique en désignant Adam, qui parle à mon père et Sani, un verre de vin amérindien à la main.

Milo regarde longuement Adam, puis à nouveau ma fille.

– C'est joli, sur elle.

Je souris et hoche la tête.

– Pourquoi tu n'irais pas jouer ?

Il enfourne le dernier morceau de pain dans sa bouche et se lève de table. Il se ravise et saisit trois autres morceaux avant de courir vers les filles. Il tend un morceau à sa sœur puis à Evie. Elle sourit en levant la tête vers lui, et il lui sourit en retour. Je les regarde jouer un moment et remarque que lorsqu'Evie a fini son pain, Milo lui donne son propre morceau. Elle le prend, puis elle s'avance vers lui pour poser sa main sur sa joue en riant.

Milo éclate de rire et s'assoit sur le plaid, attrapant les cubes pour les empiler. Evie le regarde faire en mastiquant et fait de grands yeux lorsque la tour est aussi grande qu'elle. Elle éclate de rire quand Milo la détruit, et elle frappe dans ses mains en lui demandant d'en faire une autre.

C'est de ça dont mes filles ont besoin : de leur famille, de la réserve et de leur peuple.

La douleur commence à se propager dans mon dos et à pulser, et je me force à respirer par la bouche pour la supporter. Lorsqu'elle disparaît, je me lève pour aller chercher le gâteau car Evie doit manger et ouvrir ses cadeaux avant d'aller faire la sieste.

Dix minutes plus tard, le gâteau est sur la table et ma mère a rassemblé tout le monde. Les assiettes débordent de nourriture, les verres sont remplis et les enfants ne tiennent pas en place. C'est la fête parfaite. Evie a mis de la nourriture partout, et tout le monde s'en fiche.

Adam me tient par l'épaule et je m'appuie contre lui car la douleur ne disparaît plus, au point que je peine à me concentrer sur la fête. J'expire en serrant les dents et une nouvelle contraction surgit dans mon dos pour se propager dans tout mon ventre.

– Eh, ça va ? C'est le bébé ?

Je grimace en essayant de savoir si les contractions ressemblent à celle que j'ai eues avec Evie.

– Non, je crois juste que mon corps en a marre. Chantons joyeux anniversaire et ouvrons les cadeaux.

Je m'apprête à me lever, mais Adam me retient.

– Assieds-toi. Je vais chercher les bougies et le briquet.

Il me regarde me masser les reins, puis il tourne la tête vers Toko, qui hoche la tête en se levant.

Adam court dans la maison et revient mettre les bougies sur le gâteau que ma mère et moi avons préparé hier soir. Il semble pressé et les a à peine allumées qu'il se met à chanter.

– Joyeux anniversaire...

Tout le monde l'imite et, lorsque nous avons fini, Adam coupe une énorme part de gâteau qu'il pose devant notre fille. Elle le regarde un moment, puis Adam en prend un bout avec son index pour le mettre dans la bouche d'Evie. Elle fait soudain les gros yeux en découvrant son goût sucré, puis elle plonge sa main dans le gâteau pour se servir, enfournant un énorme bout dans sa bouche.

Tout le monde éclate de rire, mais je serre les dents et ferme les yeux. La douleur devient insupportable. Je me lève, mais je n'ai fait que quelques pas que je perds les eaux.

Je pousse un cri et me courbe en avant alors que tout mon ventre se contracte.

– Le bébé arrive, déclare ma mère.

À peine une minute plus tard, une nouvelle contraction me terrasse.

– C'est trop rapide. Quelque chose ne va pas.

– Emmène-la dans la chambre d'amis. Maintenant, ordonne ma mère.

– On doit la conduire à l'hôpital, répond Adam d'une voix tremblante.

Elle secoue la tête alors que je pousse un cri torturé. Evie se met à pleurer et tend les mains vers moi.

– Tout va bien, ma chérie. Ta *pia* va bien. *Ahpʉ* !

Mon père prend Evie dans ses bras et Lina saisit des serviettes pour essuyer sa bouche et ses mains.

Une nouvelle contraction arrive et me paralyse.

– Emmène-la tout de suite, *tua,* dit ma mère.

Elle l'appelle « fils » pour attirer son attention.

Il me soulève dans ses bras et me porte dans la maison.

– Chérie, je devrais t'emmener à l'hôpital.

– On n'y arrivera pas à temps, je réponds en secouant la tête. Elle sera bientôt là. L'hôpital est trop loin.

– Bon sang, ce n'est pas possible, gronde Adam en m'aidant à m'allonger sur le lit que ma mère a recouvert de serviettes.

Je soulève ma robe quand une nouvelle contraction arrive et ma mère se met entre mes jambes pour baisser ma culotte.

– De quoi tu as besoin ? demande Adam en faisant les cent pas.

– Le bébé est en train d'arriver. Je vois déjà la tête, déclare ma mère.

Quelques secondes plus tard, Lina entre dans la chambre avec un saladier d'eau chaude et des serviettes propres.

La suite se déroule comme dans un rêve. Ma mère s'affaire entre mes jambes et Adam me tient la main. On me dit de pousser, et je fais ce qu'on me dit comme si j'étais un robot, obnubilée par ma peur.

Je ne ressens que la douleur : une douleur brûlante et incessante.

Au bout d'un moment, je ressens une énorme pression suivie d'un immense soulagement.

– Coupe ici, Adam, dit ma mère en lui tendant des ciseaux.

Soudain, elle est dans mes bras. Ma fille, emmitouflée dans une serviette rose. Elle a les cheveux noirs et ses yeux sont fermés, mais elle pousse un cri strident, comme si sa vie en dépendait.

Je compte ses doigts et ses orteils, qu'elle écarte tout en hurlant. Dix de chaque. Parfait.

– Coucou ma chérie. Je suis ta *pia*, et je t'aime jusqu'à la lune et les étoiles, et plus loin encore, je dis en l'embrassant sur le front, mais elle continue de pleurer.

– *Peta*, elle a faim, dit ma mère.

Adam m'aide à défaire les bretelles de ma robe et à enlever mon soutien-gorge. Dès que sa peau est contre la mienne et que ses lèvres effleurent mon sein, elle s'empare de mon téton et se met à le sucer goulûment. C'est comme si elle était en colère d'avoir attendu aussi longtemps pour manger.

– C'est une gourmande, apparemment, dit Adam en riant et en caressant sa joue avec son pouce. Elle est superbe. Comme sa mère. Elle a plein de cheveux bruns, dit-il en se baissant pour embrasser sa joue. Coucou, Suda Kaye, je suis ton papa, chuchote-t-il.

Ma mère appuie sur mon ventre et je me cambre sous la douleur alors qu'elle se charge du placenta, mais je m'interdis de crier pour ne pas déranger ma fille.

Quelques minutes plus tard, elle s'est endormie et ma mère s'occupe de nettoyer la chambre. Elle change les draps et m'aide à enfiler une robe propre, puis nous nous installons à nouveau dans le lit avec notre fille. Adam enlève sa chemise et s'allonge à côté de moi, torse nu.

– Le peau à peau. J'ai lu dans un livre que c'était bien, dit-il avant de prendre notre fille et de la plaquer contre son torse.

Il la couvre avec la couverture et la borde de tous les côtés.

– Tu es ma fille, Suda Kaye. Je t'aime comme si tu partageais mon sang.

Je me blottis contre lui et ferme les yeux. Ma mère arrive avec Evie, qui se frotte les yeux en bâillant. C'est un grand jour pour notre fillette de deux ans.

Je m'oblige à m'asseoir et tends la main vers elle.

– Regarde le cadeau que tu as eu, Evie ; une petite sœur.

– Sœurette, déclare-t-elle en posant sa main sur le dos du bébé. Sœurette.

– Oui ma puce, c'est ta sœurette, je répète.

Evie se blottit contre moi, les jambes de chaque côté de ma taille. C'est douloureux, mais peu importe. Ma fille est dans mes bras, mon bébé est dans les bras d'Adam et nous sommes réunis. Une grande et joyeuse famille.

Evie pose sa joue contre ma poitrine et tend la main sous la couverture pour prendre celle de Suda Kaye.

– À moi, déclare-t-elle avant de fermer les yeux.

Elle s'endort sans lâcher la main de sa sœur.

– Bon, on sait à qui est le bébé... dit Adam en souriant.

– Chez les Ross, on protège ce qui est à nous. C'est parfait, j'ajoute en bâillant.

Adam me fait un clin d'œil et embrasse la tête du bébé avant de se pencher pour s'emparer de ma bouche.

– Tu as été parfaite, ma femme. Dors, maintenant. J'ai toutes mes filles avec moi. Elles sont en sécurité.

Je souris et ferme les yeux, une main sur le dos d'Evie, l'autre sous la couverture, tenant le petit pied de Suda Kaye.

– J'aime toutes mes filles, chuchote Adam juste avant que le sommeil m'emporte.

♦

Plus tard, quand Evie est couchée et que je donne le sein à Suda Kaye, j'entends Adam parler au téléphone.

– Ouais, Ian, c'est Adam Ross.

Je retiens mon souffle et tends l'oreille.

– Elle est parfaite. En bonne santé. Elle pèse trois kilos deux cents et mesure cinquante centimètres. Elle est venue au monde en hurlant, morte de faim. Sa sœur a déjà déclaré qu'elle était à elle, dit-il en riant. Ouais, merci. J'ai pensé que tu voudrais savoir comment tout s'est passé. Et, euh... merci, mec. Merci pour tout. On va lui offrir une vie superbe. Ouais, toi aussi. Prends soin de toi.

Il raccroche et je ferme les yeux alors que les larmes coulent sur mes joues. Je baisse la tête vers Suda Kaye, qui ouvre les siens sans lâcher mon sein. Elle a exactement les mêmes yeux caramel ambré que Ian. Quoi qu'il arrive à l'avenir, elle aura toujours ce morceau de son père biologique.

J'espère que cela suffira.

Pour l'instant, tout est parfait.

CHAPITRE 23

Durant les deux années suivantes, je trouve mon rythme et ma place en tant que mère de deux enfants. Adam arrive à rentrer régulièrement, s'absentant pour deux mois, revenant deux semaines ou parfois même un mois. J'ai l'impression qu'il est présent plus qu'il n'est absent. Et lorsqu'il n'est pas là, nous nous parlons tous les jours, lorsqu'il se couche et que je commence ma journée. On s'écrit également toutes les semaines et je lui confie dans mes lettres tous les hauts et les bas que je traverse. Il parle aux filles autant que possible, et je suis rarement sans nouvelles de lui. Une fois, il reste silencieux pendant un mois, mais il m'avait prévenue qu'il serait hors réseau : c'est son code secret pour dire qu'il ne peut pas en parler, qu'il ne pourra pas me joindre et que je ne dois pas m'inquiéter tant qu'il n'y a pas de raison de m'inquiéter.

Surtout, nous trouvons un moyen de faire fonctionner notre petite famille.

Les filles sont heureuses et nous venons de fêter les quatre ans d'Evie et les deux ans de Suda Kaye. Adam doit rentrer dans quinze jours et j'ai hâte, parce qu'on part camper pour la première fois en famille ! La semaine qu'Adam et moi avons passée dans les Blue Ridge Mountains était inoubliable, et je veux offrir cette expérience à nos filles.

Le téléphone sonne alors que je suis en train de plier le linge, séparant les vêtements d'Evie de ceux de Suda Kaye.

– Taabe, tu peux attraper le téléphone ?

– Oui, maman.

Elle a décidé de m'appeler maman plutôt que *pia*. Je sais que ça agace mon père, mais après tout, mes filles sont à moitié caucasiennes. Je ne vais pas me disputer à propos de la langue qu'elles choisissent pour s'adresser à moi.

– Allô ?

Je coince le téléphone entre ma joue et mon épaule tandis que je plie le jean de Suda Kaye. Même propres, ses vêtements paraissent toujours sales. Elle vit à fond et elle est constamment en train de courir d'un endroit à un autre.

– Catori ? dit une voix d'homme que je n'ai pas entendue depuis deux ans.

– Ian ? C'est toi ?

– Euh... ouais, salut.

Mon cœur se met à battre la chamade et je panique en me demandant les raisons de son appel.

– Je, euh... je suis surprise que tu m'appelles. Est-ce que ça va ?

Il se racle la gorge.

– Non, ça ne va pas. Ça n'ira plus jamais. Pour la deuxième fois de ma vie, j'ai perdu un enfant, dit-il avant de fondre en larmes.

Mon Dieu. Il a perdu un enfant. Encore ?

– Ian, chéri, je ne comprends pas ce que tu dis. Attends une seconde.

Je plaque le téléphone contre ma poitrine et marche jusqu'à la télé pour l'allumer.

– Evie, chérie, assieds-toi et regarde des dessins animés avec ta sœur. Ne la laisse pas aller dehors. Tu sais ce qui se passe quand elle sort.

– Sœurette court vite, répond Evie en souriant.

– Exactement. Sœurette a besoin de voler comme un oiseau. Tu peux la surveiller pendant que je réponds à cet appel ?

– Je m'occupe de sœurette, déclare Evie, toute fière.

– Tu es la meilleure, je réponds en me baissant pour l'embrasser sur le nez.

– Viens, Suda Kaye, on va regarder des dessins animés. Tu adores ça.

Suda Kaye lève les mains en l'air et crie « Amimés ! » avant de se précipiter sur le canapé où sa sœur l'aide à s'asseoir.

– Merci, Taabe. Huutsuu, sois un gentil petit oiseau pour maman. Ne t'envole pas !

– Je vole ! s'exclame-t-elle en frappant dans ses mains, tout sourires.

Cette fille ne tient pas en place. Toutefois, en général, elle parvient à rester assise pendant trente bonnes minutes, devant des dessins animés. Et Evie est si responsable et mature qu'elle ne laissera rien arriver à sa sœur.

Je pars dans ma chambre et m'assois sur le lit.

– Ian, ok. Désolée. Maintenant ralentis et explique-moi ce qui se passe.

Il renifle et tousse, incapable de parler.

– Inspire quatre secondes, puis expire quatre secondes, Ian.

Je l'entends le faire et, au bout d'une minute, il se racle la gorge.

– Ok, ça va mieux.

– Bien. Reprends au début, s'il te plaît.

– Ben, pour commencer, je me suis marié l'an dernier, dit-il en riant sèchement.

– Félicitations !

– Ouais, Casey est génial. C'est un architecte. Après toi et la catastrophe qu'a été Tawny, je me suis juré de ne plus jamais sortir avec une femme.

– Apparemment, c'était la bonne décision.

– Oui. Casey est incroyable. C'est la plus belle personne que je connaisse et je l'aime de tout mon cœur.

– C'est super. Tu vois, je savais que tu trouverais la bonne personne, je réponds en frottant mes mains moites sur mes cuisses, essayant de paraître cool alors que je suis morte de trouille de savoir pourquoi il m'appelle.

– Oui, et on est super-heureux. Tellement, qu'on a eu envie de fonder une famille. Peu de temps après notre mariage, Casey m'a dit qu'il voulait un bébé. Il est plus vieux que moi, il a la trentaine passée.

– D'accord...

Mon cœur s'emporte. S'ils veulent un enfant, Ian a sans doute parlé à son mari de Suda Kaye, et peut-être qu'ils veulent trouver un moyen de la voir...

– On s'est mis d'accord pour trouver une mère porteuse qui utiliserait un de ses ovocytes, et un donneur de sperme. Et on a trouvé la femme parfaite. En tout cas, c'est ce qu'on croyait, dit-il d'une voix rauque.

– Chéri... je chuchote.

– Elle est tombée enceinte du premier coup. On était fous de joie. On a commencé à préparer la chambre et on a organisé une baby shower pour que tous nos amis fêtent ça avec nous. On était tellement heureux de devenir pères, de fonder une famille. Catori, tu *sais* que c'est tout ce dont j'ai toujours rêvé. Et c'était à portée de main.

– Je sais Ian, je comprends.

– La semaine dernière, elle a eu le bébé. Un garçon. Il devait être notre fils.

– Est-ce qu'il est arrivé quelque chose au bébé ? je demande, horrifiée que l'enfant n'ait pas survécu.

– Non. Elle a changé d'avis. Comme c'était son œuf, son enfant biologique, elle a dit qu'elle le gardait.

– Non ! Elle ne peut pas faire ça ! Vous n'aviez pas un contrat ?

– Si, bien sûr. Mais notre situation est différente parce qu'on a utilisé l'ovocyte de la mère porteuse. Techniquement, c'est son enfant, donc elle a plus de droits que nous. Ce n'est même pas notre sperme. Elle a menacé de nous traîner en justice. On a déjà perdu vingt mille dollars. Si on allait au tribunal, on n'aurait plus la moindre épargne et nos chances de gagner sont hyper-minces. Notre avocat nous a dit que les juges ont tendance à se ranger du côté du parent biologique.

– Ian, je suis vraiment désolée que ça vous soit arrivé. C'est impensable. Si je peux faire quoi que ce soit, n'hésite pas à...

– Justement. Tu vois, avec tout ça, j'ai parlé à Casey de Suda Kaye.

– Ian, non... je réponds d'une voix rauque, paniquée qu'il soit sur le point de me demander la garde de Suda Kaye.

– Tu as une dette envers moi.

Je ferme les yeux.

Tu as une dette envers moi.

Ses paroles me hanteront durant le reste de ma vie, parce qu'il a raison. J'ai une dette envers lui.

– Qu'est-ce que tu veux, Ian ?

Il fond en sanglots et j'entends alors une autre voix d'homme.

– Ian, tout va bien se passer. On va trouver un moyen d'avoir une famille.

– J'ai déjà abandonné une fille, et maintenant on a perdu notre fils. Je suis maudit ! Tu ne comprends pas, Casey ? Tu as épousé un homme maudit ! hurle-t-il.

Sa voix semble lointaine, comme s'il avait posé le téléphone, mais j'entends néanmoins tout ce qu'il dit.

Maudit.

C'est précisément ainsi que je me suis sentie toute ma vie, sachant que je ne vivrai guère plus longtemps que mon quarantième anniversaire.

– Tu l'as appelée ? Ian ! gronde la voix de Casey.

– Il le fallait. Elle est notre dernier espoir, sanglote Ian.

J'entends un bruissement, comme si le téléphone passait d'une main à une autre.

– Catori ? demande la grosse voix.

– Oui. Casey ?

– Oui, bonjour. Ne fais pas attention à Ian. Il est... anéanti.

– Ça va, ne t'en fais pas. Il a été là pour moi quand j'ai eu besoin de lui. Je suis contente de pouvoir le soutenir à mon tour.

– Je suis vraiment navré qu'il t'ait appelée. Il s'est mis en tête de te demander d'être notre mère porteuse, gratuitement.

– Je te demande pardon ?

Casey soupire longuement.

– Toute cette histoire est très difficile pour lui. Il s'est préparé pour cet enfant alors qu'il avait cédé ses droits paternels à ton mari, il y a deux ans, et ça a rouvert ses plaies. Je l'avais poussé à se concentrer sur ce nouveau bébé, mais... la mère nous a plantés la semaine dernière. Les derniers jours ont été horribles ; c'est le moins qu'on puisse dire.

– Et il voulait me demander quoi ? D'être la mère de votre enfant ? je demande, stupéfaite.

L'idée même d'avoir un troisième enfant est tout simplement absurde.

– Ben non, pas exactement. On s'occuperait de l'enfant et on l'élèverait. Tu n'aurais pas besoin de faire partie de sa vie. On comprend que tu as Evie et Suda Kaye, et ton mari. On a juste besoin d'un ovocyte et d'une mère porteuse pour avoir notre propre enfant. Ian espérait que tu pouvais être cette femme. On a assez d'argent pour financer un don d'ovocyte, mais pas beaucoup plus. On ne peut pas risquer de perdre un autre enfant.

– Ah, euh... waouh. C'est une sacrée demande.

– On sait, on comprend. Et ne t'en fais pas. On n'attend rien de toi. Comme je l'ai dit, Ian est anéanti et il n'est pas lui-même. Il cherche désespérément un moyen de fonder une famille.

Je presse le téléphone contre mon oreille.

– Je comprends ce désir. Honnêtement, je ne sais pas quoi dire. Adam est en mission, et je suis seule avec les filles.

– Catori, ne t'en fais pas. Je m'occupe de Ian. Merci d'être aussi compréhensive. Oublie cet appel. Tu as suffisamment de soucis comme ça.

– Je peux avoir votre adresse ? Je suppose que Ian ne vit plus dans le sous-sol de la vieille dame. J'aimerais lui écrire, une fois que la situation se sera calmée de votre côté.

– Ça lui ferait très plaisir.

Casey me donne leur adresse et je la note sur un ticket de caisse qui traîne sur la table de chevet.

– Prends soin de lui. Et je suis vraiment navrée de ce qui vous arrive. Dis à Ian que je le contacterai bientôt.

– Ça marche. Merci, Catori. Au revoir.

Je raccroche et regagne immédiatement le salon pour m'assurer que les filles vont bien. Suda Kaye tourne la tête et désigne la porte d'entrée.

– Dehors ?

Bien évidemment, elle veut sortir. S'il y a la moindre possibilité d'aventure, ma cadette est toujours prête à la saisir.

– Et si on allait chez *toko* et *kaku* pour voir ce qu'ils font ?

– *Toko ! Kaku !* s'écrient-elles à l'unisson.

J'ai vraiment besoin de parler à quelqu'un de ce qui vient de se passer.

♦

Plus tard, ce soir-là, je suis au téléphone avec Adam.

– C'est horrible, chérie. Il n'a pas dit qu'il voulait la garde de Suda Kaye, si ? demande aussitôt Adam.

– Non, d'ailleurs, c'est plutôt l'inverse.

– Comment ça ?

Je me lèche les lèvres en jetant un œil au babyphone, m'assurant qu'il est allumé et que j'entendrai mes filles se réveiller.

– Ben, ils m'ont plus ou moins demandé d'être leur mère porteuse.

– Attends, quoi ?

– Oui, j'ai été aussi confuse que toi. Mais quand tu y penses, techniquement, j'ai une dette envers lui.

– C'est ce qu'il t'a dit ? gronde-t-il.

– Euh, ben, il était vraiment effondré. Il souffrait beaucoup. Il a dit beaucoup de choses étranges. Puis j'ai parlé à son mari, Casey.

– J'espère que ce Casey a été la voix de la raison ?

– En fait, oui, je réponds en riant. C'est lui qui m'a expliqué que Ian veut que je sois leur mère porteuse.

– Attends, tu envisages sérieusement de le faire ? s'étonne Adam.

– Honnêtement, oui. Il n'était pas obligé de renier Suda Kaye.

– Tu parles ! gronde Adam.

– Chéri, tu sais aussi bien que moi que s'il avait insisté, on aurait dû trouver un moyen de trimballer notre fille d'ici à Chicago. Techniquement, il pourrait encore le demander. S'ils n'arrivent pas à avoir leur propre enfant, ils pourraient se tourner vers nous et demander à voir Suda Kaye. C'est ce que tu veux ?

– Non. Mais est-ce que je veux que ma femme soit enceinte d'un autre homme pour la deuxième fois ? Bien sûr que non !

– En dehors des nausées, j'ai eu deux grossesses sans problèmes.

– Tu envisages vraiment de le faire, grommèle-t-il.

– Chéri, je lui dois bien ça.

– Justement non, Catori, soupire-t-il.

– Si. Dans mon cœur, dans mon âme, je sais que oui.

– Tu en as parlé à tes parents ?

– Oui. Ma mère m'a dit de prier. Elle a dit que le Créateur est le seul à connaître le destin de chacun.

– Et si tu prenais une semaine pour y réfléchir ? Je reviens dans quelques jours. On va camper avec nos filles pour la première fois. On va tellement s'amuser... Attends qu'on rentre, et on en reparlera, d'accord ? Ne prends pas de décision hâtive. C'est une situation compliquée, chérie. Et je ne veux pas que tu sois seule à décider. Je reviens vite, ok ?

– Est-ce que je t'ai dit que je t'aimais, récemment ?

– Pas depuis hier soir, répond Adam en riant.

– Je t'aime, mon époux. Tu me rends heureuse.

– Je t'aime aussi, mon épouse. Et tu me rends heureux, toi aussi.

Je souris jusqu'aux oreilles.

– Les filles se sont endormies facilement ?

– Elles se sont écroulées.

– Bien. Maintenant dors, chérie. Je serai bientôt là.

– Ok. Bonne nuit.

Je repose le téléphone sur sa base, j'éteins la lumière, je m'assure que les filles ne font pas de bruit et je ferme les yeux.

Ian se tient à côté du lit. Ses longs cheveux sont désormais coupés court.

– Ian ? je dis en lui tenant la main.

– Tu dois pousser, Catori. Ce sera bientôt fini. Tu peux le faire, ma chérie.

Il serre plus fort ma main et sourit à quelqu'un, de l'autre côté du lit. Le visage est flou, mais je vois un homme aux cheveux flamboyants et à la peau très pâle.

Je pousse et pousse encore, et des gouttes de sueur coulent le long de mes joues et de mon dos. Soudain, comme par magie, le docteur me tend une petite fille toute propre, emmitouflée dans une couverture.

Il me la tend et me dit : « Le don du Créateur ».

Je prends le bébé et découvre son regard intelligent, couleur émeraude. Sa peau est blanche comme la porcelaine et son visage angélique. Quant à ses cheveux, ils sont couleur feu, comme ceux de l'autre homme.

– Notre fille, chuchote Ian en prenant le bébé et en faisant le tour du lit pour retrouver l'autre homme. Notre petite fille. Le cadeau de Dieu.

Je me réveille en sursaut, assise dans le lit et couverte de sueur. Ma chemise de nuit est entortillée entre mes jambes et je frissonne. Ma peau est moite et mes cheveux sont trempés.

– C'était un rêve, je dis en regardant autour de moi, rassurée d'être dans ma chambre et pas à l'hôpital. C'était juste un rêve.

Je ferme les yeux et respire calmement, pendant longtemps, essayant de calmer les battements de mon cœur.

Le don du Créateur.

Je sais ce que je dois faire.

Le Créateur vient de m'envoyer un signe on ne peut plus clair.

Le destin a décidé de mon prochain voyage.

CHAPITRE 24

Un mois plus tard…

J'étudie l'allée en béton qui mène à la jolie maison. Le jardin est verdoyant et semble entretenu par un professionnel, rien à voir avec le désert auquel je suis habituée.

Je prends le temps de me calmer et baisse les yeux sur mon énorme valise qui contient suffisamment de vêtements pour un mois. Il m'a fallu un moment pour convaincre Adam, mais il a fini par comprendre et accepter, même si cela lui déplaît. Cela dit, je ne suis pas étonnée qu'il me soutienne.

À présent, il va passer un peu plus d'un mois à la maison, seul avec les filles.

Il n'a pas été facile de leur dire au revoir en sachant que j'allais rater les moments en famille auxquels je tiens tant. Toutefois, nous avons passé une super-semaine à camper dans les montagnes avec les filles. Je savais qu'elles aimeraient ça. Suda Kaye a adoré pouvoir courir librement dans les bois et découvrir tout ce que Dame Nature peut lui offrir. Quant à Evie, son approche a été plus philosophique.

Elle apprécie d'être dans la nature et de l'observer, respirer l'air frais, et simplement faire partie de quelque chose de plus grand qu'elle. Je sais déjà que cette fille prendra racine où elle le décidera, comme sa grand-mère, Topsannah.

Je saisis ma valise et je remonte l'allée d'un pas déterminé. Je m'arrête devant la porte de Ian et Casey, je lève le poing et je frappe trois fois avant de faire un pas en arrière.

La porte s'ouvre et je découvre le visage sublime de Ian. Soudain, tout mon amour et mon amitié pour lui jaillissent à la surface.

– Ian ! je m'écrie en me jetant dans ses bras.

Il me serre contre lui, niche son visage dans mon cou et éclate de rire. Je recule et prends son visage dans mes mains pour admirer ses yeux ambrés, sa peau bronzée et ses cheveux soyeux. Je redécouvre tout ce que j'ai adoré chez lui. Je me mets alors sur la pointe des pieds et l'embrasse sur la bouche.

– Qu'est-ce qui se passe ? demande une voix d'homme derrière lui.

Ian se tourne de côté en m'entraînant avec lui.

– C'est Catori, dit-il d'une voix rauque. Catori, je te présente mon mari et l'amour de ma vie, Casey Collins.

Je souris jusqu'aux oreilles en notant ses cheveux flamboyants, sa peau pâle et ses yeux émeraude. J'ai rêvé de lui. Sans réfléchir, je me précipite dans ses bras, saisis son visage et l'embrasse sur la bouche.

Il garde les yeux ouverts et éclate de rire lorsque je recule.

– Tu avais raison, chéri. Elle débarque comme la brise et laisse aussitôt son empreinte, déclare-t-il.

– Je suis contente de te rencontrer, Casey.

Ian traîne mon énorme valise à l'intérieur.

– Tu as prévu de rester longtemps ? demande-t-il en riant nerveusement.

– Eh bien, je dois rester assez longtemps pour être enceinte de votre bébé, non ?

Casey couvre sa bouche avec ses deux mains et fait les gros yeux. Ian s'adosse au mur le plus proche et y appuie sa main pour ne pas perdre l'équilibre.

– Catori... gronde-t-il.

– On commence par quoi ? je demande en souriant.

♦

Ce soir-là, nous sommes tous les trois installés pour dîner à la table de la cuisine. Casey a cuisiné un délicieux poulet grillé, des légumes et un risotto aux quatre fromages qui est tout simplement sublime, et Ian a préparé une salade mélangée.

– Ensuite, Ian a dégainé une phrase d'approche hyper-mielleuse pour me demander de boire un verre avec lui.

– Ce n'était pas mielleux ! C'était mignon. Il faut que tu me croies, Catori, rouspète Ian en buvant une gorgée de vin.

– J'aurais plutôt tendance à croire Casey, je réponds en secouant la tête. Tu étais hyper-dragueur quand on s'est rencontrés.

Casey hoche la tête et remplit le verre de Ian.

– C'était un truc du genre : « Tu crois à l'amour au premier regard ? Non ? Dans ce cas, je vais repasser deux fois devant toi. »

– Mais non ! je m'exclame en riant.

– Si, et il est tout à moi ! répond Ian en posant sa main sur l'épaule de Casey.

Son alliance dorée scintille sur sa peau pâle.

– Euh, comment vont Adam et les filles ? demande Ian.

Je ferme les yeux, pose mes coudes sur la table et appuie mon menton sur mes doigts entrelacés.

– Ils vont bien. Adam est avec elles. Il est à la maison pour six semaines. Espérons que la FIV marche du premier coup, parce que j'aimerais passer du temps avec eux.

Ian recule sur sa chaise et croise les bras. Son geste est protecteur plutôt que défensif, comme s'il doutait de mes motivations.

– Catori, je suis content que tu sois là, mais ce que je t'ai demandé... c'était trop, dit-il en secouant la tête.

J'en fais de même et soupire longuement.

– C'était beaucoup, c'est vrai. Mais ce n'était pas plus gros que ce que je t'ai demandé de faire il y a deux ans. Tu avais raison l'autre jour. J'ai une dette envers toi.

– Ce n'est pas comme ça qu'on voulait s'y prendre, Catori, dit Casey. On ne sait même pas comment obtenir un ovocyte et...

– Pourquoi on en aurait besoin ? C'est moi, votre donneuse d'ovocyte. Je ne vais pas porter l'enfant d'une autre femme dans mon ventre.

Ian se couvre le visage et se met à pleurer.

– Catori, tu ne comprends pas.

– Je crois que si.

Il secoue la tête.

– Abandonner Suda Kaye et laisser Adam l'élever a été la décision la plus difficile de toute ma vie. Je ne souhaite à personne d'avoir à faire ce choix. Je ne dis pas ça pour te blesser, c'est juste la vérité. Chaque jour sans ma fille est un nouveau coup de poignard en plein cœur. Chaque jour.

– Ian...

Je tends la main pour prendre la sienne.

– Je suis désolée, je ne savais pas. Enfin, d'une certaine façon, je comprends. Chaque fois qu'Adam part en mission, je ressens cette douleur et ce vide. Parfois, c'est si fort que j'ai l'impression de me noyer. Puis je regarde mes filles, et ça me rappelle pourquoi on est sur terre. On est là pour aimer. Pour vivre tout ce que le Créateur a offert à ses enfants. C'est pour ça que je voyage et que j'ai besoin de voir le monde.

– Je crois que ce que mon mari essaie de dire, Catori, c'est que si tu nous donnais un ovocyte, tu nous céderais aussi tes droits parentaux. La dernière mère n'en a pas été capable. S'il t'arrivait la même chose, je ne crois pas qu'on y survivrait, et surtout pas Ian.

– J'ai déjà accepté. J'en ai parlé pendant des heures avec Adam et mes parents. Et j'ai beaucoup prié. Puis j'ai reçu un signe.

– Un signe ? demande Casey en fronçant les sourcils.

– Le soir où Ian m'a appelée, j'ai fait un rêve. J'ai rêvé que je donnais naissance à un enfant. Ian me tenait la main et me disait de pousser. Puis le docteur m'a tendu une petite fille parfaite, avec des cheveux rouges, la peau pâle et des yeux verts. Je crois que mon destin est de mettre au monde un enfant pour que vous puissiez former une famille.

– Bon sang... s'exclame Casey en se levant.

Il pose ses mains sur le plan de travail et se penche en avant, les yeux rivés sur le sol. Je tourne la tête vers Ian et regarde les larmes couler sur ses joues.

– La femme qu'on a choisie... elle ne voulait pas qu'on utilise notre sperme. On aurait voulu que Casey soit le père biologique. Je ne me sentais pas de l'être étant donné, euh... étant donné que j'ai déjà un enfant biologique. À l'origine, c'était ce qu'on avait prévu.

Je lui offre un sourire navré et prends sa main dans la mienne.

– Alors, c'est décidé. On utilisera un de mes ovocytes et le sperme de Casey, et on verra si le destin remplit sa part du deal.

– Et ensuite, quoi ? Tu vas partir ?

Mon estomac se noue.

– J'ai des règles. Des conditions.

Casey se tourne et s'adosse au plan de travail.

– Dis-nous.

Je me tiens droite sur ma chaise et ferme les poings sur mes cuisses, plantant mes ongles dans mes paumes. La douleur me rappelle ce qui m'attend, ce que je dois faire pour nous tous. Le destin a établi un plan. Je ne compte pas l'ignorer et lui tourner le dos. Mes sentiments, mes émotions sont secondaires. Qu'a dit mon mari, il y a tout ce temps ? Que si mon cœur était brisé en mille morceaux, il serait là pour les ramasser et les recoller.

Il va avoir du pain sur la planche, après tout ça. Toutefois, ma décision est prise. Je sais que le chemin va être difficile, mais je m'en sortirai... tôt ou tard.

– Une fois que je serai enceinte de votre enfant, je compte rentrer chez moi pour être avec mes filles et ma famille. Quand le terme approchera, je reviendrai et vivrai chez vous jusqu'à ce qu'elle naisse.

– Tu ne peux pas savoir que tu vas tomber enceinte du premier coup, ni que ce sera une fille, ricane Casey.

– Toi, tu ne le sais pas, je réponds en haussant les épaules. Moi si.

Pour moi, mon rêve était un signe. Casey et Ian ne croient peut-être pas à ce genre de chose, mais mon peuple, si.

– Chez nous, les dettes doivent être remboursées et équilibrées. C'est une question de karma. Ian ne peut pas continuer à souffrir alors qu'il a fait ce qu'il fallait pour Suda Kaye, et moi je ne peux pas continuer à me sentir coupable de lui avoir imposé ce choix. Je dois faire ça pour vous.

Ian se lève et rejoint son mari. Il pose une main sur son cœur et l'autre dans son dos.

– Il y a des choses dans la vie qu'on ne peut pas expliquer.

– Tu sais bien que je ne crois pas à ce genre de chose, répond Casey.

– Essaie, s'il te plaît, insiste Ian d'un ton guttural. Je t'en supplie. Sois ouvert d'esprit. Catori nous offre notre plus grand rêve sur un plateau d'argent.

Casey hausse le menton dans ma direction.

– Quoi d'autre ?

– Je reviendrai accoucher du bébé, et je resterai juste assez longtemps pour savoir qu'elle est en bonne santé et heureuse. Vous ne lui parlerez jamais de moi. Vous lui direz que j'étais une donneuse d'ovocyte qui voulait offrir à un couple merveilleux le bébé dont il rêvait.

– Tu ne veux pas qu'on lui parle de toi ? s'étonne Ian.

Mes yeux se remplissent de larmes, mais je les retiens. Je m'effondrerai beaucoup plus tard, quand tout ça sera fini et que je serai dans les bras de mon mari.

– Pourquoi ? demande Casey.

– C'est mon fardeau. Je veux que vous me promettiez qu'elle connaîtra l'amour chaque jour de sa vie, mais qu'elle ne saura rien de moi.

– Catori, non ! Ce que tu nous offres, ce que tu es prête à faire... elle doit le savoir...

– Encore une chose, je déclare en faisant non de la tête.

– Ce que tu veux, chuchote Ian.

– Vous l'appellerez Isabeau. Ça signifie « Dieu est mon serment », ou « promis à Dieu ». Ce bébé sera un don de Dieu. Dans ma culture, on ne renie ni le Créateur ni son destin.

– Isabeau Collins, dit Ian d'un ton émerveillé. C'est magnifique.

Casey craque enfin, sanglotant contre son mari.

– Isabeau. Le don de Dieu. C'est parfait.

Les deux hommes se tiennent l'un l'autre pendant longtemps, puis ils se tournent vers moi et ouvrent leur bras. Je me lève d'un bond et me jette contre eux. Ils me serrent fort et, ensemble, nous pleurons, libérant toute notre peine.

La perte d'un enfant.

La culpabilité.

La souffrance.

Ensemble, nous scellons notre engagement les uns auprès des autres.

Nous allons mettre un enfant au monde.

Le cadeau de Dieu.

Isabeau.

CHAPITRE 25

Sept mois et demi plus tard…

Ma mère passe de ma commode à mon lit où est posée mon énorme valise. C'est celle que mes parents m'ont achetée quand j'ai entamé mon voyage, à dix-huit ans. J'étais si jeune et naïve, à l'époque. Je pensais avoir tout compris. Puis j'ai rencontré Adam, je me suis mariée et j'ai eu Evie. Ensuite, j'ai rencontré Ian et j'ai eu Suda Kaye, et j'ai enfin compris comment être mère. Maintenant, à vingt-cinq ans, enceinte de sept mois et demi de mon troisième enfant, ma vie me semble surréaliste. Je vais retourner à Chicago pour accoucher de ce bébé et offrir à deux hommes que j'adore la chance de former une famille.

Chaque jour de cette grossesse, je me suis rappelé que ce bébé n'est pas à moi.

Il est hors de question qu'une autre de mes filles m'aime de loin et perde sa mère en étant à peine adolescente. Car c'est inévitable. Mes migraines ont déjà commencé. Mon médecin suppose que c'est la grossesse et qu'elles disparaîtront à la naissance, mais je sais déjà qu'elles me suivront jusqu'à la fin, comme c'est le cas pour ma mère et comme ça l'a été pour ma grand-mère. Je ne peux pas changer mon destin. Je quitterai ce monde dans ma quarantaine. Ce sera peut-être au début, peut-être à la fin. Ma mère a quarante-cinq ans et chaque jour avec elle est une bénédiction.

Les mains de ma mère se mettent à trembler quand elle pose dans la valise la couverture qu'elle a tissée pour Isabeau, et elle s'assoit sur le lit.

– Elle sera aimée ?

Lorsqu'elle parle, chaque mot lui semble difficile. Je ne sais pas si c'est la maladie ou sa tristesse de savoir ce que sa fille s'apprête à faire avec sa petite-fille.

Je la rejoins et m'assois à côté d'elle, prenant ses mains glacées dans les miennes.

– Elle sera aimée comme aucun autre enfant. Ce sont des hommes bien, aimants et les plus gentils que je connaisse. Elle ne manquera de rien. Souviens-toi que Ian a fait une croix sur sa chance d'être père, ce qui prouve sa vraie nature. À l'époque, il ne pouvait pas lui offrir la vie qu'elle méritait. Et maintenant, c'est moi qui ne pourrais pas offrir à Isabeau la vie qu'elle mérite.

Elle hoche la tête et soupire, puis elle pose une main sur mon ventre et approche son visage.

– Je te regarderai depuis le ciel. Tu ne seras jamais seule, ma douce fille.

Je pose ma main sur celle de ma mère. Un jour, peut-être dans une quinzaine d'années, j'observerai également Isabeau depuis les étoiles.

– Tout va bien se passer, *pia*.

– Tu amènes les filles chez nous ce soir, puis ton père te conduira à l'aéroport ?

Je hoche la tête.

– Je t'aime, *pia*. Plus que la lune et les étoiles et l'au-delà.

– Je t'aime, *peta*. Ma sublime Catori, qui ne fait qu'un avec le vent. N'oublie pas de dire au vent de te ramener à la maison.

Je souris jusqu'aux oreilles.

– Jamais. Je rentrerai toujours à la maison.

Elle hoche la tête d'un air pensif. J'ai beau aimer voyager et avoir hâte de reprendre mes aventures, il n'y a rien de plus beau que de rentrer chez soi.

J'attends que ma mère s'en aille pour finir ma valise, mais le téléphone sonne.

– Tu te prépares ? demande Adam.

– Oui. Je pars ce soir. Les filles savent qu'elles vont passer un long moment avec leurs grands-parents.

– Je suis désolé de ne pas avoir pu me libérer, soupire-t-il. Je serais rentré si j'avais pu.

– Chéri, il y aura de nombreuses fois où on ne pourra pas être avec elles. Beaucoup de parents voyagent pour le travail ; pense à tous ces acteurs célèbres, qui partent pendant des mois pour tourner des films et laissent leurs enfants avec des nounous. Au moins, nos filles sont chez elles avec des grands-parents qui ne vivent que pour elles.

– Je vois que tu as pensé à tout, dit Adam en riant.

– Ouaip.

Le bébé me met un gros coup de pied et je frotte mon ventre à l'endroit où il l'a niché.

– Elle va arriver en avance, Adam. Je le sens. Je ne peux pas attendre plus longtemps pour partir.

– Je comprends. Je serai rentré avant toi. Sans doute dans trois mois. Tu penses revenir dans quatre mois, c'est ça ?

Je soupire et ferme les yeux, triste de partir pour quatre longs mois. Je l'ai fait quand Evie était bébé, mais j'étais une autre femme, à l'époque.

– Ouais. Le temps d'accoucher et que les mecs prennent leurs marques.

– Et de te préparer à lui dire au revoir, murmure-t-il tendrement. Tu te sens prête ?

Adam me connaît par cœur et sait combien cela va être difficile.

– Le temps de me préparer à dire au revoir, je répète. Elle n'est pas à nous.

– Non, elle ne l'est pas. Ça ne veut pas dire qu'on ne l'aime pas et qu'on ne veut pas ce qu'il y a de mieux pour elle.

– Et elle aura tout ce qu'il y a de mieux. Grâce à ses parents. Ian et Casey.

– J'ai confiance, ma chérie. Tout va se passer comme prévu.

– Moi aussi. Je t'appelle quand je suis arrivée chez eux.

– Tu as intérêt, sinon Ian et Casey vont trouver un militaire furax sur le pas de leur porte.

– Tu aboies beaucoup, mais tu ne mords jamais, je réponds en riant.

– Euh, tu sais très bien combien j'aime mordre. Mieux encore, c'est *toi* qui aimes que je te morde, il me semble.

Je frissonne en repensant à sa dernière nuit à la maison. On n'avait pas fermé l'œil.

– C'est vrai... je susurre de ce ton qui, en général, annonce une session de phone-sex.

– N'emploie pas ce ton avec moi, sinon tu vas rater ton vol.

– Ok, ok. Je t'aime, mon époux. Je t'appelle en arrivant. Promis.

– Je t'aime. Prends soin de toi.

– Promis. Toi aussi. Je vais avoir besoin de toi en rentrant.

– Tu peux toujours compter sur moi. Tu le sais.

– Oui, je le sais.

– *Bye,* chérie.

– *Bye*.

Je ferme ma valise et caresse mon ventre en dessinant des cercles.

– Isabeau, tu vas faire de tes papas deux des hommes les plus heureux de la terre.

Je ferme les yeux et repense au jour où j'ai dit à Ian et Casey que j'étais enceinte.

Casey me soulève et tourne sur lui-même, puis il lève le poing en l'air comme s'il venait de marquer un but. La réaction de Ian a été bien plus émotionnelle. Il s'est mis à genoux, a attiré son mari à ses côtés et les deux hommes ont posé leur main sur mon ventre.

– Le cadeau de Dieu, a-t-il dit en se penchant pour embrasser la main de Casey sur mon ventre.

– Notre cadeau, a dit Casey en levant la tête vers moi.

Les deux hommes se sont agenouillés devant moi, comme devant un autel sacré. Le regard de Casey contient tant d'amour et de joie que je pose ma main sur sa joue et souris en hochant la tête. Tout ça est bien réel. Casey se penche à son tour et embrasse la main de Ian sur mon ventre.

– On va t'aimer plus que tout au monde, dit-il.

Je pose alors mes mains sur les leurs.

– J'y compte bien.

J'ai su en cet instant que si je n'accomplissais rien d'autre dans ma vie, offrir cet enfant à ces hommes suffira à me rendre heureuse pour l'éternité. Or, j'irai au ciel en emportant également l'amour d'Adam, d'Evie et de Suda Kaye : mon héritage est scellé. On ne m'oubliera pas.

Un immense sentiment de paix m'envahit et me réchauffe jusqu'à la moelle.

Le souvenir change et passe au moment où j'ai appelé les garçons pour leur dire que j'avais appris le sexe du bébé.

– Est-ce qu'il est en bonne santé ? Y a des problèmes ? Tu vas bien ? Tu as toujours des nausées ? Tu as entendu le battement du cœur ? Y avait des battements, n'est-ce pas ? J'ai lu que ce genre de chose peut arriver... Mon Dieu ! Tu vois, Ian, on aurait dû aller la voir, déclare Casey à toute vitesse.

C'est clairement le plus inquiet des deux parents, même à ce stade.

– Casey, chéri, détends-toi. Tu devais travailler et j'avais rendez-vous avec un client important. On n'avait pas le temps d'y aller et tu le sais. Et puis, ça fait partie de l'accord verbal qu'on a conclu. On ne va pas chez Catori. Si je voyais Suda Kaye ne serait-ce qu'une seule fois, je ne repartirais jamais. Et on doit garder nos congés pour l'arrivée du bébé. Notre enfant. Le mien et le tien.

Ian est franc, et il incarne la voix de la raison, comme il l'était durant notre mois ensemble.

Je glousse au téléphone.

– Les mecs, le bébé va parfaitement bien. Il n'y a pas le moindre problème. Elle grandit à merveille. Elle a un cœur solide. Ça fait un mois que je n'ai pas vomi. Tout roule, les gars.

– Elle ? s'exclame Casey.

Je souris jusqu'aux oreilles.

– Isabeau, notre fille, chuchote Ian d'une voix rauque. Casey, chéri, on va avoir une fille.

Mes yeux se remplissent de larmes et je pleure avec eux au téléphone.

– Je vais vous laisser fêter ça. Je vous envoie les photos demain ; vous devriez les avoir dans une semaine.

– Euh, tu peux les expédier en courrier express ? demande Casey d'une voix timide.

J'éclate de rire en essuyant mes larmes.

– Bien sûr.

– Merci, Catori. Tu ne sais pas ce que ça représente pour nous... commence Casey.

– Ben si, justement. C'est précisément ce qu'Adam et moi avons ressenti pour Suda Kaye.

– Merci, Catori. On t'aime et on ne pourra jamais te remercier assez pour ce cadeau.

– Je vous vois bientôt. Dans les prochains mois, ok ?

– Viens dès que tu veux. On sera ravis de t'accueillir, répond Casey.

– Merci, les gars. Assurez-vous d'avoir de quoi faire des gâteaux. Cette fille n'aime que le sucre. Je passe ma journée à manger des biscuits, des gâteaux et des bonbons.

Casey et Ian éclatent de rire.

– Carrément ! Et il y a une super-pâtisserie près de chez nous. On t'y emmènera.

J'en ai l'eau à la bouche rien que d'y penser. D'ailleurs, il est justement temps d'aller faire des cookies avec mes filles. Les trois.

– Super. À très vite. Je vous tiens informés.

– Suda Kaye ! Tu n'as pas le droit de sortir ! Non ! Maman a dit que tu dois pas voler la nuit ! s'écrie Evie en courant dans ma chambre, mettant fin à mes souvenirs.

– Qu'est-ce qui se passe ?

Mes filles se disputent rarement et c'est une bénédiction.

Suda Kaye arrive à son tour avec sa cage à insectes. Adam la lui a offerte la dernière fois qu'il était là. Ça paraissait être une super-idée, à l'époque. Puis il est reparti, et maintenant j'ai une cage remplie d'insectes que ma fille capture à longueur de journée.

– Encore des insectes ! Voler la nuit !

Je fais non de la tête.

– *Huutsuu*, tu ne peux pas chasser les insectes la nuit. Il fait noir.

– Mais j'aime les insectes ! râle-t-elle en faisant la moue.

– Ils sont dégoûtants, maman, déclare Evie en croisant les bras et en fusillant sa sœur du regard.

– Les insectes font partie du cycle de la vie. Et si tu allais les chasser demain, avec ton *toko* ? Et Evie, ma chérie, tu pourras cueillir des fleurs pour la table de *kaku*.

– Youpi ! s'écrie Suda Kaye en tenant sa cage en l'air.

Ce soir, elle contient un grillon, des cloportes et un autre insecte que je n'ai pas envie de connaître.

– Toko dit qu'on ne doit pas cueillir les fleurs. Qu'on doit profiter d'elles dans la nature, dit Evie en imitant la posture de son grand-père.

Ses mains sont jointes sur son ventre et elle se tient bien droite, les pieds légèrement écartés. Si elle avait eu les cheveux et les yeux noirs, elle aurait été la copie conforme de mon père, avec sa maturité et sa nature calme.

– Dans ce cas, tu feras des gâteaux avec *kaku*. Vous vous souvenez que je dois partir ce soir, n'est-ce pas ?

Evie hoche la tête et regarde ses pieds en fronçant les sourcils.

– En avion ! s'exclame Suda Kaye en écarquillant ses yeux ambrés.

Elle pose sa cage par terre et ouvre grand les bras.

– Je vole en avion moi aussi ? demande-t-elle.

Je secoue la tête et caresse ses cheveux bruns. À presque trois ans, elle a un volume impressionnant, tout comme moi, sa grand-mère et sa sœur.

– Pas cette fois, *Huutsuu*. Tu es trop petite.

– Ça fait peur, de voler. Pourquoi voler quand on peut marcher sur terre ? demande Evie à sa sœur.

– Moi je vole ! insiste Suda Kaye en agitant ses bras comme les ailes d'un oiseau.

– On partira à l'aventure à mon retour, d'accord ? Peut-être qu'on retournera camper avec *ahpu*.

– J'adore camper, acquiesce Evie. J'aime les arbres, le lac, et le soleil sur mon visage.

– Super ! crie Suda Kaye, déjà prête à partir.

Cette fille est comme sa mère. Elle n'a qu'une envie : déployer ses ailes et s'envoler librement. Contrairement à sa sœur, qui a les pieds bien ancrés sur terre. Il va falloir que je trouve un moyen pour satisfaire mes deux filles.

Je passe les trente minutes suivantes à charger toutes mes affaires dans notre SUV, puis j'embarque mes filles et m'arrête chez mes parents. J'embrasse chacune d'elles avant de les laisser descendre.

– Soyez sages, mes chéries. Je rentre dès que je peux.

– Je t'aime, maman. Rentre vite, d'accord ? dit Evie en me serrant fort dans ses bras.

– Je t'aime. *Bye*, dit Suda Kaye en me faisant un bref signe de la main avant de courir vers la maison.

Mes deux filles s'agrippent brièvement aux jambes de *toko*, qui leur tapote la tête.

– *Kaku* vous a préparé plein de bonnes choses pour dîner. Allez la voir, leur dit-il.

Elles se précipitent à l'intérieur et je vois ma mère par la fenêtre. Elle lève la tête vers moi et me salue de la main avant de prendre mes filles dans ses bras. Mon père ferme la porte à clé et vient vers moi.

– Tu es prête, *peta* ? demande-t-il, et je sais que sa question est moins simple qu'elle n'y paraît.

Suis-je prête à laisser mes filles ?

Suis-je prête à avoir ce bébé ?

Suis-je prête à laisser Isabeau avec ses parents ?

Je caresse mon ventre et un sentiment de paix intérieure m'envahit ; le même que lorsque j'ai découvert que la FIV avait fonctionné.

– Oui, *ahpu*, je suis prête.

CHAPITRE 26

Quand j'emprunte l'escalator qui descend vers la zone des bagages de l'aéroport de Chicago, j'aperçois Ian qui m'attend. Je regarde son beau visage, les yeux pétillants que je vois sur ma fille tous les jours, et je fonds en larmes. Lorsque j'arrive en bas, il m'attire à lui et nous restons là, au milieu de l'aéroport, à pleurer dans les bras l'un de l'autre, comme des amants éperdus d'amour. C'est sans doute ce que pensent les autres voyageurs, d'ailleurs. Et d'une certaine façon, ils ont raison. Nous avons été amants, et nous nous retrouvons enfin. Mais ce moment est plus beau encore.

Ian recule et prend mon visage dans ses mains.

– Tu es venue.

– Je suis venue, je réponds en souriant jusqu'aux oreilles.

– Et tu me donnes tout ce dont j'ai toujours rêvé, dit-il d'une voix lourde d'émotion.

– Tu as fait la même chose pour moi.

Je n'ai pas besoin d'en dire plus, car il le sait. Il m'a donné Suda Kaye, ma petite sauvageonne, mon petit oiseau qui remplit mon quotidien de joie. Elle équilibre notre jolie famille. Deux aventurières aux cœurs libres et deux cœurs loyaux et responsables.

Les mains de Ian tremblent quand il les tend vers mon énorme ventre.

– Je peux ?

– Bien sûr. C'est ton enfant, j'acquiesce.

– Isabeau, chuchote-t-il en m'effleurant à peine.

– Il faut la réveiller. Appuie plus fort, ici, je dis en pressant ses mains à l'endroit où sont ses pieds.

Elle n'a pas cessé de bouger pendant tout le vol. Elle aime que je bouge. Dès que je m'arrête, elle se met à faire sa gymnastique.

Ian appuie ses mains à l'endroit que je lui ai indiqué.

– C'est dur. Je la sens.

– Appuie plusieurs fois, comme si tu la bousculais un peu, je dis, sachant déjà de ce qui va se passer.

Elle répond aussitôt par des coups de pied.

– Mon Dieu !

J'éclate de rire.

– Où est Casey ? À la maison ? je demande alors que Ian continue de jouer avec sa fille.

– Non, il fait le tour de l'aéroport. Il ne voulait pas se garer parce qu'il veut te ramener à la maison le plus vite possible, répond-il, émerveillé par la réaction de sa fille.

– On ne devrait pas aller chercher ma valise et retrouver ton mari ? je demande d'un ton moqueur.

Il secoue la tête et cligne des yeux, comme s'il se réveillait d'un rêve.

– Mince, oui, pardon, allons chercher tes bagages.

Il saisit ma main et m'emmène vers le tapis roulant où mon énorme valise est déjà arrivée. Quand on sort de l'aéroport, Casey s'arrête à peine dix secondes plus tard. Il sort de la voiture et me prend dans ses bras.

– Je n'étais pas sûr que tu viendrais, dit-il. On a l'habitude d'être déçus.

Je ris et pose une main sur sa joue, l'autre sur son épaule.

– Pas cette fois, Casey.

Il regarde mon ventre et pousse un cri qu'il étouffe avec ses mains. J'en saisis une et la pose sur mon ventre. Ayant été réveillée par Ian, Isabeau est encore occupée à faire des saltos. Casey écarquille les yeux qui se remplissent de larmes.

– Allez viens, ramenons Catori et notre fille à la maison pour qu'elles puissent se reposer, dit Ian en saisissant la main de son mari pour l'emmener du côté passager.

Casey se laisse faire et s'installe, sans cligner des yeux.

Ian sourit en m'ouvrant la portière arrière.

– Il est sous le choc, dit-il.

– Je vois ça.

– Allez monte, ma belle. Rentrons à la maison. On a hâte de te montrer la chambre du bébé !

On s'insère dans la circulation en direction de chez eux, en banlieue de Chicago.

– Pour Isabeau, on a refait toute la chambre. On a tout repeint, changé tous les meubles et le reste, explique Ian.

Casey se tourne sur son siège pour me regarder.

– Elle méritait une chambre qui ne soit que pour elle, pas celle d'un bébé qui n'était pas destiné à être le nôtre.

Un bébé qui n'était pas destiné à être le nôtre.

C'est précisément ainsi que je dois continuer de voir la situation.

Je caresse mon ventre alors qu'Isabeau continue ses exercices.

– Je suis certaine que ça a été très cathartique pour vous deux.

– Oui, acquiesce Casey. C'était doux-amer, en fait.

– J'imagine, oui. Mais maintenant, vous pouvez vous concentrer sur votre fille.

– Exactement ! dit Ian d'un ton joyeux. On a déjà pris rendez-vous avec l'obstétricien pour la fin de la semaine. Et on a pensé que ça pourrait être sympa de sortir tous les trois pour faire du shopping pour le bébé.

Je me mords la lèvre et regarde par la fenêtre.

– Peut-être, je réponds mollement.

On ne peut pas faire du shopping en famille pour Isabeau. J'ai beau tenir à ces hommes et j'ai beau aimer ma fille, je dois garder les pieds sur terre. Je dois me protéger. Si je ne conserve pas une certaine distance entre moi et ce que ferait une mère normale, je ne survivrai pas. Je ne me souviens que trop bien de l'état dans lequel j'étais à la naissance d'Evie et je suis déterminée à ne plus jamais sombrer comme ça. La naissance d'Isabeau est un événement joyeux, et je suis ici pour accoucher du bébé et aider ses pères à trouver leur place. Mais elle a beau être ma fille, je ne serai pas sa mère. Je vais la mettre au monde, mais ce sont eux qui vont lui donner sa vie.

Je préfère changer de sujet.

– Il faut que j'appelle Adam en arrivant. Il s'inquiétait que je voyage enceinte et il veut savoir qu'on va bien.

Ian contracte sa mâchoire et hoche la tête, l'ambiance refroidit dans la voiture. Je resserre mon gilet sur ma poitrine et frotte mes bras, saisie de doutes et d'incertitudes.

J'ai besoin d'Adam.

♦

Lorsqu'on arrive, je demande aussitôt aux mecs où je peux appeler Adam. Casey m'emmène dans leur chambre et désigne le téléphone sur la table de chevet.

– Prends ton temps. On sera dans la cuisine. On te prépare un déca, ça te dit ?

– Super, merci.

Il saisit soudain mes mains dans les siennes.

– Je te promets que tout va bien se passer. On va aborder cette transition ensemble. Jour après jour. On est ensemble et on a le même objectif.

Ma poitrine se resserre devant la gentillesse de cet homme.

– Merci, Casey. Je fais vite.

Il soupire et sort de la chambre en refermant la porte derrière lui. Je me précipite sur le lit et compose le numéro que je connais par cœur. Je n'attends même pas qu'il dise « allô » pour parler.

– Adam ?

– Je suis là. Qu'est-ce qui se passe ? demande-t-il aussitôt, d'un ton ferme et protecteur.

Je presse le téléphone contre mon oreille et pose mon autre main sur mon ventre.

– C'est dur d'être ici. De parler du bébé. Ils sont tellement excités...

– Et ils ont raison de l'être. Leur rêve devient réalité. Grâce à toi. Grâce à ta générosité.

Je renifle.

– Ils veulent qu'on aille faire du shopping pour le bébé, je chuchote, au bord des larmes.

– Tu adores faire les magasins…

– Mais je s… suis p… pas sa m… mère, je bégaie, me sentant coupable et honteuse.

– Chérie, bien sûr que tu es sa mère. C'est juste que tu ne seras pas son parent. Qu'est-ce que tu dis de ça : chaque fois que tu fais quelque chose pour Isabeau, fais quelque chose pour nos filles. Si les mecs t'emmènent faire du shopping, achète des vêtements pour Evie et Suda Kaye. Elles seraient ravies que tu leur envoies des cadeaux pendant que tu n'es pas là.

C'est vrai que mes filles adoreraient recevoir des colis de leur *pia*.

– C'est une bonne idée.

– Et, bien sûr, je ne dirais pas non à de nouveaux vêtements, moi non plus, ajoute-t-il d'un ton enjoué.

Sa gaité me met du baume au cœur et soulage la tension dans ma poitrine. Je suis de loin la femme la plus chanceuse de la terre.

– Mon âme est à toi, Adam.

– Je sais, chérie. Et je ne te la rendrai jamais. Jamais.

Les larmes coulent sur mes joues, mais je prends une profonde inspiration et les essuie. Je me sens déjà plus légère.

– Maintenant, tu peux me rendre un service ? demande-t-il.

– Tout ce que tu veux.

– Fais gaffe ! Imagine toutes les cochonneries que je pourrais te demander de faire... ricane-t-il, me faisant éclater de rire.

– Adam... je gronde d'un ton enjoué. Quel service ?

– Prends ce temps pour toi. Avec Ian, Casey et Isabeau. Profites-en. C'est ta seule chance d'être avec elle. Avec eux. C'est comme quand tu voyages et qu'on est ensemble pour moins de temps qu'on l'aimerait. On doit en profiter au maximum. De chaque instant. N'est-ce pas ?

– Oui, on ne perd pas une minute, j'acquiesce.

– Alors, ne perds pas de temps à être triste. Garde ça pour ton retour à la maison, quand je pourrai prendre soin de toi. Prends ce temps pour ce qu'il est.

– Le temps de leur donner un enfant.

– Le temps de leur donner *leur* enfant. Ce n'est pas le nôtre. C'est le leur. C'est un cadeau, et tu ne pourras jamais le reprendre. Alors, assure-toi que quand tu leur offriras, tu le feras librement et sans regrets. Achète des vêtements de bébé. Tu vas t'amuser, tu le sais. Tu as adoré faire ça pour nos filles. Sois excitée à l'idée de la mettre au monde pour deux hommes que tu adores. C'est une tâche noble, Catori. Savoure l'instant. Savoure leur bonheur, la joie dans leurs yeux ; c'est ce qui t'aidera à tenir quand tu rentreras à la maison avec le cœur brisé.

Je ferme les yeux, parfaitement consciente de ce que me réserve l'avenir. Des jours sombres m'attendent, mais je sais qu'aux côtés d'Adam, d'Evie, de Suda Kaye et de ma famille, il y aura aussi des journées remplies d'amour et de bonheur.

– Je vais en profiter. Merci d'être toi. Merci de me connaître si bien et de m'aimer malgré tout.

– Catori, il y a tant à aimer chez toi que je n'en arriverai jamais à bout. Mais je continuerai d'essayer. Pour toujours, ma chérie. Je t'aime.

– Je t'aime, et j'ai hâte de te voir quand je rentrerai.

– Moi aussi. Tu te sens mieux ?

– Toujours, quand je te parle.

– Tant mieux. Dans ce cas, j'ai fait mon devoir. Maintenant, va créer de beaux souvenirs avec les mecs et leur fille.

– Promis. Merci.

– Appelle-moi quand tu as besoin. J'attends avec impatience ta prochaine lettre pour découvrir tous les beaux moments qu'ils te font vivre.

– Ok. Je t'aime. *Bye*, Adam.

Je raccroche et regarde autour de moi.

La chambre est joliment meublée, avec une tête de lit, des tables de chevet et des commodes faites du même bois. La couette est bleu marine, en parfait accord avec les murs gris pâle. Sur la commode, une photo montre Ian et Casey en costume, le jour de leur mariage. Je souris en voyant leurs visages joyeux. À côté, un autre cadre renferme le cliché de ma dernière échographie, il y a un mois. Je parie qu'ils regardent cette photo tous les jours, depuis que je la leur ai envoyée. J'effleure la photo et pose ma main à l'endroit où je sens la tête d'Isabeau, dans mon ventre.

– Tu es prête à passer du temps avec tes papas, *kasaraibo* ?

Je l'appelle « ange », en comanche. Parce qu'elle en est un. Un parfait petit ange qui apportera joie et bonheur à deux hommes qui le méritent amplement.

Elle me met un gros coup de pied, comme souvent lorsque je ne bouge pas assez pour la bercer et l'endormir.

Lorsque j'ouvre la porte, Casey et Ian sont dans le couloir, appuyés contre le mur, l'air paniqués. Ian lève aussitôt les mains en signe de capitulation.

– Si on a dit quoi que ce soit ou fait quelque chose qu'il ne fallait pas, on est désolés. Ne pars pas, s'il te plaît, me supplie-t-il.

Je baisse la tête, attristée qu'ils soient aussi angoissés.

– Je ne pars pas, j'avais juste besoin de parler à Adam. Il m'aide à y voir plus clair. Il m'offre un point de vue différent. Je... J'ai eu peur à l'idée de faire les magasins pour le bébé, et de faire tout ce que font les mamans normales pour préparer l'arrivée de leur enfant. Parce qu'elle n'est pas à moi. Jusqu'à maintenant, j'ai fait de mon mieux pour ne pas perdre ça de vue.

– On n'est pas obligés de faire du shopping, déclare aussitôt Ian.

Je soupire et m'appuie également contre le mur.

– Ce n'est pas le shopping... J'ai envie d'y aller. Mais pendant que vous pensez à votre fille, je penserai aux miennes, chez moi.

– Quoi que tu veuilles faire, Catori, on te soutiendra. On ne sait pas mieux que toi comment aborder cette situation. On avance tous les trois à tâtons. Le fait que tu sois là rend tout ça bien réel et on déborde de joie, mais aussi de peur. On a peur que tu changes d'avis, explique Casey.

– Je ne ferai jamais ça... vous devez me croire.

Ian prend son mari par la taille.

– On a trop souffert par le passé. En fait, quand j'y pense, on a tous peur de la même chose. On a tous peur d'être trop proches d'Isabeau, parce que quand elle arrivera, l'un de nous va devoir lui dire au revoir.

– Et cette personne, c'est moi ! je déclare d'un ton ferme et déterminé. Je suis prête à faire ce sacrifice. Je savais dans quoi je m'embarquais.

– Catori, je sais combien cette décision est difficile à prendre. Rappelle-toi que j'ai dû aussi la prendre, dit Ian.

Il n'a pas besoin de me le rappeler ; j'y pense tous les jours. Et cela signifie qu'il sait mieux que quiconque ce que je traverse.

– Dans ce cas, tu comprends qu'il va y avoir des hauts et des bas. Mais je vous promets que le résultat sera le même. Isabeau est votre fille. Vous êtes ses parents. Je vais la mettre au monde, mais c'est vous qui allez l'élever.

Ils hochent la tête d'un air solennel.

– Je peux voir sa chambre ? J'aimerais savoir où notre fille va dormir.

Ian prend la main de son mari et ouvre la porte la plus proche de leur chambre.

J'entre et me couvre la bouche, émerveillée. Les murs sont rose pâle. Il y a un berceau d'un côté de la pièce et un lit simple avec une tête de lit en fer forgé blanc de l'autre côté. Le lit à barreaux est décoré d'un tour de lit rose avec des motifs de cupcakes et de bonbons, assorti à la couverture.

– Tu nous as dit qu'elle était gourmande, donc on a décidé d'en faire le thème de sa chambre, dit Casey en désignant les différents objets déco de la chambre.

Au-dessus de la commode, des cadres avec des dessins de gâteaux et de bonbons ont été accrochés au mur. Mais la chose que je préfère, ce sont les lettres en bois jaune qui sont fixées au mur au-dessus du berceau, en forme d'arc-en-ciel.

I-S-A-B-E-A-U

J'effleure chaque lettre du bout du doigt et me sens apaisée en voyant son prénom. Ces hommes sont déjà entièrement dévoués à ce bébé. Ils feront tout pour la rendre heureuse.

– C'est magnifique, les mecs. Vraiment.

Je balaie la pièce des yeux et pose mes mains sur mon ventre.

– Tu es chez toi, mon sucre d'orge, je chuchote en souriant.

CHAPITRE 27

Deux semaines plus tard, à huit mois de grossesse précisément, je suis dans la cuisine des garçons, en train de manger mon second donut tout en essuyant le plan de travail. J'espère qu'Adam m'aimera avec cinq fois plus de courbes, parce qu'il va me falloir un long moment pour perdre tout le poids que j'ai pris avec ce bébé. Connaissant Adam, il me dira qu'il y a encore plus à aimer.

Casey arrive en tenant ses clés, son téléphone scotché à l'oreille. En général, Ian part à l'aube, apparemment les paysagistes ont les mêmes horaires que les ouvriers du bâtiment.

– Les spécifications techniques sont fausses. Je veux voir le contremaître aujourd'hui. Non, aujourd'hui ! gronde-t-il.

Je grimace, consciente que lorsque Casey prend ce ton, c'est que quelqu'un va se faire engueuler. Pendant qu'il parle, je lui verse un thermos de café avant d'y mettre du lait et du sucre, comme il l'aime.

– Merci, Tori, dit-il en prenant le mug avant de m'embrasser sur la joue.

Il pose alors sa main sur mon ventre et se penche pour l'embrasser.

– *Bye*, Izzy, chuchote-t-il en caressant mon énorme bosse. Non, je suis toujours là, poursuit-il, et je n'aime pas ce que j'entends.

Je zyeute la boîte de donuts. J'en ai déjà mangé deux : un pour moi, un pour Isabeau. C'est ce que j'ai pris l'habitude de faire. Or, il me suffit de les regarder pour en avoir l'eau à la bouche.

– Allez, prends-en un autre, chuchote Casey en souriant. Ma fille aime les sucreries.

– Ouais, mais sa maman n'aime pas être king-size.

Il ricane et se concentre de nouveau sur sa conversation tout en s'approchant de la boîte de donuts que Ian nous a achetée. Je dis « nous », mais je sais qu'ils sont pour moi. Les mecs font du sport tous les jours dans leur sous-sol et ils ont des corps parfaits, comme mon mari. Cela dit, Adam dit qu'il se maintient en forme pour le travail ; pour pouvoir tout affronter et revenir auprès de sa femme et ses filles en un morceau. Cette idée me plaît, mais j'aime aussi que mon mari ait un corps de demi-dieu. Je suppose que Ian et Casey s'entretiennent pour se plaire, eux aussi.

– Je te jure que si tu fais encore une bourde, tu vas pouvoir vider ton bureau ! hurle-t-il. On ne peut pas se permettre une nouvelle erreur et tu n'as pas cessé d'avoir des problèmes sur ce chantier. Tu peux t'attendre à un coup de fil de la RH. Je te mets un avertissement. Je serai bientôt au bureau.

Il raccroche le téléphone et expire plusieurs fois pour se calmer. Une fois que c'est fait, il saisit le donut qui me faisait de l'œil, le met sur une assiette et me la tend.

– La journée commence mal, on dirait ? je dis en prenant l'assiette alors qu'une énorme flaque s'écrase sur le sol, entre mes pieds.

Les deux dernières fois, je l'ai senti venir. Cette fois : rien.

Casey baisse la tête et fait les gros yeux.

– On dirait que ta journée va s'améliorer ! je m'exclame en souriant. Tu dois tout de suite m'emmener à l'hôpital. Suda Kaye est née une heure après que j'ai perdu les eaux. Et Evie à peine quelques heures plus tard.

– Merde, ok. Ok, je gère. Ne t'inquiète pas, Tori. Je m'occupe de tout.

J'éclate de rire alors qu'il lève les mains en l'air et regarde de gauche à droite, comme s'il se demandait par quoi commencer.

– Tu devrais me donner ton téléphone pour que j'appelle Ian. Ensuite, aide-moi à enfiler une culotte et une robe propres.

Il hoche la tête et part de la cuisine en courant, je lui emboîte le pas quand il revient à toute vitesse avec la valise qu'ils m'ont préparée quelques jours après mon arrivée.

– Ce n'est pas trop tôt ? Tu es censée accoucher dans un mois, non ? demande-t-il d'une voix tremblante en me tendant une longue robe bleue.

Je souris, amusée par son inquiétude, mais mon sourire disparaît lorsqu'une contraction m'arrache un cri guttural.

– On n'a pas beaucoup de temps. Enlève-moi ma robe et ma culotte.

Il obéit sans hésiter et jette mes vêtements mouillés dans la salle de bains d'à côté, puis il m'aide à me rhabiller. Une autre contraction arrive, encore plus forte, et il me tient contre lui jusqu'à ce qu'elle passe.

– Allons-y.

Casey ne dit pas un mot tandis qu'il m'escorte à sa voiture et attache ma ceinture. Il court à l'avant, s'installe au volant et me tend son téléphone.

Je compose le numéro de Ian, qui répond à la première sonnerie.

– Quoi de neuf, beau gosse ?

– Le bébé arrive ! je m'écrie. J'ai perdu les eaux et Casey m'emmène à l'hôpital.

– Merde ! J'arrive. Je serai là juste après vous.

– Dépêche-toi, elle arrive vite ! Aaaaaargh, je grince alors qu'une contraction me crispe des pieds à la tête.

Nous arrivons bientôt à la maternité et Casey m'accompagne dans une salle d'accouchement où il m'aide à m'installer.

– Il faut que je pousse ! je gronde.

Un besoin tout-puissant de mettre ce bébé au monde me saisit, en même temps qu'une horrible contraction.

Ian déboule dans la salle d'accouchement et le gynéco confirme que je suis entièrement dilatée et prête à accoucher. Ian s'approche de moi et prend ma main.

– Tout va bien, Catori, je suis là. Si tu as besoin de pousser, vas-y, chérie.

Je lève les yeux vers lui et serre sa main aussi fort que possible pour supporter la douleur. Je tourne la tête vers Casey, vers ses cheveux flamboyants et ses yeux verts, qui sont aussi excités qu'angoissés.

– C'est mon rêve... Il se réalise... je siffle avant de hurler de douleur en poussant.

– Pas tout à fait. Tu dois d'abord la mettre au monde, dit Casey en souriant. Maintenant, pousse aussi fort que possible.

Je hoche la tête tandis qu'il prend mon autre main, et chacun des deux hommes pose une main sur mon épaule. Je m'agrippe à eux et hurle alors que les contractions s'enchaînent sans s'espacer.

Je pousse plusieurs fois et en quelques minutes, Isabeau vient au monde. L'obstétricien aspire sa bouche et son nez, et elle se met aussitôt à pleurer.

– Papa, vous voulez couper le cordon ? demande-t-il.

– Vas-y, dit Casey en hochant la tête en direction de Ian.

Ian prend les ciseaux dans ses mains tremblantes et fait ce que lui dit le gynéco. Ils emmènent ensuite le bébé sur une table et je finis le travail en poussant pour expulser le placenta.

La sage-femme essaie de me donner le bébé, mais je secoue la tête.

– Ce sont eux, les parents. C'est à eux d'avoir le premier contact, je déclare, les larmes aux yeux.

Je meurs d'envie de voir ma fille, mais je dois être forte, pour moi, pour eux et pour elle. C'est à eux qu'elle doit s'attacher. C'est leurs visages qu'elle doit voir en premier. Je me suis beaucoup renseignée sur les bébés nés de mère porteuse et j'ai déjà mon idée pour les aider à tisser un lien avec leur fille.

Ian prend le bébé et fait le tour du lit jusqu'à Casey. Il s'assoit sur le matelas, à côté de moi, pour que je puisse la voir pendant qu'il la tient.

– Elle a les cheveux rouges, s'émerveille-t-il.

Je souris, pas surprise, puisque je l'ai vue dans mon rêve.

– Coucou Isabeau, je suis ton papa, chuchote Casey en caressant ses cheveux.

– Et moi je suis ton papou, ma chérie, dit Ian avant de l'embrasser sur le front. On est tellement contents que tu sois là, ajoute-t-il avant de lever la tête vers son mari. C'est notre fille, Casey. Notre bébé.

Casey la soulève pour l'embrasser sur la joue.

– On vit pour toi, Izzy. On vit pour toi, répète-t-il. On est ta famille.

Les larmes coulent si vite sur mes joues que ma blouse s'en retrouve trempée. Je tends la main et glisse mon doigt dans son petit poing fermé.

– Bienvenue au monde, Isabeau. Je suis Catori. Je vais t'aider à prendre tes marques avec tes parents, je déclare, non seulement pour les mecs mais également pour moi, pour ne pas perdre de vue mon rôle.

– Elle va bientôt vouloir manger. Comme vous êtes mère porteuse, est-ce que vous voulez que j'aille chercher du lait artificiel ? me demande la sage-femme.

Les mecs froncent les sourcils et Casey tient Isabeau contre lui.

– On a décidé qu'il vaut mieux qu'elle soit allaitée pendant les six premières semaines, environ, dit-il.

On s'est mis d'accord, c'est vrai, mais j'ai une autre idée.

– Ian, enlève ton tee-shirt.

– Oh, le peau à peau, c'est vrai, tu nous en as parlé.

– Oui, mais non, je réponds en souriant. Ce sera super quand on sera à la maison, mais pour l'instant, donne-moi ton tee-shirt pour qu'elle puisse sentir ton odeur pendant que je lui donne le sein. Ça peut aider à créer un lien.

Ian enlève son tee-shirt et me le tend, révélant son torse musclé et bronzé.

– Espèce d'aguicheur, se moque Casey en me donnant Isabeau.

Je pose le vêtement de Ian sur son ventre et près de sa tête, puis je baisse ma blouse pour la rapprocher de mon sein. Elle a du mal à le prendre dans sa bouche et il lui faut une minute avant de commencer à se nourrir.

Casey et Ian semblent fascinés de me voir donner le sein à leur fille.

Pour moi, c'est un moment paisible et sublime. Les mecs sont à mes côtés, Isabeau est là et en bonne santé, et je sais que j'ai pris la bonne décision. C'est le destin : j'ai mis au monde un petit ange qui apportera amour, réconfort et paix à ses parents parfaits.

– Tori, ce que tu as fait pour nous... commence Casey avant de se racler la gorge. C'est le plus beau jour de ma vie. Le jour où j'ai rencontré ma fille. Venue au monde pour moi et l'homme que j'aime, grâce à ton altruisme et ton sacrifice. Je ne sais pas comment te remercier.

– On ne sait pas comment te remercier, insiste Ian en prenant son mari par les épaules.

Je baisse les yeux vers Isabeau, avec sa peau pâle, ses cheveux couleur feu et ses joues rosées.

– Aimez-la comme personne, je réponds en la rendant à Ian maintenant qu'elle a fini de téter et qu'elle s'est endormie. Vous allez faire de super parents. Isabeau a de la chance de vous avoir.

Ian secoue la tête et lui et Casey admirent leur bébé, comme si le nouveau-né détenait la réponse à tous les mystères de l'univers.

– C'est nous, les chanceux.

♦

Durant les trois mois suivants, Ian et Casey deviennent de super-papas. Isabeau dort bien, et ça nous aide à endurer les premières semaines où nous passons notre temps à la nourrir, la changer et à la bercer pour l'endormir. Les mecs n'ont peur de rien : du bain, des couches qui débordent... Ils appréhendent tout avec le zèle des nouveaux parents qu'ils sont.

Quant à moi, je prends soin de m'occuper d'elle le moins possible, pas parce que je ne veux pas les aider où ne pas être là pour Isabeau, mais parce que ces mecs sont ses parents. Et je dois me rappeler ce fait plusieurs fois par jour pour ne pas trop m'attacher à elle. D'ailleurs, j'ai besoin de rentrer à la maison. Le dernier appel d'Adam m'a appris que non seulement je manque à mes filles mais que la santé de ma mère a méchamment décliné. Je crains que son temps soit limité, et ma famille a besoin de moi. J'attends que les mecs se lèvent pour leur parler de mon départ imminent.

Je regarde l'heure et vois qu'il est trois heures et demie du matin. Sentant que quelque chose ne va pas, je n'ai pas dormi de la nuit. Mon estomac est noué et j'ai mal à la tête. Le nouveau téléphone portable qu'Adam m'a envoyé se met soudain à sonner, et le numéro de mes parents s'affiche à l'écran.

– *Ahpʉ* ?

– Catori, il est temps. Ta *pia*. Sa fin approche.

– Sa fin ? Mais non, c'est impossible, je chuchote pour ne pas réveiller Isabeau.

– Elle s'accroche pour te revoir. Reviens vite.

Mon cœur bat la chamade et je me lève pour regarder mon ange endormi.

– Je prends le prochain vol.

– Prends soin de toi, Catori.

– Je t'aime, *ahpʉ*, je dis, la gorge nouée.

Je raccroche et vais dans la cuisine avec mon téléphone. Une recherche rapide m'indique qu'il y a un vol pour Denver dans trois heures. Je dois me dépêcher. J'achète mon billet et je retourne dans la chambre que je partage avec Isabeau. Elle s'est réveillée et elle me regarde en silence en agitant les pieds et en faisant des bulles avec sa salive.

– Je dois partir, Kasaraibo. Ma *pia* a besoin de moi.

Je me dépêche de préparer ma valise, puis je file dans la salle de bains pour ranger mes affaires de toilettes. Lorsque j'ai fini, je sors une feuille rose et un stylo pour laisser un mot aux garçons, m'inspirant de ce que Ian m'a dit lorsqu'il a renié ses droits à Suda Kaye.

Ian et Casey,
Votre amour est sans limite. Transmettez ce don à notre fille.
Portez-vous bien. Soyez heureux. Soyez une famille.
Avec tout mon amour,
Catori

Isabeau fait un petit bruit avant de sucer son poing. Je ferme les yeux.

Une seule et dernière fois. Promis. Une dernière fois...

Je la prends dans mes bras et m'installe sur le lit, déboutonnant ma chemise pour sortir mon sein. Elle le prend immédiatement dans sa petite bouche et pose sa main sur mon cœur, comme si elle cherchait à toucher mon âme. J'embrasse la paume de sa main en caressant sa joue toute douce, et je la regarde pendant de longues minutes, mémorisant la couleur précise de ses cheveux et de ses yeux émeraude.

– Tu es aimée, Isabeau. Ta *pia* t'aime du fond du cœur. Je promets de veiller sur toi de loin et, plus tard, depuis les étoiles. Je suis désolée qu'il en soit ainsi, mais tes deux parents t'aiment de tout leur cœur et ils t'offriront une vie merveilleuse. Tu ne connaîtras ni le deuil, ni le manque, ni le sacrifice. Voilà ce que je t'offre. Sache que quoi qu'il arrive, tu es un cadeau, mon petit ange. Un cadeau pour moi, pour tes parents et pour le monde entier.

Je l'embrasse sur le front alors qu'elle commence à s'endormir. Je me lève, lui pose un baiser sur chaque joue, puis je la remets dans son lit douillet, dans cette maison où elle ne connaîtra qu'amour et bonheur.

– Je t'aimerai toujours, Isabeau. Je te souhaite une belle vie, je chuchote.

J'embrasse le bout de mes doigts et les appuie sur sa poitrine, sentant son cœur battre tranquillement.

Un rayon de soleil fait alors briller mon bracelet. Cela fait des années qu'il ne quitte pas mon poignet. Ce n'est pas grand-chose, mais c'est déjà ça.

J'enlève mon bracelet, avec sa turquoise et les mots « esprit libre » gravés dessus, et je le pose sur le mot que j'ai laissé pour les garçons. Ils le lui donneront quand le moment sera venu.

Je regarde une dernière fois mon ange endormi, j'ouvre la porte et je sors de sa vie.

Pour toujours.

CHAPITRE 28

Lorsque j'arrive enfin à Denver, je suis tellement anéantie que je tiens à peine debout, je me dirige tel un zombie vers la zone des bagages. J'ai mal de la tête aux pieds. Le sol pourrait s'ouvrir et m'engloutir, je m'en ficherais. Sauf que je dois lutter contre cette pénombre. Pour mes filles. Pour Adam. Mais surtout, pour la seule femme que j'ai aimée de toute ma vie. La femme qui m'a appris à distinguer le bien du mal. L'amour de la haine. La femme qui m'a aidée à devenir la personne que je suis aujourd'hui : une épouse, une mère, une femme dont je suis fière.

Rentre à la maison. Rentre chez toi. Un pas après l'autre, je me répète.

La maison.

Chez moi.

Où ma mère est en train de mourir.

Où ma fille Isabeau n'ira jamais.

Elle ne connaîtra jamais sa grand-mère, et je devrai supporter ça toute ma vie.

Je comprends, maintenant, ce que dit Adam chaque fois qu'il part en mission. Il dit que son cœur est déchiré en trois morceaux : un pour moi, un pour Evie et un pour Suda Kaye. J'ai l'impression que le mien est brisé en mille morceaux et que je ne pourrai jamais les recoller.

Soudain, il est là.

Grand, aussi beau que le jour de notre rencontre. Ma valise est déjà à ses pieds. Il ouvre les bras, et je cours aussi vite que mes jambes me le permettent. Je me jette dans ses bras et il me serre aussi fort que possible. Or, je sais qu'il ne me lâchera jamais et que, grâce à lui, je ne m'effondrerai pas complètement.

– Je suis là. Ça va aller.

Je tremble contre lui.

– Ça n'ira plus jamais.

Il tient ma tête contre son cœur et je l'écoute battre, déjà réconfortée. Je respire son parfum d'océan, et mes angoisses s'apaisent un peu. Adam est là. Il prendra soin de moi. Il s'occupera de tout.

– On doit y aller, chérie. On a un long trajet et je vais faire aussi vite que possible, mais...

Sa voix est rauque et chargée d'émotion. Toute cette situation doit raviver de tristes souvenirs pour lui, du décès de ses parents.

J'essuie mes larmes.

– Tu vas tenir le coup, pour moi ?

Je ferme la bouche, je me tiens plus droite et je hoche la tête, déterminée.

– Ramène-moi à la maison.

♦

Dès qu'Adam arrête la voiture, j'ouvre la portière et cours vers la maison de mes parents. Mon père en sort à ce moment-là, accompagné d'un ancien de la tribu. Je m'arrête brusquement, consciente qu'il vient de donner à ma mère ce que les Occidentaux appelleraient les derniers sacrements. L'homme est un de nos meilleurs guérisseurs. Mon père lui serre la main et il hoche tristement la tête vers moi en me passant devant.

– *Ahpʉ,* comment va-t-elle ? je demande en dégageant mes cheveux de mon visage.

Il secoue la tête et ferme les yeux.

– Elle t'attend.

Lorsqu'il les rouvre, ses yeux sont remplis de larmes. Je n'ai jamais vu mon père aussi triste.

– Va la voir, *peta*.

Je me précipite à l'intérieur. Je ralentis lorsque j'arrive à leur chambre, qui est à peine éclairée par la lumière jaune de la petite lampe de chevet. Ma mère est allongée sur le lit, les yeux fermés. Ses longs et beaux cheveux encadrent son visage et atteignent presque sa taille. J'ai toujours admiré ses cheveux noirs et soyeux, et je l'ai remerciée de nombreuses fois de m'avoir légué cet héritage génétique.

Son visage est tellement pâle qu'il est difficile d'imaginer que sa peau ait été aussi mate que celle des autres membres de son peuple. Elle a des cernes presque noirs sous les yeux, et elle fronce les sourcils, même dans son sommeil. J'allonge le bras et prends sa main glacée dans la mienne.

– *Pia,* je suis là, je chuchote.

Elle tourne la tête vers moi et lorsqu'elle ouvre les yeux, je réalise combien elle souffre.

– *Pia*... je sanglote.

– Catori, chuchote-t-elle en posant sa main sur ma joue. Ma fille.

– Oui, *pia*, je suis là.

– Est-ce qu'elle était belle ? demande-t-elle aussitôt.

– Elle a les cheveux couleur feu et les yeux émeraude. Sa peau est pâle comme la neige. Elle s'appelle Isabeau, et elle est parfaite. Elle sait qu'elle est aimée comme personne. Qu'elle est aimée comme tu m'as aimée. Comme j'aime mes filles. Comme tu m'as appris à aimer, je déclare en tremblant.

– Tu survivras à cette douleur, chuchote ma mère.

– Celle de la perdre ou de te perdre, toi ? je dis en essayant de retenir mes larmes.

– Les deux.

Je secoue la tête et porte ses doigts à ma bouche.

– Bats-toi. On trouvera un moyen... je supplie d'un ton désespéré.

Elle me répond en souriant tristement.

– Mon heure est venue. J'ai eu plus de temps sur terre que je ne le pensais, dit-elle en fermant fort les yeux avant de les rouvrir. Amène-moi mes filles.

J'acquiesce et me tourne vers la porte, Adam est déjà là, il tient Suda Kaye dans ses bras. Evie est devant lui, il a posé une main sur son épaule.

– Les filles, votre *kaku* est très malade, mais elle veut vous voir. Vous pouvez être sage avec elle ? demande Adam d'un ton ravagé par la tristesse.

Evie s'approche et passe son bras dans mon dos pour appuyer son visage contre ma poitrine.

– Est-ce que ça va aller ?

– Non, ma chérie.

Je m'accroupis devant elle et ne cache pas combien je suis dévastée. Elle a besoin de comprendre ce qui se passe.

– Evie, ma chérie, *kaku* est très malade et elle doit partir pour sa dernière aventure.

– Je n'aime pas les aventures, répond Evie d'une voix tremblante. Elles font partir les mamans.

Je sens alors mon âme se briser en deux sous l'effet des paroles de ma fille.

Ma mère ouvre les yeux et tend la main vers Evie.

– Taabe, ma fille dorée.

Evie essuie ses larmes et s'approche de ma grand-mère.

– Ne pars pas, *kaku*. Je veux que tu restes ici.

– Tous les êtres vivants ont une fin et doivent partir. Mais je veillerai sur toi, répond ma mère en posant sa main sur sa joue. Quand tu sentiras le soleil sur ton visage, ce sera moi qui te souris et embrasse ta joue pour te réchauffer.

– Mais je ne veux pas que tu partes ! crie Evie avant de courir vers la porte.

Adam la rattrape et la prend dans ses bras, il l'emmène hors de la chambre. Quant à Suda Kaye, elle reste près du lit en suçant son pouce et en balançant d'avant en arrière la couverture que ma mère lui a tissée quand elle est née.

– *Kaku* a mal ? demande-t-elle en désignant sa grand-mère.

Je prends mon bébé dans mes bras et l'aide à s'asseoir sur le lit.

– *Kaku* a mal ? répète-t-elle.

Ma mère secoue la tête.

– *Huutsuu*, tu ressembles tant à ta maman, dit-elle en caressant les cheveux bruns de ma fille. Envole-toi librement, mon petit oiseau. Je serai le vent que tu sentiras sous tes ailes.

Je me penche sur ma fille et fonds en larmes, incapable de me retenir plus longtemps. Suda Kaye se met à pleurer aussi, ne sachant trop pourquoi, affectée comme moi par la triste intensité du moment.

– Je t'aime, *pia*.

– T'aime, *kaku* ! ajoute Suda Kaye en tapotant la jambe de ma mère alors que les larmes continuent de couler sur ses joues.

Je sais qu'elle ne comprend pas vraiment ce qui se passe, mais instinctivement, elle devine qu'elle va perdre quelque chose.

Adam revient et prend Suda Kaye dans ses bras. Il semble aussi dévasté que moi. Il me tend Suda Kaye, puis il se racle la gorge et s'adresse à ma mère.

– Je t'aime, Topsannah. Et j'aimerai et protégerai ta fille et tes petites filles jusqu'à ce que nos chemins se croisent à nouveau. Merci de m'avoir accepté dans ta vie et dans ta famille. Je suis fier d'être ton *tua*. Ton fils.

– Prends soin de mes filles, *tua*, dit ma mère en pleurant en silence.

– Promis.

Il se penche pour l'embrasser sur le front, puis il reprend Suda Kaye de mes bras et pose sa main sur ma joue pour essuyer quelques larmes.

Mon père arrive quand Adam sort. Il s'assoit sur le lit, puis il se tourne et s'allonge à côté de ma mère.

– J'aimerais être seul avec ma femme, dit-il.

Je hoche la tête et prends les mains de ma mère dans les miennes.

– Tu veilles sur nous ? Sur mes filles ? Sur toutes les trois, comme tu l'as promis ?

– Je t'aime, Catori, et je suis fière de la femme que tu es devenue. Sois heureuse. Va là où le vent te mène. Profite de chaque nouvelle journée pour remplir ta vie d'amour.

– Je t'aime, *pia*. Je le ferai, promis.

Je l'embrasse sur la bouche, sur le front, puis sur chaque joue.

– Je n'aurais pas pu espérer de meilleure mère que toi. Je ferai tout pour essayer de te ressembler, pour mes filles.

Sur ce, je sors de la chambre en sachant que je ne reverrai plus jamais ma mère en vie.

Avant de refermer la porte, je regarde mon père se tourner vers ma mère et lui prendre les mains. Il appuie son front contre le sien et se met alors à prier en comanche.

Je me joins à lui, priant pour qu'elle parte paisiblement, alors qu'elle est dans les bras de mon père. Son endroit préféré sur terre.

♦

Une heure plus tard, nous sommes tous les quatre assis sur le porche, dans les fauteuils où mon père et ma mère ont passé leur vie à regarder le ciel étoilé. Adam tient Evie dont les longues jambes tombent de part et d'autre de ses cuisses. Suda Kaye est dans mes bras, sa couverture contre sa joue, son pouce dans sa bouche.

Adam et moi nous tenons la main, nos filles dans nos bras.

Nous attendons.

Mon père finit par sortir lentement, le pas lourd.

– Elle nous a quittés, annonce-t-il.

J'explose en larmes, anéantie d'avoir dit adieu à ma fille et à ma mère dans la même journée. Ma tristesse me ravage et parcourt mes veines comme un essaim d'abeilles qui me piquent sans cesse, partout, jusqu'à m'anesthésier.

Adam se lève, pose Evie par terre, puis il prend Suda Kaye et en fait de même pour pouvoir me prendre dans ses bras. Il me serre fort contre lui et me laisse pleurer aussi longtemps que j'en ai besoin. À travers mes larmes, je vois chacune de mes filles prendre une main de leur *toko*.

Il les emmène devant la maison tandis que les larmes coulent silencieusement sur ses joues.

– Levez la tête. C'est là que vous trouverez ma Topsannah, votre *kaku*, déclare-t-il d'une voix forte.

– *Kaku* est morte ? demande Evie.

Mon père hoche la tête.

– Elle est dans l'au-delà, mais elle ne sera jamais partie. Vous la sentirez chaque fois que le soleil brille, chaque fois que le vent souffle, et vous la verrez dans chaque étoile qui brillera dans le ciel. Elle est là. Elle est partout. Tout autour de nous. Elle nous montre son amour, sa lumière. Vous la voyez briller ? demande-t-il en désignant le ciel, comme s'il y voyait son visage.

Evie lève la tête vers les étoiles.

– Je la vois, chuchote-t-elle.

– Moi aussi, dit Suda Kaye.

Je me force à me ressaisir, j'essuie mes larmes et je m'accroche à la main d'Adam pour rejoindre mon père. Adam prend la main d'Evie, et je me mets entre mon père et Suda Kaye pour prendre leur main. Ensemble, tous les cinq, nous étudions le ciel et sentons l'amour de ma mère qui émane des étoiles.

Elle est partout, veillant sur nous, et je sais qu'elle ne cessera jamais de le faire.

♦

Le lendemain, mon père nous guide à travers le désert, vers l'endroit qu'il a choisi pour enterrer ma mère. Sa tombe est sous un arbre, près d'un petit mur de pierres. Son corps a été lavé et enveloppé dans un tissu sublime béni par les anciens, et c'est notre peuple qui l'a emmenée à son dernier lieu de repos. Mon père a fait lui-même sa pierre tombale.

Sur la pierre, une seule inscription : TOPSANNAH en lettres majuscules, à côté d'une fleur. Son prénom signifie « fleur des champs » et elle les adorait. Il n'y a pas de date de naissance ni de décès, ce n'est pas nécessaire dans notre culture. C'est notre endroit à nous, où nous pourrons venir nous recueillir. Un jour, je reposerai à ses côtés. J'espère seulement que je partirai avant mon père, car j'ai besoin qu'il veille sur Adam et les filles.

Des anciens des tribus comanche et navajo sont présents, mais notre peuple célébrera sa vie chez eux, sur la réserve. Des bénévoles veilleront à tour de rôle sur le feu qui sert à guider l'âme de ma mère dans l'au-delà.

Adam reste silencieux, tenant les mains de nos filles qui ne font pas un bruit non plus, comme si elles comprenaient l'importance de cette cérémonie.

Lorsque tout est fini, je prends mon père par le bras et marche avec lui vers la réserve.

– Je ne veux pas qu'on allume de feu pour moi.

– Explique-toi, répond-il simplement.

– Je veux veiller sur mes filles. Sur les trois. Je ne veux rien rater de leur vie, je déclare alors que mon cœur bat la chamade.

– Catori, tu ne sais pas ce que tu me demandes.

– Si, justement. Je veux être avec mes filles pour l'éternité.

– Tu ne le seras pas si elles montent au ciel.

– Dans ce cas, je partirai en même temps que toi. Nos feux seront allumés en même temps.

– D'accord, j'y veillerai, acquiesce-t-il en serrant ma main dans la sienne.

– Elle était tout : le soleil, la lune, les étoiles. Comment fait-on pour avancer si elle ne peut plus éclairer notre chemin ?

– Le soleil continuera de briller demain. La lune se lèvera demain. Et les étoiles continueront à nous guider.

– Elle me manque déjà. Comment peut-elle me manquer autant alors qu'elle ne nous a quittés qu'hier ?

Je ne parle pas seulement de ma mère, même si je suis anéantie de l'avoir perdue. Isabeau est en vie et heureuse dans les bras de ses parents, et elle me manque tellement que j'ai du mal à respirer.

– Parce qu'elle fera toujours partie de nous. Lorsque ceux qu'on aime nous quittent, ils laissent un vide en nous. Et rien ne peut le combler. Toutefois, le temps effacera la douleur, d'autres essaieront de combler ce vide. Or, il est trop profond. De temps en temps, il nous fera souffrir. Il nous rappellera ce qui nous manque. C'est ça, l'amour. Il ne disparaît jamais. Nous sommes censés souffrir pour nous rappeler justement comment aimer.

– Comment avance-t-on ?

Mon père désigne mes filles, qui courent dans le désert en tenant la main de leur père.

– Elles nous font espérer. Elles nous donnent un but. Le sang de Topsannah coule dans leurs veines. Je la vois en elles. Je la vois en toi. C'était suffisant pour ta mère. Alors c'est suffisant pour moi.

– C'est suffisant pour moi aussi, parce que je t'ai, toi.

Il tapote délicatement ma main.

– Je serai encore longtemps de ce monde.

– Tu protégeras mes filles : Evie, Suda Kaye et Isabeau ?

– Oui.

– Sur la vie de ma mère, promets-le-moi.

– Sur ta vie, Catori. Je te le promets.

Je souris alors que les larmes coulent en même temps sur nos joues.

Je m'arrête et prends ses mains dans les miennes.

– Je partirai en même temps que toi. Je ne veux pas de cérémonie tant que tu ne quitteras pas toi aussi ce monde. Nous rejoindrons le Créateur main dans la main.

– Ce sera fait.

Je souris et ferme les yeux.

– Allons célébrer la vie de ma mère.

– Il y a beaucoup à célébrer, acquiesce-t-il.

– Est-ce que je peux fumer avec les sages ? je demande, ayant toujours voulu fumer avec eux depuis que je suis petite.

– Tu es trop jeune, répond-il en secouant la tête.

La réponse est toujours la même.

Certaines choses ne changeront jamais.

Et je suppose que, d'une certaine façon, il y a de la beauté dans la constance.

CHAPITRE 29

Je signe ma troisième lettre lorsque des bras musclés m'enserrent par-derrière. Adam dégage mes cheveux et m'embrasse délicatement dans le cou avant de respirer mon parfum.

– Tu sens toujours si bon. Parfois, en mission, je ferme les yeux et ton parfum m'enivre. De la bergamote, du patchouli et une pointe d'agrumes, fredonne-t-il d'un ton sensuel qui me fait frissonner des pieds à la tête.

Il se redresse et prend les lettres dans ses mains. Je me tourne dans le fauteuil et le regarde les parcourir du regard. Il fronce alors les sourcils et lève la tête vers moi.

– C'est quoi, chérie ?

Je prends les lettres et les plie en trois, puis je les glisse dans leurs enveloppes respectives, sur lesquelles j'ai déjà écrit les noms de mes filles et l'âge auquel je tiens à ce qu'elles les ouvrent.

Evie – 20

Suda Kaye – 18

Isabeau – 18

– Ce sont des lettres pour mes filles. Quand je serai partie, je veux qu'elles puissent en ouvrir une à chaque anniversaire ou à chaque moment important de leur vie. Il y a peu de chance que je les voie se marier ou avoir des enfants...

– Catori, chérie, tu ne peux pas passer ta vie à préparer ta mort. Ce n'est sain pour personne. On ne sait pas ce que Dieu nous réserve. Personne ne le sait.

Je lève la main et me tiens plus droite.

– J'ai besoin de le faire, c'est important. Je veux leur donner les conseils que d'autres mères ont toute leur vie pour prodiguer. Je veux partager mes expériences avec elles, des souvenirs que je n'aurai pas l'occasion de leur raconter. Il faut qu'elles puissent s'accrocher à quelque chose de moi. Chacune aura un bout de moi que je ne laisserai qu'à elle.

– Chérie... gronde Adam.

Je secoue la tête et repose la dernière lettre.

– Je vais te confier celles que j'écris à Isabeau. Je me fiche de savoir ce que tu en feras une fois que je vous aurai quittés. Mais... j'ai besoin de lui écrire, à elle aussi. Peu importe qui l'élève, c'est moi qui lui ai donné la vie, et je l'aime. Un jour, elle saura comment elle est venue au monde, par amour, par espoir et par sacrifice. Mais... pas avant que je sois partie. Promets-moi que tu t'en occuperas pour moi.

Mon mari déglutit, soupire et prend la lettre.

– Je te le promets.

– Je vais donner celles pour Evie et Suda Kaye à mon père, au cas où il nous arriverait quelque chose à tous les deux.

Adam ferme les yeux et hoche la tête. Il sait que son métier est dangereux. Chaque fois qu'il part, nous devons prier et croiser les doigts pour qu'il rentre sain et sauf. C'est le risque de son métier.

– Et si je nous préparais un bon petit déj ? Les filles adorent mes pancakes, dit-il en se penchant pour m'embrasser. Tu as faim ?

Je me lèche les lèvres, savourant le goût de mon mari.

– Pas de nourriture, non, je réponds en caressant sa cuisse jusqu'à sa fesse.

Il saisit ma main, la porte à sa bouche et embrasse chacun de mes doigts avant de les mordiller, me faisant frissonner de plaisir.

– Après le petit déjeuner, je vais demander à *toko* d'emmener les filles aux écuries. On reviendra ici, tous les deux, et c'est moi qui te chevaucherai, déclare Adam d'une voix rauque en même temps que son regard s'embrase.

Je fredonne en imaginant Adam me prendre par-derrière et je frémis d'excitation.

– Ça roule. Je vais écrire trois autres lettres. Il va me falloir des années pour dire à mes filles tout ce que je veux qu'elles sachent.

Adam pose sa main sur ma joue et la caresse avec son pouce.

– D'accord. Mais n'oublie pas de te concentrer sur le positif. Tu es la plus belle chose qui me soit arrivée. Toi, nos filles, notre famille... j'ai une vie sublime grâce à vous. Une vie dont je suis on ne peut plus fier. Promets-moi de l'écrire dans tes lettres, ma chère épouse.

– Je te le promets, je réponds en souriant. Maintenant, va nous faire à manger. Je vais avoir besoin de forces pour plus tard, j'ajoute d'un ton séducteur.

Il secoue la tête en riant, puis il me laisse à mon écriture.

Je sors trois autres enveloppes roses sur lesquelles j'écris :

Evie – 21

Suda Kaye – 19

Isabeau – 19

♦

J'y suis presque. Je m'agrippe à la tête de lit en pantelant, plantant mes ongles dans le bois. Adam est derrière moi, à genoux, me martelant avec sa longue verge épaisse à un rythme effréné qui me rend folle. Je me cambre contre lui, reculant les fesses pour qu'il s'enfonce encore plus en moi. Il passe un bras sur ma poitrine et prend mon sein dans sa main pour pincer mon téton.

La douleur se transforme en plaisir et m'arrache un cri alors qu'une décharge électrique se précipite dans mon bas-ventre.

– Je vais te faire jouir tellement de fois que tu ne pourras plus marcher, femme, jure-t-il contre mon oreille.

Je me cambre encore plus et passe un bras sur sa nuque, tournant la tête pour pouvoir l'embrasser. Ses lèvres sont brûlantes et sa bouche affamée. Chaque coup de langue me rapproche un peu plus du précipice. Bon sang, ce mec sait vraiment embrasser.

– Chéri... je gémis dans sa bouche.

– Oh, j'aime quand tu me supplies, répond-il en accélérant ses va-et-vient jusqu'à ce que je me tortille de plaisir, prête à exploser.

Il retire son autre main de ma hanche et la glisse sur mon ventre, puis entre mes jambes.

– Adam ! je crie lorsqu'il se met à titiller mon clitoris.

Mon orgasme surgit aussitôt et parcourt mes veines en embrasant mon sang, brûlant tout sur son passage. Adam pousse un grognement en jouissant à son tour, se déversant puissamment en moi jusqu'à épuisement. Il me prend alors dans ses bras et nous fait rouler sur le lit de sorte que je sois à moitié allongée sur lui.

Je dégage les cheveux de mon visage et pantèle contre son torse en sueur.

– Tu t'es surpassé. Je ne crois pas que tu m'aies déjà chevauchée comme ça, je déclare en essayant de reprendre ma respiration.

Il éclate de rire et tout mon corps se réchauffe. Je vis pour ces moments avec mon mari.

– Dépêche-toi de te reposer, femme, pour qu'on remette le couvert.

Je caresse tendrement son torse bronzé.

– Tu me rends heureuse, Adam. Ne l'oublie jamais, je dis en embrassant son cœur.

Il me serre plus fort contre lui et je devine qu'il sourit.

– Je sais que nos vies sont inhabituelles ; qu'elles ne sont pas conventionnelles et qu'on a traversé beaucoup d'épreuves en moins de dix ans, mais je veux que tu saches que je ne changerais rien. Je pensais ce que j'ai dit ce matin. Toi et les filles m'avez donné tout ce que je peux espérer dans la vie. Il n'y a rien qui compte plus pour moi que de vous rendre heureuses. Il me suffit de savoir que tu es heureuse pour l'être aussi.

– Je veux recommencer à voyager, bientôt. Après avoir perdu ma mère si jeune, je veux vivre de nouvelles expériences. Il me reste peut-être quinze ans, Adam. Je ne veux pas passer mes journées sur la réserve. Mais je ne veux pas non plus que mes filles m'en veuillent plus tard.

Je confie à Adam ma plus grande peur, celle qui me paralyse chaque fois que je ressens le besoin de voler, de courir ou de danser.

Adam soupire longuement et caresse mon dos. Je finis par soupirer à mon tour et par me détendre en m'imprégnant de sa force et de son amour.

– Eh bien, elles vont devoir trouver un moyen de comprendre. J'ai parlé à ton père et lui ai dit que je devais repartir dans un mois. Il m'a dit de lui-même qu'il vit désormais pour ses petites-filles. Il leur donnera tout ce dont elles ont besoin. Elles sont suffisamment grandes, maintenant, pour exprimer ce qu'elles veulent. Il n'y a plus de couches à changer et elles savent se faire comprendre. Bientôt, elles iront à l'école et elles auront leurs amis, leurs propres petites vies heureuses.

– Où tu veux en venir ?

– Je veux dire qu'on n'arrête pas de vivre quand on devient parent, même si on a cette impression. Et peut-être que c'est le cas quand ils sont petits et sans défense. J'imagine que d'autres familles se consacrent entièrement à leurs enfants jusqu'à leurs dix-huit ans, et c'est génial. Je suis le dernier à les juger, car c'est ce que ma mère a fait. Et c'est quand les enfants partent à la fac qu'on est censé à nouveau profiter de sa vie, avoir la liberté de faire ce qu'on veut. Mes parents à moi sont morts avant de pouvoir le faire.

– Et ce serait trop tard pour moi aussi, je chuchote, consciente qu'on y pense tous les deux.

Adam soupire et hoche la tête.

– Je crois que nos filles finiront par comprendre que tu n'as pas vécu seulement pour elles, mais pour toi aussi. Et c'est important. Il n'y a pas de bonne ou de mauvaise façon d'élever ses enfants, du moment que c'est avec amour et compassion. Et puis, en notre absence, elles seront avec Tahsuda, qui leur parlera de leur peuple, de la terre, de leur grand-mère et de toi. Il les couchera chaque soir en s'assurant qu'elles sont en sécurité, qu'elles ont mangé et que leur cœur et rempli d'amour. Ça ne peut pas être si mauvais, si ?

– Non, c'est vrai. En dehors de nous, il n'y a pas mieux pour veiller sur nos filles.

– Alors, prévois tes voyages, chérie. Vis ta vie comme tu le veux, en faisant ce dont tu as besoin pour être heureuse et en paix. Passe du temps avec les filles, avec moi et avec toi-même. Et ne te sens pas coupable. Promets-moi seulement que lorsque tu es ici, avec elles et avec moi, que lorsqu'on est tous ensemble, on se donne à cent pour cent. Qu'on s'aime sans condition, sans retenue. Qu'on leur montre ce que c'est que de vivre et d'aimer. C'est tout ce qu'un parent peut offrir à son enfant, non ?

– Tu es tellement sage, mon merveilleux mari.

Il se tourne pour s'allonger sur moi.

– Et tu es magnifique, ma chère femme.

– Je vais t'aimer jusqu'à mon dernier souffle. Puis je veillerai sur toi et nos filles jusqu'à ce qu'on se retrouve dans l'au-delà.

Il pose sa main sur ma joue et m'embrasse langoureusement.

– Qu'est-ce que je viens de dire, Catori ?

Il effleure le bout de mon nez avec le sien et rive sur moi ses yeux envoûtants et remplis de joie.

– Quand on est ensemble, on se donne à cent pour cent, on vit le moment à fond.

– Je suis d'accord, je déclare en le prenant dans mes bras et en écartant les cuisses pour qu'il puisse s'y installer.

– Alors embrasse-moi, femme. Montre-moi ton amour.

Je l'embrasse si longtemps que je suis à bout de souffle, puis je recommence. Et je continue jusqu'à ce qu'on ne puisse plus respirer ni l'un ni l'autre.

Nous finissons bientôt par nous perdre l'un dans l'autre, par nous laisser emporter par le lien qui nous unit et l'amour que nous créons.

Un amour pour toute une vie.

ÉPILOGUE

De nombreuses années plus tard...

– Huutsuu, taabe, venez par là, mes merveilles, je dis en leur tendant les mains.

Nous sommes parties nous promener sur les falaises, au bord de la réserve. J'aime réunir mes filles avant de partir en voyage, et je pars demain pour l'Italie. C'est ma première fois. J'ai hâte, même s'il m'est difficile de laisser mes filles derrière moi. Mes maux de tête et mes vertiges sont de plus en plus fréquents, mais le guérisseur m'a donné des tisanes qui aident à les apaiser durant la journée. En général, le soir, je ne tiens plus debout. Toutefois, chaque nouvelle journée est une bénédiction et j'en profite au maximum, comme je l'ai promis à Adam ainsi qu'à moi-même.

J'étends le plaid sur le sol alors que le soleil décline à l'horizon. Adam a installé de petites lampes solaires le long du chemin qui monte jusqu'ici, inquiet de savoir que nous longeons les falaises dans la nuit. Il sait que je ne peux pas m'empêcher de venir ici et que j'adore emmener mes filles dans mon endroit préféré.

Evie et Suda Kaye sont occupées à cueillir de grands bouquets de fleurs pour la table de leur *toko*. Il n'aime pas qu'elles privent la terre de ses plantes, mais ce ne sont que des enfants et il les aime plus que tout, donc il se tait et les laisse s'amuser. Il leur rappelle néanmoins de remercier les fleurs chaque jour qu'elles égayent sa table avant de faner et de mourir.

– Venez, les filles.

Je regarde mes beautés faire la course jusqu'à moi. À onze ans, Evie est plus rapide que sa sœur de neuf ans, car elle a récemment traversé une énorme poussée de croissance.

Je m'assois sur la couverture et leur tends les mains. Elles s'assoient de chaque côté de moi et je passe mon bras dans leur dos.

– Regardez le ciel. Vous voyez les étoiles ?

Evie et Suda Kaye lèvent les yeux et hochent la tête.

– Ce sont les vœux du monde entier qui attendent d'être exaucés.

– C'est vrai ? s'exclame Suda Kaye.

– Oui, *huutsuu*. Je vais vous apprendre à confier vos vœux aux étoiles, mais vous ne devez pas être avares. Choisissez bien votre souhait, car on ne peut en faire qu'un à la fois. Il faut attendre que l'un se réalise pour pouvoir en faire un autre. Et il se peut que vous attendiez toute une vie, mes filles.

– Waouh, chuchote Suda Kaye d'un ton émerveillé sans quitter des yeux le ciel étoilé.

– Comment on choisit son étoile ? demande Evie.

– C'est elle qui te choisira et te fera signe, Taabe. De la même façon que le soleil t'a choisie, ma belle, je réponds en l'embrassant sur la tête avant de me tourner vers Suda Kaye. Et toi, ma *huutsuu*, laisse le vent t'aider à choisir.

Mes filles sont guidées par les éléments. Evie a les pieds bien ancrés sur terre et elle est autant connectée au sol sous ses pieds qu'au soleil dans le ciel. Suda Kaye est ma beauté à l'esprit libre qui ne rêve que de voler. Lorsque je rentre de voyage, elle est pendue à mes lèvres. Elle me pose mille questions et jure qu'un jour, elle se rendra dans chaque endroit que j'ai visité.

Or, j'ai un plan, justement. Lorsque mon heure sera venue, elles hériteront de suffisamment d'argent pour faire ce qu'elles veulent, ainsi que des lettres que je leur aurai écrites. Je regrette tous les jours de ne pas avoir les mots de ma mère, ses enseignements et ses conseils sous une forme à laquelle je peux m'accrocher. Mais il n'en est pas ainsi. Je tiens donc à offrir cela à mes filles lorsque je ne serai plus sur terre pour les accompagner dans leur vie.

Evie et Suda Kaye observent le ciel un long moment, choisissant avec beaucoup de sérieux leur étoile, et je suis fière de les voir aussi réfléchies.

– Vous avez choisi vos étoiles, mes chéries ?

Elles hochent la tête.

– Bien. Alors maintenant, répétez après moi sans quitter votre étoile des yeux. Je souhaiterais beaucoup...

Elles répètent la phrase d'un ton émerveillé.

– Je désire vraiment..., je poursuis avant d'attendre qu'elles m'imitent. Avoir ce vœu... Rêvé cette nuit, je conclus en leur laissant le temps de répéter. Maintenant, confiez votre vœu à votre étoile, mais ne dites jamais à personne ce que vous avez souhaité, sinon votre vœu ne se réalisera jamais.

Mes filles ferment leurs yeux et je vois leurs lèvres bouger tandis qu'elles formulent leur vœu. Je lève alors la tête et trouve l'étoile à laquelle j'ai confié le mien il y a toutes ces années, le soir où ma mère m'a amenée ici pour m'annoncer mon destin et ma courte vie.

Je me souviens également d'être revenue ici il y a un peu plus de dix ans pour apprendre à leur père à confier son vœu aux étoiles. À l'époque, je ne me doutais pas que le mien allait devenir réalité, mais c'est le cas.

Contre toute attente.

J'ai épousé un homme comme mon père, qui n'aime que moi. J'ai donné naissance à trois filles, comme je l'avais demandé. Aucune n'est maudite comme moi, et je compte vivre à travers elle pour toujours.

Je décide alors de faire un autre vœu. J'ouvre ma main gauche et regarde mon petit tatouage en forme étoile ; le double de celui de mon mari. Depuis que je l'ai rencontré, le destin n'a cessé de me sourire.

Je rive mon regard sur deux petites étoiles qui scintillent l'une à côté de l'autre. Peut-être qu'un jour, lorsque nous serons tous les deux au ciel, Adam et moi pourrons nous percher sur ces astres pour observer nos filles ensemble. Mais, pour l'instant, je vais être égoïste.

Je fais donc le vœu que mes filles vivront de belles et longues vies et qu'un jour, mes trois enfants se trouveront. Grâce au destin, et peut-être grâce aux étoiles.

Si les étoiles étaient des vœux... ce serait le mien.

REMERCIEMENTS

À mon mari, Eric, qui me soutient dans tout ce que j'entreprends. Je t'aime plus encore.

À la meilleure assistante au monde, Jeananna Goodall ; aucun de ces livres n'aurait vu le jour sans toi. J'espère que j'ai fait honneur à ton héritage comanche. Tout ça a commencé parce que j'étais obsédée par le fait que tu es amérindienne, que ta mère s'appelle Suda Kaye et que ton arrière-grand-père est Tahsuda Tahsuda. Tes histoires m'ont aidée à mettre la lumière sur une culture que je trouve merveilleuse. Merci d'avoir partagé tout ça avec moi mais, surtout, merci de t'être confiée à moi. C'est un honneur de t'avoir comme amie, au-delà du bonheur de t'avoir comme assistante.

À Jeanne De Vita, mon éditrice ; je ne sais comment te remercier pour le travail que tu as accompli sur ce roman. Voir tes mails et nos échanges durant les vacances de Noël m'a montré combien tu tiens à ce livre et à notre relation. Merci de m'épauler et d'avoir aidé ce livre à atteindre tout son potentiel. Je te dois beaucoup, meuf.

À mes lectrices alpha bêta, Tracey Wilson-Vuolo, Tammy Hamilton-Green, Gabby McEachern, Elaine Hennig et Dorthy Bircher ; merci d'être la meilleure équipe qu'on puisse espérer. Je ne sais comment expliquer ce que votre engagement, votre loyauté et votre soutien représentent pour moi. Je suis émue aux larmes de savoir que je peux me tourner vers vous et recevoir vos critiques justes et sincères, non seulement en tant que lectrices mais aussi en tant que femmes investies auprès de mes personnages et de mes histoires. Parfois, je dois me pincer pour être certaine que j'ai bien cette incroyable équipe de femmes à mes côtés. Merci. Je ne saurais le dire assez. Vous cinq, vous faites toute la différence. Je regrette de ne pas savoir le dire autrement.

À mon agent, Amy Tannenbaum, de la Jane Rotrosen Agency ; avec toi, j'ai toujours l'impression de pouvoir gravir n'importe quel sommet. Ta confiance en moi et dans mes histoires me donne un but. Merci.

À mon agent à l'étranger, Sabrina Prestia, de la Jane Rotrosen Agency ; merci d'avoir trouvé de nouvelles aventures plus excitantes les unes que les autres pour chacun de mes bébés. Grâce à toi, je sais qu'ils sont aimés !

À mes lectrices ; je ne pourrais pas faire ce que j'aime ni payer mes factures sans vous. Merci pour chacun de vos commentaires, chaque like et chaque partage sur les réseaux sociaux. C'est grâce à vous que je peux vivre mon rêve.

#SisterhoodFTW